KB140323

하얀그림자

국립중앙도서관 출판예정도서목록(CIP)

하얀그림자 : 안일상 장편소설 / 지은이: 안일상. -- 대전 :
이든북, 2018
p. ; cm

대전광역시, 대전문화재단에서 지원받아 발간하였음
ISBN 979-11-87833-47-5 03810 : ₩11000

한국 현대 소설[韓國現代小說]
한국 현대 문학[韓國現代文學]

813.7-KDC6
895.735-DDC23 CIP2018012822

하얀그림자

안일상 장편소설

프롤로그

민국은 샤워를 마치고 전신이 비치는 커다란 거울을 바라보며 만족스런 표정을 지었다. 잘생긴 얼굴에 늘씬한 키, 근육으로 뒤덮인 단단한 몸매. 남자인 자신이 봐도 한 눈에 반할 정도였다. 입가에 미소를 띠며 거울을 들여다보던 그는 살짝 이마를 찌푸렸다. 몸이 가벼워지는 느낌과 함께 자신의 모습이 점점 거울 속으로 사라지고 있었기 때문이었다.

제기랄! 또 약을 먹어야 하나.

급히 거실로 나와 약장을 뒤지던 그는 이내 단념을 하고 소파에 털썩 몸을 던졌다. 혼자 있을 땐 굳이 약을 먹을 필요가 없었고 옷을 입을 필요도 없었다. 남들의 눈에 보이지 않는 이상 옷을 입는다는 자체가 무의미했다. 그는 다시 자신의 몸을 돌아봤다. 튼튼한 육체가 싱싱하게 살아 있었다. 그런데도 남들이 자신을 보지 못한다는 것이 이해되지 않았다. 그나마 마음만 먹으면 언제든지 모습을 드러낼 수 있는 것이 다행이었다. 문득 그의 모습을 되찾아주기 위해 모든 것을 포기하며 돌아가실 때까지 희생을 하셨던 아버지가 그리워졌다.

아버지는 세계적인 물리학자였지만 또한 괴짜이기도 했다. 남들의 상식으로는 이해하기 어려운 사람이었던 모양이다. 그러나 그의 눈에 비친 아버지는 자상한 남자였고 그를 끔찍이도 아껴주던 평범한 사람이었다.

초등학교 2학년 때였던가.

그날도 실험실을 찾아간 그는 실험에 몰두하고 있는 아버지를 바라보았다. 아버지는 여느 때와는 달리 컴퓨터의 모니터를 들여다보며 고개를 갸웃거리고 있었다. 그때 실험실 저쪽에서 무엇인가가 아주 붉게 달아오르는 것이 보였다. 민국은 호기심을 느끼며 그쪽으로 다가갔다. 붉은 빛은 점점 파란 빛을 띠기 시작했고 그것은 이내 색깔조차 구별할 수 없는 하얀 색으로 변해가고 있었다.

"아빠! 이게 뭐예요?"

민국은 그 빛을 바라보며 물었다. 그의 목소리에 고개를 든 아버지가 깜짝 놀라며 급히 소리쳤다.

"어? 안 돼. 빨리 이리 와!"

아버지의 다급한 외침 소리에 몸을 돌리려던 그는 무엇인가 번쩍 눈앞을 스쳐가는 것을 느끼며 정신을 잃고 말았다.

얼마나 지났을까.

민국은 정신을 차리며 주위를 둘러봤다. 모든 것이 산산조각이 나 있었다. 아니 흔적조차 사라진 느낌이었다. 깜짝 놀라며 자신을 살펴보던 그는 다시 한 번 놀랐다. 주위의 난장판과는 달리 자신의 몸은 멀쩡했다.

무슨 일이 일어난 것인가.

전장의 폐허처럼 모든 것이 사라지다시피 했는데도 몸에 이상이 없다는 것을 이해할 수가 없었다. 그는 고개를 갸웃거리며 아버지를 찾았다. 아버지는 걸레처럼 찢겨진 옷을 걸친 채 책상 앞에 앉아 넋이 나간 사람처럼 흐느끼고 있었다.

"민국아. 나 때문에 그만……."

울음인지 절규인지 모를 말을 중얼거리는 아버지를 바라보던 그는 얼른 아버지에게로 다가가며 소리를 쳤다.

"아버지!"

"응?"

악몽에서 깨어난 듯 벌떡 일어나 주위를 두리번거리던 아버지가 다시 자리에 앉으며 머리를 흔들었다. 헛소리를 들었다는 표정이었다.

"아버지!"

그는 다시 아버지를 불렀다.

"민국이니?"

"네, 아버지."

"살아 있었구나. 그런데 지금 어디 있니?"

아버지가 들뜬 목소리로 사방을 둘러보았다.

"네? 아버지 앞에 있잖아요."

민국은 얼른 아버지의 손을 잡았다.

"이런, 어떻게 이런 일이!"

아버지가 신음을 토했다. 그러나 어렴풋이나마 사정을 짐작하는 것 같았다. 그 후로 아버지는 모든 연구를 접고 사람이 살지 않는 깊은 산골로 이사를 했다. 그리고는 그를 치료하기 위해 연구에 몰두하기 시작했다. 민국도 처음에는 많이 당황했다. 투명 인간이 됐다는 게 재미있기도 했지만 불편할 때도 많았다. 무엇보다도 함께 할 사람이 없다는 게 제일 힘들었다. 학교에 다닐 수도 없었고 친구를 사귈 수도 없었다. 그는 외로움을 달래려 책과 운동에 매달렸다. 그가 할 수 있는 것이라곤 그것이 전부였다.

아버지의 노력은 헛되지 않았다. 이십여 년 간의 긴 시간 속에 식음을 전폐하다시피 하며 노력한 결과로 그는 자신의 몸을 찾을 수 있었다. 그가 약을 먹고 모습을 드러냈을 때 아버지의 얼굴에는 환한 미소가 번지고 있었다. 사고 이후 처음 보는 웃음이었다. 하얗게 센 머리와 나이와 비해 몇 십 년은 더 늙어 보이는 주름투성이인 얼굴에는 자랑스러운 빛이 어려 있었다.

"아주 튼튼하게 잘 자랐구나."

아버지는 그의 몸을 어루만지며 어린아이처럼 기뻐했다.
"고마워요, 아버지."
민국도 감격에 겨워 아버지를 끌어안았다.
"미안하다. 널 완전히 치유하지 못해서."
"아니에요, 아버지. 전 이 상태가 더 좋아요."
"원, 녀석도. 네가 날 위로하는 줄은 알지만 내 맘은 편치 않다. 조금만 더 기다려라. 몸을 되찾아줄 테니."
그러나 아버지의 약속은 물거품이 되고 말았다. 과로 때문인지 얼마 지나지 않아 쓰러지고 말았다.
"내가 죽으면 널 도와 줄 사람이 없겠구나."
"걱정 마세요, 아버지. 이대로도 잘 살 수 있어요."
"아니, 인생은 그렇게 간단하지가 않아. 혹시 어려운 일이 있으면 저 그림 속의 사람을 찾아가 보거라. 그분이라면 아마 널 이해해 줄 거다."
아버지는 벽에 걸려 있는 액자를 가리키며 숨을 거두었다. 아버지의 장례를 치른 민국은 아버지의 말을 떠올리며 액자 속의 그림을 바라보았다. 굵은 대나무 한 그루와 일죽一竹이라고 찍혀 있는 낙관이 전부였다. 항상 보아오던 그림이라서 그런지 그림에서 풍기는 강한 기운을 제외하고는 특이한 점을 찾아볼 수 없었다. 한참이나 그림을 바라보던 민국은 흥미를 잃고 몸을 돌렸다.
걱정 마세요. 아버지. 제 힘으로도 충분히 살아갈 수 있으니까. 남을 도우면 도왔지 도움은 받지 않을 겁니다.
그림을 보며 다짐하던 일이 엊그제 일처럼 생생하게 떠올랐고 새삼 아버지가 더 그리워졌다.
휴! 이젠 잊을 때도 됐는데.
그가 아버지에 대한 그리움을 떨치며 몸을 일으켰을 때 전화벨이 울렸다. 메시지 창에 '김현지'라는 이름이 찍혀 있었다. 그 이름을 보자 지금까지 떠올랐던 아버지에 대한 생각은 멀리 사라지고 그녀의 모습이 그 자리를 메웠다. 방송국 기자로 일하고 있는 그녀는 언제 보아도 사랑스럽고 매력적인 여인이었다.

그녀가 이 사실을 알면 어떤 표정을 지을까. 아마 기절초풍을 하겠지. 감춰야지. 감출 수 있을 때까지, 아니 할 수만 있다면 영원히.

그는 미소를 지으며 천천히 외출준비를 했다.

1

육군 특수부대 당직 사관인 김만수 대위는 헐레벌떡 뛰어 들어오는 선임 하사를 보고도 여유 있게 군장을 꾸리고 있었다. 들으나마나 또 놈들이 다녀갔다는 말을 할 것이 뻔했다. 녹음기만 되면 심심하지 않을 정도로 심리전을 펴는 놈들의 행동에 어느 정도 이골이 난 터라 웬만한 일에는 놀라는 법이 없는 그였다. 그는 미소를 띠고 군장을 꾸리며 선임하사를 바라보았다. 그러나 선임 하사의 얼굴을 보는 순간 가슴이 쿵 하고 내려앉았다. 군대에서 잔뼈가 굵은 그의 얼굴이 하얗게 질려 있었기 때문이었다. 웬만한 일에는 중대장인 자신보다도 더 대담한 그의 얼굴이 질려 있다는 것은 보통 일이 아니란 것을 짐작하고도 남았다.

"무슨 일인데 그래?"

그는 마음을 가라앉히며 침착하게 물었다.

"무, 무기고가 털렸습니다."

그가 말을 더듬거리며 숨을 가쁘게 몰아쉬었다.

"뭐라고, 무기고가 털려?"

그는 선임하사의 대답도 듣지 않고 밖으로 달려 나갔다. 무기고 앞에는 벌써 소대장을 비롯한 부대원들이 웅성거리며 몰려 있었다. 그가 다가가자 소대장이 거수경례를 붙이며 다가왔다. 그는 인사를 받는 둥 마는 둥 하며 무기고 안으로 들어갔다.
“어떻게 된 일인가?”
안으로 들어선 그는 사병을 보며 물었다.
“아침에 나와 보니 무기고 문이 열려 있었습니다. 이상해서 들어와 봤더니 이 모양입니다.”
잔뜩 겁에 질린 사병이 여기저기 어지럽게 흩어져 있는 무기들을 바라보며 대답했다. 그의 얼굴도 하얗게 질려 있었다.
“없어진 물건은?”
“지금 점검 중입니다만 주로 특수 전에만 사용되는 신무기들이 없어졌습니다. 이 분야에 전문적인 놈의 소행 같습니다.”
“음! 우선 사병들은 동요하지 않도록 단단히 주의를 주고 없어진 물건을 빠짐없이 조사해서 보고해. 그리고 불침번을 섰던 병사들을 불러 와!”
김 대위는 태연한 척하며 무기고 안을 살피기 시작했다. 그러나 무엇 하나 제대로 눈에 들어오지 않았다. 침착으로 가장을 하고 있었지만 뛰는 가슴은 무엇으로도 진정시킬 수가 없었다. 생각만 해도 꿈만 같았다. 사방을 주의 깊게 살피던 그는 무거운 신음소리를 내며 막사로 걸음을 옮겼다. 가슴은 전보다 더 쿵쿵 소리를 내고 있었다. 보통 일이 아니었다. 사형까지는 아니더라도 얼마를 감방에서 썩어야 할지 몰랐다. 막사로 돌아온 그는 담배를 피워 물며 보초병들이 들어오기를 기다렸다. 잠시 후 불침번을 섰던 사병들이 사색이 된 얼굴로 그의 앞에 도열해 섰다.
“모두 모였나?”
그는 늘어선 사병들을 바라보며 차갑게 물었다.
“두 명이 빠졌습니다.”
고참병 하나가 기어가는 목소리로 대답했다.
“뭐야! 이것들이 지금 정신이 있는 거야, 없는 거야! 한 놈도 빠짐없이 모조리다 불러오라고 했잖아!"

그는 버럭 소리를 지르며 그들을 노려봤다.

"보초병 두 명은 지금 기절해 있습니다."

"뭐야! 그놈들 지금 어디 있어?"

"의무실에 있습니다."

"의무실? 가자!"

말을 마치기가 무섭게 급히 의무실로 향했다. 안으로 들어서자 아직도 기절한 채 누워 있는 보초병들이 보였다. 의문투성이였지만 정신이 없는 그들을 상대로는 아무 것도 할 수 없었다.

"빨리 깨워!"

그는 버럭 소리를 질렀다. 의무병이 엉거주춤한 표정으로 그를 바라봤다. 의무병도 난감한 모양이었다.

"빨리 깨우라니까 뭘 하고 있어, 이 새끼야."

자신도 모르게 상소리가 튀어나왔다.

"노력을 하고 있지만 깨어날 기미가 보이지 않습니다."

"물 떠와!"

그의 화난 목소리에 의무병이 양동이를 들고 부리나케 밖으로 달려 나갔다. 그는 물이 도착하기를 기다리며 의무실을 오락가락했다. 도저히 마음을 진정시킬 수가 없었다.

무기고가 털리다니. 그것도 최신 장비로만.

상상도 할 수 없는 일이었다. 생각할수록 정신이 아득해졌다. 잠시 후 의무병이 물을 떠 가지고 돌아왔다. 얼마나 서둘렀는지 그의 옷은 이미 다 젖어 있었다. 그가 양동이를 든 채 어정쩡한 태도로 그를 바라보았다.

"빨리 붓지 않고 뭐하고 있어!"

버럭 소리를 지르던 그는 의무병이 행동을 취하기도 전에 양동이를 빼앗아 누워있는 보초병들의 얼굴에 쏟아 부었다.
"음—."
잠시 후 신음소리와 함께 눈을 뜬 보초병이 초점 없는 눈동자로 사방을 둘러보았다. 김 대위는 그들 앞으로 바싹 다가가며 물었다.
"내가 누군지 알겠나?"
"중, 중대장님"
몸을 일으키려던 보초병이 정신이 없는지 몸을 휘청거렸다. 그러나 김 대위의 눈에는 아무 것도 보이지 않았다. 다짜고짜 질문을 퍼부었다.
"어떻게 된 일인가?"
"모, 모르겠습니다."
"모르다니? 보초를 선 놈이 모르다니 말이 돼?"
김 대위는 자신도 모르게 보초병의 뺨을 후려쳤다. 고개가 확 돌아간 보초병이 자세를 바로잡으며 더듬더듬 말을 꺼냈다. 완전히 넋이 나간 모습이었다.
"정말 모르겠습니다. 보초를 서려고 나왔는데 갑자기 뒤에서 누군가가 제 목을 졸랐고 이어 이상한 냄새를 맡았습니다. 그 후론 전혀 기억이 없습니다."
"너는?"
그는 다른 보초병에게 물었다.
"저도 마찬가지입니다. 제가 앞에 갔었는데 수상한 낌새에 몸을 돌리려는 순간 의식을 잃었습니다."
더 이상 물어봐야 소용이 없을 것 같았다. 다시 막막함이 뇌리로 파고들었다. 다리에 힘이 쭉 빠졌다. 모든 것이 끝난 느낌이었다. 나락으로 떨어지는 듯한 심정으로 막사로 돌아오자 기관병이 분실된 무기 명세표를 들고 나타났다. 도난물품 명세표를 들여다보던 김 대위는 긴 한숨을 내쉬었다.
망원경총, 소음권총, 폭탄, 폭약, 시한폭탄, 휴대용 박격포…….
모두가 테러에 사용할 수 있는 저격용 무기들이었다.

어떡한다?
다시 한숨이 나왔다. 급히 관할 구역에 비상을 걸었다. 하지만 범인이 잡힐 것 같지는 않았다. 이런 일을 저지를 놈이라면 철저한 준비와 계획 아래 실행했을 것이었다.
"아직도 아무 소식이 없나?"
"네, 아직 소식이 없습니다."
밖에서 보초를 서고 있던 초병의 대답 소리를 들으며 그는 모든 것이 끝났다는 생각을 하면서도 희망을 버리지는 않았다. 저쪽의 소행이라면 몰라도 그만한 물건을 운반하려면 차량이 있어야 했고 그렇다면 아직 이 지역을 벗어나지 못했을 것이라는 확신이 들었다.
그래도 혹시 저쪽의 소행이라면?
얼핏 그런 생각도 들었지만 고개를 저었다. 누구의 소행이냐가 중요한 것이 아니고 어떻게 그 물건을 찾느냐 하는 것이 급선무였다.
그러나 무슨 수로?
체념하듯 허공으로 눈을 돌리던 그는 마지못한 동작으로 전화기를 집어 들었다. 어차피 상부에 보고는 해야 했다. 전화기를 든 손이 무섭게 떨리고 있었다.

국가정보원 정보관리국 정성호 국장은 고개를 갸웃거렸다. 정치인은 물론 사회 저명인사의 정보가 고스란히 빠져나가고 있는 사실을 발견했다. 한두 차례가 아니라 지속적이었다. 때로는 원장의 이름으로 나가기도 했고 어느 때는 자신의 ID로 새어나가기도 했다. 원장이라면 필요에 의해 그럴 수도 있었겠지만 자신은 절대 아니었다. 더구나 비밀번호는 자신 밖에 모르는 것이었다.
보고를 해야 하나.
한참을 머뭇거리던 그는 그냥 덮어두기로 마음을 먹었다. 괜히 들쑤셔봤자 이로울 게 하나도 없었다. 자신만 눈을 감으면 모든 게 편할 것 같았고 나중에 들통이 나더라도 적당히 둘러대면 그만이었다.
같은 시각 국세청 전산팀장도 똑같은 고민을 하고 있었다. 세금 체납자들의 명단이 줄줄이 새고 있었다. 특별한 감추어야 할 사항은 아니었지만 그래도 밖으로 드러나서는 안 되는 비밀이었다. 언론이 알기라도 하면 꽤나 골치가 아플 일이었다.
모른 체 하자.
그는 자신의 비밀번호를 바꾸며 눈을 질끈 감았다.

2

최민태 강력 반장은 밤늦게 걸려온 전화에 짜증부터 났다. 하루도 편한 날이 없었다. 지능화 되어가는 범죄를 따라가자면 몸이 열 개라도 부족할 지경이었고 매일 밤늦도록 야근을 하다시피해도 일어나는 범죄를 수사하기에는 역부족이었다. 습관적으로 시계를 바라봤다. 밤 11시가 지나고 있었다. 오늘도 야근을 해야 될지 모른다는 생각이 들었다. 당장 사표를 내고 싶었지만 목구멍이 포도청이었다. 그는 짜증을 누르며 습관적으로 전화기를 들었다.

"최민태 반장입니까?"

다짜고짜 물어오는 목소리가 이상하게 들렸다. 탁 쉰 듯 하면서도 갈라진 목소리가 한 번 듣는 것만으로도 거부감이 느껴졌다. 음성 변조를 했는지 아니면 선천적으로 그런 목소리인지는 알 수 없었지만 전혀 호감이 가지 않았다. 억눌렸던 짜증이 솟구치며 자신도 모르게 퉁명스런 목소리가 새어나왔다.

"그렇습니다."

"지금부터 30분 뒤에 강남의 '연옥'이라는 지하 룸살롱을 폭파시킬 예정이오. 정확히 30분 뒤라는 것을 명심하시오."

순간 장난전화라는 생각이 들었고 이어 참았던 화가 울컥 치밀었다. 사건 처리만 해도 바빠 죽겠는데 이런 식으로 장난전화를 해대는 인간들을 이해할 수가 없었다.

"지금 이런 장난전화나 받을 만큼 한가한 줄 아시오?"

"장난전화? 이게 장난으로 들립니까?"

"그럼 장난전화가 아니고 뭐란 말이오?"

'미친놈'이란 소리가 튀어나오려는 것을 참으며 점잖게 말을 하려 했지만 절로 목소리가 높아졌다. 상대가 앞에 있다면 당장 주먹이라도 올라갈 기세였다. 숨결이 가빠졌다. 가끔 일어나는 일인데도 도저히 적응이 되지 않았다.

"그건 마음대로 생각하시오. 거기 있는 사람들이 다치든 죽든. 난 분명히 경고를 했고 시간은 지금부터 흐릅니다."

최 반장이 뭐라 대꾸할 시간도 없이 전화가 끊겼다. 끊어진 전화기를 바라보던 그는 잠시 작은 갈등을 느꼈다. 장난이 거의 확실한 전화 때문에 경찰을 동원할 수도 없었고 아무런 근거도 없이 술집을 조사할 수도 없었다. 더구나 그 술집은 자신의 모가지 하나 정도는 눈짓만으로도 날려 버릴 수 있는 사람들이 드나드는 것으로 알려져 있었다. 그런 사람들을 상대로 근거도 없이 어설픈 행동을 할 수는 없었다. 잠시 갈등을 느끼던 그는 이내 그의 경고를 무시해버리기로 마음을 먹고 퇴근 준비를 했다. 오늘은 모처럼 일찍 들어갈 수 있다는 생각을 하자 좀 전의 화가 조금은 가라앉는 느낌이 들었다.

같은 시각.

kbc 김현지 기자도 같은 전화를 받았다. 카메라를 들고 빨리 '연옥'이라는 지하 룸살롱으로 가보라는 것이었다. 밤늦게 뚱딴지 같이 걸려온 전화를 받고 그녀는 잠시 망설였다. 장난전화가 분명했다. 그러나 집에서 거리도 가까웠고 마침 잠도 오지 않던 터라 차를 몰고 그가 말한 곳으로 향했다. 그러나 막상 '연옥'이라는 룸살롱 앞에 도착하자 할 일이 없어졌다. 무턱대고 안으로 들어갈 수도 없었다. 거리는 평상시와 같이 평온했고 사건이 일어날 기미도 보이지 않았다. 갑자기 헛웃음이 새어나왔다. 생판 모르는 그것도 신빙성이라고는 하나도 없는 전화한 통에 끌려 이곳까지 온 자신이 우스웠다. 시계를 봤다. 그가 말한 시간은 이미 지나 있었다.

룸살롱 연옥의 밀실.

성일화학 김성일 회장은 이만구 장관과 술잔을 기울이고 있었다. 중소기업으로 시작해서 지금의 거대기업을 이룬 그는 사업가로 만만치 않은 야심을 가지고 있었다. 대재벌. 그것이 그의 꿈이었고 그것을 위해서는 수단과 방법을 가리지 않았다. 이미 대기업의 반열에 들어섰지만 그것만으로는 성이 차지 않았다. 더 확실한 기반을 다져놔야 했다. 이만구 장관과의 만남은 그의 꿈을 이룰 수 있는 기회였다. 아는 사람을 총동원해 이 장관을 만난 것도 그 때문이었다.

대부만 받을 수만 있다면.

사업이야 어찌되었건 대부만 받는다면 그것으로 성공이었다. 대부 자체가 사업이었고 운영은 그 다음이었다. 설사 사업이 잘 안 된다 해도 다시 대부를 받으면 됐고 그것이 한국에서의 사업방식이라고 생각했다.

어떻게 하면 기분을 흡족하게 해줄 수 있을까.

그는 술을 마시면서도 장관의 기분을 맞출 생각만 했다. 그가 만날 장소를 물었을 때 이 장관은 조금도 망설이지 않고 이곳을 지정했다. 장소가 정해지기 무섭게 그는 미리 답사를 하며 이곳의 분위기를 파악했다. 어떡하든 그의 기분을 맞춰야만 했다.

술이 한두 잔 돌았으나 분위기가 썰렁했다. 조바심이 생겼다. 장관의 취향을 알아야 분위기를 살리든 뭐든 할 수 있겠는데 전혀 그의 취향을 알 수가 없었다. 여자를 부르고 싶었지만 장관이 어떻게 생각할지 몰랐고 자칫 분위기를 망칠까 봐 조심스럽기만 했다. 장관이 시계를 바라보자 더욱 조바심이 일었다. 이대로 일어나 버린다면 모든 것이 물거품으로 사라질 것이 뻔했다.

"혹시 약속이라도 있으십니까?"

"약속이 아니라 누가 오기로 했는데."
누가 오다니?
그렇다면 오늘 나누려던 밀담은 물 건너가는 것이었다. 화도 났고 당황스럽기도 했다. 미리 언질이라도 줬다면 이렇게 당황하지는 않았을 터였다. 그렇다고 불만을 표출할 수도 없었다. 그는 표정 관리를 하며 조심스럽게 물었다.
"오신다는 분이 누구십니까?"
"아, 참. 미리 양해를 구한다는 게 미처 말을 못했군요. 김상호 의원인데 나하고는 자주 어울리는 처지라서 무심코 불렀습니다. 양해도 없이 불러 결례가 된 것 같습니다. 미안합니다."
김상호 의원?
그 이름을 듣는 순간 그는 쾌재를 불렀다. 그는 여당의 숨은 실력자였다. 천성이 앞에 나서는 것을 꺼리는지 아니면 다른 이유가 있는지는 몰라도 매스컴을 잘 타지 않았다. 그러나 여당의 제2인자라는 소문만은 파다했다. 사실 여부를 떠나서 거물 중의 거물인 것만은 확실했다. 찌푸렸던 김 회장의 얼굴이 금방 환해졌다. 호박이 넝쿨째 굴러 들어오는 느낌이었다.
"아, 아닙니다. 김 의원님을 직접 뵙지는 못했지만 말씀은 많이 들었습니다. 평소에 존경하고 있었고 한 번 꼭 모시고 싶었는데 잘 됐습니다. 오히려 제가 감사를 드립니다."
절로 아부의 말이 나왔다. 그러나 아부만은 아니었다. '존경하고 있었다'는 말만 빼면 정말 만나고 싶은 아니, 꼭 만나야 할 사람이었다. 대부를 받기 위해서는 장관보다 그의 힘이 더 필요할지도 몰랐다. 장관의 말이 끝나기가 무섭게 문이 열리며 한 사람이 들어섰다.
"장관님, 여전히 건강하십니다."
들어선 사내가 큰 소리로 말하며 다가왔다.
"의원님도 양반은 못되겠습니다."

이 장관이 일어나 악수를 청하며 말했다.
"왜 제 흉을 보고 있었습니까?"
"흉뿐이겠습니까? 지금까지 악담을 하고 있었습니다."
"그럼 좀 더 있다 올 걸 그랬습니다. 하하하."
그가 웃으며 자리에 앉았다.
"참, 인사하시지요. 이쪽은 성일화학 김성일 회장이오."
"아, 이렇게 만나서 반갑습니다. 말씀 많이 들었습니다."
그가 손을 내밀었다.
"김성일입니다. 잘 부탁드립니다."
김 회장은 고개가 땅에 닿도록 인사를 하며 그의 손을 마주잡았다. 그는 악수를 하며 그들 사이에 이미 자신의 이야기가 오갔음을 알 수 있었다. 그렇다면 오늘 얘기는 생각보다 더 잘 될 것 같은 예감이 들었다. 그가 들어오자 썰렁했던 분위기가 활기를 띠기 시작했다. 김 의원은 자리에 앉자마자 거침없이 떠들어대기 시작했다. 어색하지도 않았고 거부감도 없었다. 정치인은 입으로 먹고 산다는 말이 실감났다. 술이 돌고 여자가 들어오자 그들의 모습은 완전히 달라졌다. 좀 전의 점잖던 모습은 어디에서도 찾아볼 수 없었다. 변한 것이 또 있었다. 서로의 호칭이 갑자기 달라진 것이었다. 신분을 감추기로 사전에 약속이 돼 있었던 것 같았다
"사장님은 요새 TV에 자주 나오는 장관님을 닮았어요."
아가씨 하나가 이만구 장관을 보며 말했다.
"그래? 그런 말 자주 듣는다. 정말 장관이나 되었으면 좋겠다. 그런데 어째 싱겁다. 좀 재미있게 놀 수 없나?"
"일단 목부터 축이세요."
여자가 교태를 부리며 그에게 잔을 따랐다.
"술이야 매일 먹는 거. 즐기면서 먹어야지."

"호호, 그럼 잠깐만 기다리세요. 준비하고 올게요."

장관을 보며 살짝 눈웃음을 치고 밖으로 나가려던 여자가 갑자기 코를 킁킁거리며 사방을 두리번거렸다.

"왜 그래?"

자리에 앉아 있던 다른 여자가 그녀를 보고 물었다.

"무슨 냄새가 나는 것 같아서."

"무슨 냄새가 난다고 그래, 어?"

그녀의 얘기를 건성으로 받아넘기던 동료가 깜짝 놀란 표정을 지었다. 어디서인지는 몰라도 매캐한 냄새가 주변으로 밀려들고 있었다.

무슨 냄새지?

김 회장도 냄새가 나는 것을 느꼈다. 확실하지는 않았지만 분명 코에 익은 냄새였다. 잠시 숨을 들이쉬던 김 회장은 그것이 최루탄 냄새라는 것을 알았다. 군대에서 화생방 훈련을 할 때, 아니 그 전에 데모를 할 때 익히 맡아왔던 냄새였다. 수건을 코로 가져갔다. 따가운 기운이 느껴졌다. 그는 얼른 입구로 다가갔다. 가스가 서서히 안으로 밀려들고 있었다.

"이게 뭐야?"

누구의 목소리인지도 몰라도 다급히 외치는 소리가 들렸고 누가 먼저라고 할 것 없이 모두 밖으로 뛰쳐나갔다. 김 회장도 밖으로 몸을 날렸다. 하지만 그 순간에도 그는 김 의원과 이 장관을 보호하는 것을 잊지 않았다. 이 바닥에서 살아남으려면 이런 때일수록 잘해야 한다는 것이 몸에 배어 있었다. 룸에서 나오자 자욱한 연기가 홀을 뒤덮고 있었다. 한 치 앞도 분간 할 수 없었다. 김 회장은 앞장을 서서 그들을 밖으로 안내했다. 재치기가 나왔고 얼굴이 따끔거렸지만 체면이고 뭐고 따질 때가 아니었다.

멋지게 속았군.

밖에서 카메라를 들고 술집 앞을 서성거리던 김 기자는 씁쓸한 미소를 지으며 집으로 돌아가려 몸을 돌렸다. 그때 어디선가 비명 소리와 함께 매캐한 냄새가 풍겨왔다. 자신도 모르게 몸을 돌린 그녀는 본능적으로 카메라를 돌렸다. 지하 룸살롱에서 연기가 스멀스멀 새어나오고 있었고 그 연기 속으로 반라의 여자들과 정장을 입은 사내들이 뛰쳐나오는 것이 보였다. 종업원들과 손님들 같았다. 그런데 정장을 입은 사내들 사이로 눈에 익은 얼굴이 보였다.

어? 이만구 장관이 아닌가. 그리고 저건 또 누구야?

눈에 익어 대번 얼굴을 알 수 있는 이 장관 옆으로 같이 뛰어나오는 사람이 보였다. 그 역시 눈에 익었지만 얼른 생각이 나지 않았다.

이렇게 기억력이 없어서야 기자 생활 해 먹겠어?

그녀는 쓴웃음을 지으며 계속 카메라를 돌렸다. 신분을 알아내는 것은 차후의 일이었다. 매캐한 연기가 눈을 찔러왔고 이어 따가운 통증이 일었다. 최루가스라는 생각이 들었으나 촬영을 멈출 수는 없었다. 특종이라는 야릇한 흥분이 일자 통증보다는 신이 났다. 그녀는 장관과 의원, 그리고 뒤를 따르는 김 회장에게 초점을 맞추며 열심히 카메라를 돌렸다. 얼마가 지났을까, 연기가 사라지고 난 주위는 어느새 구경꾼들로 꽉 차 있었다.

이제 끝난 건가.

특종을 얻었다는 기쁨에 기분이 들떠 있던 그녀는 갑자기 안에서 들려오는 폭음 소리에 깜짝 놀랐다. 그다지 큰 소리는 아니었지만 주위를 놀라게 하기는 충분했다. 그녀는 다시 카메라를 돌리기 시작했다. 최루가스가 사라진 자리에 검은 연기가 뒤덮이기 시작했다. 사람들 틈에 끼어 상황을 지켜보며 카메라를 돌리던 그녀는 소방차와 경찰 사이렌 소리가 가까이 다가오는 것을 바라보며 얼른 차 안으로 몸을 숨겼다. 그들에게 발견되어서는 좋을 것이 없을 것이라는 예감이 들었다. 아직 확인된 것은 아니지만 만약 그가 장관이라면 보도도 하기 전에 귀찮은 일이 생길 것이 뻔했다. 그녀는 차 안에 앉아 밖의 동정을 살피며 흥분을 가라앉히려 노력했다. 하지만 흥분된 가슴은 계속 쿵쿵 소리를 냈다. 이런 행운은 처음이었다. 남들처럼 특종을 잡아보고 싶었지만 지금까지 그런 기회는 한 번도 없었다. 좀처럼 가라앉지 않는 흥분 속에서도 그녀의 눈길은 여전히 밖을 향하고 있었다. 또 무슨 일이 일어날지 몰랐다. 그러나 한참이 지나도록 더 이상 사건은 일어나지 않았다. 불이 진화가 됐는지 소방차는 물러갔지만 경찰들은 자리를 지키고 있었고 그 숫자는 점점 더 불어나고 있었다. 술집 안으로 들어가 취재를 하고 싶었다. 엉덩이가 들썩거렸다. 그러나 그녀는 욕망을 억눌렀다. 결코 그들에게 들켜서는 안 되는 일이었다. 아쉬움을 달래며 천천히 집으로 차를 몰았다. 밤이 꽤 깊었지만 피곤한 줄은 몰랐다. 오히려 힘이 났다.

정말 이만구 장관인가?

운전을 하면서도 오직 그 생각뿐이었다. 차를 주차시키고 누가 채갈까 봐 두려운 심정으로 카메라를 꼭 움켜쥔 채 집으로 들어서던 그녀는 편지함에 두툼한 봉투가 꽂혀 있는 것을 발견했다. 살펴볼 겨를도 없이 재빨리 봉투를 빼어들고 방으로 들어온 그녀는 카메라를 컴퓨터에 연결시키며 봉투를 뜯었다. 10여 페이지쯤 되는 노트가 나왔다. 컴퓨터 화면을 바라보며 한 눈으로 노트를 훑어보던 그녀는 뭔가 심상치 않은 느낌을 받았다. 단순한 노트가 아니었다.

이거 장난이 아닌데.

그녀는 화면을 보다 말고 노트에 집중했다. 노트에는 자신이 지금 촬영을 하고 온 주점에 대한 모든 비리가 기록돼 있었다. 파출소 세무서 위생과 등에 상납한 액수와 상납 받은 사람의 이름은 물론 단골 고객의 명단도 있었다. 그 중에는 K의원, P회장, L장관 등 유명 인사들의 이름도 섞여 있었다. 거의 다 약자나 영어 이니셜로 되어 있었지만 누군지는 금방 알 수 있었다. 순간 촬영을 하면서 보았던, 이 장관과 함께 뛰어가던 사람의 이름이 떠올랐다.

맞아. 김상호 의원이었어.

흥이 절로 났다. 그녀는 시간이 가는 줄도 모르고 내용을 살폈다. 노트를 다 넘졌을 무렵 메모 한 장이 툭 떨어졌다.

'연옥'이라는 룸살롱은 귀족들의 술집이오. 하루 술값만 해도 몇 백 만원이 기본이오. 소위 사회 지도층이라는 유명 인사들이 모여 나체쇼를 즐기며 퇴락을 일삼는 곳이오. 난 사회정의를 위해 이런 곳들을 뿌리 뽑으려 하오. 내가 이 장부를 당신에게 보낸 이유는 당신이 잘 알 것이오. 사회 정의를 위해 노력해 주시오. 만약 당신의 능력이 안 된다면 다른 사람을 찾을 것이오. 심판자.

심판자? 혹시 돈키호테 아니야.

순간 그런 생각이 들었지만 어쨌든 상관은 없었다. 사건이 일어났고 자신은 그것을 알리기만 하면 될 뿐이었다. 늦은 밤이었지만 급히 촬영한 카메라와 노트를 들고 방송국으로 향했다. 초조하면서도 혹시 방송을 타지 못하면 어쩌나 하는 불안감이 밀려왔다. 자칭 심판자라는 작자의 말도 신경에 거슬렸다. 그녀가 못 한다면 다른 사람에게 맡긴다는.

다음 날 아침. 출근 준비를 서두르며 뉴스를 보던 최민태 반장은 깜짝 놀랐다. TV에서 엊저녁 그가 장난전화라고 무시해버렸던 사건이 보도되고 있었기 때문이었다. 뒤통수를 맞았다는 기분을 느끼며 넋을 잃고 뉴스를 지켜봤다.

"어제 저녁 12시경 서울 강남구 모 룸살롱에서 폭발사고가 일어났습니다. 이 폭발로 룸살롱 내부가 전소됐으나 다행히 인명 피해는 없었습니다. 범인은 최루가스로 사람들을 내보낸 뒤 폭파를 한 것으로 보입니다. 이 업소는 나체쇼를 벌이는 등 향락과 퇴폐를 일삼아 왔으며 단속을 피하기 위해 경찰과 구청, 세무서 등에 정기적인 상납을 해 온 것으로 알려졌습니다. 본사가 단독 입수한 자료에 의하면 이 업소에는 정치인, 고급 공무원을 비롯한 사회 유명 인사들이 단골로 드나들었으며 하루의 유흥비가 최소 수백만 원에 이르는 것으로 파악됐습니다. 이 사건의 범인임을 자처하는 자칭 '심판자'라는 인물은 사회 정의를 실현하기 위해 이 같은 일을 저질렀으며 앞으로도 계속 사회악을 응징하겠다는 편지를 보내왔습니다. '심판자'라는 인물이 누구인지는 전혀 알려진 바가 없지만 전문가들은 정신이상자거나 사회에 불만이 있는 자로 추측하고 있습니다. 경찰은 현재 폭발물 잔해를 수거해 분석하는 한편 목격자 탐문 등 다각적인 수사를 벌이고 있지만 특별한 단서는 아직 발견하지 못한 것으로 알려졌습니다. 이상 kbc뉴스 김현지였습니다."

화면에는 최루가스를 피해 나오는 사람들의 모습과 함께 불에 타고 있는 주점의 간판이 찍혀 있었다. 인물들의 모습과 입수했다는 장부는 모자이크 처리를 해 자세한 내용은 알 수가 없었지만 유명 인사로 추측되는 인물들의 전화번호 앞자리와 상납 받은 사람들의 성 등은 또렷하게 공개됐다. 뉴스를 지켜보던 최 반장은 자리에 주저앉고 싶은 심정이었다.

그 전화가 사실이었단 말인가?

갑자기 감각이 무뎌졌다는 자괴감과 함께 김 기자의 젊은 감각이 부러워졌다. 김현지 기자는 그가 근무하고 있는 경찰청의 담당 기자였고 그와는 제법 가까운 사이였다. 심지어 그녀의 애인과 술을 같이 한 적도 여러 번 있었다. 그랬기에 그런 자괴감은 더 심하게 다가왔다.

이럴 때가 아니지. 빨리 김 기자부터 만나야겠군.

그는 쓸데없는 생각들을 떨쳐버리며 급히 차를 몰았다. 출근보다 그녀를 만나는 것이 더 급했다. 한 손으로 운전을 하며 김 기자에게 전화를 걸었다. 그러나 좀체 통화가 되지 않았다. 마음이 급해졌다. 경찰이 아니라도 그런 사건의 목격자라면 노리는 사람이 많을 것 같았다. 당장 정치권의 실세들도 그렇고 어쩌면 정보부의 요원들도 떴을지 몰랐다. 수십 번의 통화 끝에 겨우 그녀와 연결이 됐다. 떠나버린 애인의 전화처럼 반가웠다.

"최 반장님이 어쩐 일이세요?"

그녀의 목소리에는 피곤함이 배어 있었다.

“왜 그렇게 통화가 어려워?”

“글쎄요, 갑자기 전화통에 불이 났네요. 만나자는 사람도 많고. 자고 나니 유명인사가 됐다는 어느 시인의 말이 생각나네요. 너무 갑작스러워 겁도 나고요.”

“지금 나랑 만나야겠어.”

“안돼요, 지금은. 그렇게 한가한 몸이 아니거든요.”

“그래도 나부터 만나야 돼.”

“그럴 이유가 있나요?”

“당연히 있지. 그러니까 시간을 내. 만나서 얘기 하자고.”

“아직 식사도 못했어요.”

“내가 사줄게. 빨리 나와.”

“그럼 방송국 앞에 있는 찻집으로 오세요.”

“밥도 못 먹었다는 사람이 무슨 차야?”

“싫으면 그만 두세요.”

“아, 알았어. 금방 갈게. 너무 빼기는데.”

전화를 끊은 그는 급히 약속된 찻집으로 차를 몰았다. 안으로 들어서자 그녀는 빵조각을 우물거리며 차를 마시고 있었다.

“도대체 어떻게 된 일이야?”

“무슨 말이에요?”

“그 뉴스 말이야. 김 기자가 직접 취재했나?”

“네. 그거야 당연하죠. 그건 왜 물어요?”

“화면을 보니까 미리 대기하고 있다가 찍은 것 같던데.”

“맞아요. 형사 아니랄까봐 눈치는 빠르시네요.”

“어떻게 알았지?”

“전화를 받았어요. 장난전화 같았지만 잠도 안 오고 할 일도 없기에 속는 셈치고 나갔죠. 그리고 대박을 잡았죠. 호호호.”

"그 자료들은?"

"집에 들어오다 보니까 우편함에 꽂혀 있더군요."

"음, 그랬군."

"이제 궁금증이 풀리셨어요? 그런데 반장님부터 만나야 할 이유가 있다고 하셨는데 절 불러내기 위해서인가요?"

"아냐! 사실은 나도 전화를 받았어. 그런데 장난전화로 생각하고 그냥 흘려버리고 말았지. 목소리도 이상했고."

"그래요? 나오셨으면 저도 덕을 봤을 텐데. 술집으로 들어가 보고 싶어 죽을 뻔했어요. 어떻게 생긴 곳인가 궁금했거든요."

"지금 그런 한가한 얘기 할 때가 아니야. 모르긴 해도 여기저기서 압력이 들어올지도 몰라. 처신 잘해야 돼. 물론 알아서 잘하겠지만. 그런데 그놈 목소리도 녹음했나?"

"아니, 못했어요. 그렇지만 들으면 금방 알 수 있어요. 정말 귀에 거슬리는 목소리였으니까요. 그런데 이상하네요. 왜 하필 반장님이죠? 저야 사건 담당 기자니까 그럴 수도 있지만."

"우연이 아닌 것 같지?"

"그래요. 우연이라기엔 뭔가 석연치 않아요."

"우린 역시 통하는 데가 있어. 나도 처음엔 그렇게 생각을 했어. 하지만 지금은 우연이라고 생각하고 싶어."

"왜 갑자기 생각이 바뀌셨어요?"

"필연이 아니니까. 그게 아니라도 그냥 그렇게 생각하고 싶어. 우연인지 아닌지는 시간이 해결해 주겠지만 우연이 아니라면 골치가 많이 아플 것 같아. 할 일도 많은데 벌써부터 골머리 썩일 필요는 없잖아?"

"무슨 뜻이에요?"

"만약 우연이 아니라면 우리는 앞으로도 같은 사건에 말려들 확률이 커. 그 사람 말대로 사건이 계속 터진다면 말이야."
"그 자가 정말 일을 계속 터트릴까요?"
"쉽진 않을 거야. 경찰이 손을 놓고 있진 않을 테니까."
"그래요? 전 계속 터질 거라고 생각하는데."
김 기자가 생글생글 미소를 지으며 말했다.
"희망 사항이겠지."
"그게 무슨 말씀이세요?"
"사건을 즐기는 것 같아서 해 본 말이야."
"설마, 그럴 리가 있겠어요?"
"아냐, 사건이 계속 터졌으면 하는 말투야."
"그건 아니에요. 저도 대한민국 국민인데. 하지만 이왕 사건이 터진다면 제가 취재했으면 좋겠어요. 이번 일로 제 주가가 많이 올라갔거든요. 호호호."
"좋겠군. 그건 그렇고 빨리 내놓기나 해."
최 반장이 당연한 것을 달라는 듯 손을 내밀었다.
"뭐 맡기신 것 있어요?"
"정말 이러기야!"
"설마 자료를 말씀하시는 건 아니겠죠?"
"잘 알면서 그래."
그가 능글맞게 미소를 지었다.
"그건 안 돼요!"
김 기자가 펄쩍 뛰며 대답했다.
"그러지 말고 사정 좀 봐 줘. 우리는 어쩌면 한 배를 타고 있는지도 몰라. 우리 사이가 멀어지면 어쩌려고 그래."
"우리가 연애하나요?"
"정 그렇게 나오면 압수 영장을 받아올지도 몰라."

"그건 반갑지 않은 소리네요. 알았어요. 좀 더 애를 태워주고 싶었는데 반장님이니까 특별히 드리지요."

그녀는 가방에서 준비해 온 복사본을 꺼냈다.

"미리 준비해 온 거야?"

"네. 사실은 반장님 생각이 났거든요."

"그랬어? 날 생각해 주는 건 역시 김 기자뿐이군. 고마워. 신세는 꼭 갚도록 하지. 그럼 오늘은 이만."

"알았어요. 조심해 가세요."

"내 걱정은 말고 김 기자나 조심해. 너무 앞서 가지 말고. 자칫 쥐도 새도 모르게 가는 수가 있어."

최 반장이 농담 비슷하게 말하며 자리에서 일어났다.

"조심할 게 뭐가 있어요? 안절부절 못 하고 있을 그 국회의원과 장관, 회장이라는 사람들을 생각하면 신이 나는데요. 뇌물을 받은 공무원들도 그렇고. 조금 있으면 저한테도 뇌물을 쓰러 올지 몰라요. 비밀을 지켜달라고."

"사람, 참! 이럴 땐 꼭 철부지 같군."

최 반장이 어이없다는 표정을 지으며 밖으로 나갔다. 사라지는 그를 바라보던 김 기자는 흐뭇한 미소를 지었다. 이번 사건 취재는 정말 큰 행운이었다. 그것이 복이 될지 화가 될지는 알 수 없는 일이지만 지금의 심정으로는 그런 행운이 다시 온다면 얼마든지 받아들이고 싶었다.

3

자칭 심판자라는 인물은 호언대로 계속 사건을 만들어갔다. 룸살롱 사건은 시작에 불과했다. 하루가 멀다 하고 폭파 사건이 일어났다. 유흥업소들은 그야말로 초상집이었고 경찰은 경찰대로 편한 날이 없었다. 국민들은 모여 앉으면 심판자라는 사람의 이야기부터 꺼냈다. 심하다는 얘기도 있었지만 있는 자들의 치부가 드러날 때마다 그들은 박수를 치며 환호했다. 덕분에 김 기자의 주가는 더욱 올라갔다. 심판자라는 사람은 항상 그녀와 최 반장에게 먼저 정보를 알려줬기 때문이었다.

특별수사본부.

최 반장은 전화기 앞에 앉아 한숨을 내쉬었다. 그가 수사팀에 합류하게 된 이유는 간단했다. 심판자로 자칭하는 인물이 항상 그의 휴대폰으로만 연락을 해왔기 때문이었다. 일개 연락병으로 전락한 것 같아 기분이 언짢았다. 그렇다고 수사에 진척이라도 있으면 보람이라도 느낄 텐데 상황은 그것도 아니었다. 수사는 항상 답보 상태였다. 날고뛴다는 민완 형사들을 수십 명이나 배치했지만 그들이 하는 일이라고는 폭발물 잔해를 수거하는 일 뿐이었다. 사건 현장을 샅샅이 뒤지며 단서를 확보하려 했지만 모두가 헛수고였다.

"폭발물의 출처가 어디인가?"

수사 본부장이 최 반장을 보고 물었다.

"군에서 유출된 것으로 보입니다."

"군에서?"

"네"

"그럼 군에 수사 협조 요청을 해야지."

"요청을 했습니다만 그런 사실이 없답니다."

"정식 공문은 보냈나?"

"아닙니다. 전화로 요청을 했습니다."

"그러니까 그렇지. 빨리 정식으로 공문을 보내!"

"알겠습니다. 그러나 그들이 협조할지는 의문입니다."

"하긴 발뺌하는 데는 도가 튼 사람들이니까. 이거야 원, 손발이 맞아야 수사를 하든지 말든지 하지."

그가 끌끌 혀를 찼다. 그도 답답하기는 마찬가지였다. 막연한 추측만 가지고 거대한 군을 상대로 수사를 할 수는 없었다.

상금 20억 원.

수사상 최고의 상금이 내걸렸다. 지금까지의 예로 봐서 이 정도의 금액이면 목격자가 나타나게 마련인데 아무리 기다려도 제보가 없었다. 아니, 없는 것이 아니라 상금에 눈이 어두운 허위 전화만 올 뿐이었다. 책상에 앉아 연신 담배만 죽이고 있는 최 반장은 미칠 지경이었다. 하루가 멀다 하고 터지는 사건도 사건이지만 시도 때도 없이 걸려오는 상부의 독촉 전화는 그를 더욱 미치게 만들었다.

빌어먹을 놈.

그는 보이지 않는 범인을 향해 욕을 퍼부었다. 그의 행동이 미운 것은 아니었지만 왜 하필 자신의 휴대폰인지 그게 원망스러웠다. 휴대폰을 없애버릴까 생각도 했지만 그것마저 자신의 마음대로 할 수가 없었다. 사표를 써버리고 싶은 생각이 하루에도 열두 번씩이나 일었다. 이 어려움을 타개하기 위해서는 놈을 빨리 잡아야 했지만 그게 쉬운 일이 아니었다. 단서도 없고 목격자를 기대하기도 어려웠다. 그러나 더 큰 문제는 심판자라는 놈을 바라보는 국민들의 태도였다. 모두가 그가 잡히는 걸 원치 않는 것 같았다. 그것은 자신의 부인과 자식도 마찬가지였다.

"그가 그렇게 신출귀몰한가요?"

언젠가 밤늦게 들어간 그를 보며 부인이 물었다.

"왜?"

"그러니까 잡히지 않는 거겠죠. 하긴……."

"하긴, 뭐? 말하는 모습이 이상하네."

"뭐가 이상하다고 그래요?"

"그가 잡히지 않기를 바라는 것 같아서."

"맞아요. 당신이 고생하는 걸 보면 빨리 잡혔으면 좋겠지만 하는 짓을 보면 잡히지 않는 것도 좋을 것 같아요."

"왜?"

"통쾌하잖아요. 약자들을 향해 큰소리치며 으스대던 고관들이 전전긍긍하는 것을 보면 자다가도 웃음이 나올 정도예요."

"겨우 그것 때문에?"

"그거면 됐지 뭐가 필요해요?"

"너도 그렇게 생각하니?"

그는 아들을 보고 물었다.

"어머니하고 느낌은 같지만 생각은 달라요."

"어떤 생각인데?"

"저도 그 사람처럼 됐으면 좋겠어요."

"뭐?"

아들의 말에 그는 고개를 돌리며 한숨을 내쉬었다. 아들을 탓할 수가 없었다. 한심하다는 생각이 들었지만 그것이 국민들이 느끼는 감정이었다. 문득 회의가 들었다. 국민이나 식구들과 겉도는 일을 한다는 것은 아무런 보람도 없는 무의미한 행동에 불과했다.

이제 그만 터졌으면!

하지만 그의 바람과는 달리 사건은 계속 터졌고 단골 메뉴처럼 비장부가 공개될 때마다 업소와 권력의 유착관계는 물론 세금 포탈, 심지어는 여성들에 대한 비인간적인 대우까지 모든 것이 적나라하게 드러났다. 국민들은 울분을 토하기도 했고 통쾌해하기도 했다. 그자는 국민들의 호기심을 채워줬고 국민들은 그로 인해 대리 만족을 얻곤 했다. 그 뿐이 아니었다. 언제 결성했는지 인터넷에는 '정의사랑'이란 카페도 등장했다. 명칭은 '정의사랑'이었지만 실은 심판자의 행동이나 그의 활동을 찬양하는 내용이 주를 이루었다. 수많은 사람들은 카페를 이용했고 올라오는 댓글도 무척 많았다. 그러자 그와 유사한 카페가 우후죽순처럼 생겨나기 시작했다. 최 반장은 그것을 지켜보며 고개를 저었다. 국민들의 감정은 이해가 갔지만 그들의 행동까지 받아들일 수는 없었다. 아무리 통쾌하고 대리 만족을 얻을 수 있다하더라도 범인을 사랑하는 카페까지 등장한다는 것은 이해하기 어려웠다. 그렇다고 할 일 없는 자들의 소일거리라고 치부할 수도 없었다. 심판자에 대한 반응은 그만큼 뜨거웠다.

사회가 그러니 그들을 탓할 수는 없지. 사람들이 어떻게 생각하든 범인을 잡는 것이 국가와 사회를 위하는 일이지.

회의가 들 때마다 그런 생각을 하며 자위했지만 그것은 자신을 속이는 기만행위에 불과하다는 것을 뼈저리게 느꼈다. 절로 한숨이 나왔다. 범인은 오리무중이고 빨리 잡으라는 상부의 독촉이 내려올 때마다 머리가 터질 것만 같았다.

지옥에 떨어져 죽을 놈! 사이코 같은 놈.

그는 심판자라는 놈을 향해 있는 욕을 쏟아냈지만 그렇다고 속이 풀리는 것은 아니었다. 담배를 피워 물었다. 하얀 연기가 허공으로 피어올랐다 서서히 사라져갔다. 사라지는 연기를 바라보던 그는 다시 한숨을 내쉬었다. 꽉 막힌 벽 속에 갇힌 듯 답답함만 밀려들었다.

4

“이러다가는 모두 다 망하겠소. 어떻게 했으면 좋겠소?”

전국유흥협회장 이종기는 간부들을 둘러보며 말했다. 그러나 그들은 서로 얼굴만 바라볼 뿐 대답이 없었다. 답답하기는 그들도 마찬가지였다. 거액의 현상금까지 내걸고 날고뛰는 수많은 수사관들을 투입한 경찰도 잡지 못하는 자칭 심판자란 자를 일개 유흥협회장이 어찌할 수 있는 상황이 아니었다. 그러나 무엇이라도 한다는 흉내라도 내야겠기에 어쩔 수 없이 회의를 소집한 것이었지 무슨 대책을 기대한 것은 아니었다.

“빨리 놈을 잡아야 하는데…….”

간부 하나가 신음소리를 내뱉었을 뿐 회의장은 죽은 듯 조용했다. 전권을 휘두르는 회장 앞에서 잘못 입을 놀렸다가는 언제 무슨 일을 당할지 몰랐다. 총을 사용하지 않을 뿐 그의 권위는 마피아라는 단체의 보스보다 못하지 않았다. 그의 말이 법이었고 정의였다. 회장의 눈길이 닿을 때마다 회원들은 고개를 숙였다. 그 눈빛이 그들에게 책임을 묻는 것처럼 보였기 때문이었다.

“정말 방법이 없소? 답답해 미치겠네. 업주들이 얼마나 난리를 치는지 죽을 지경이오. 이렇게 가다가는 협회가 망한다는 사실을 알고 있기나 하는 거요?”

그걸 모르는 사람은 아무도 없었다. 업주들이 망하면 단체가 없어지는 건 당연한 일이었다. 그렇지만 방법이 없었다. 그는 답답함을 이기지 못하고 간부 하나를 지목해 의견을 물었다. 물론 어떤 해결책이 나올 것이라곤 전혀 기대하지도 않았다.

"조직 폭력배에게 한 번 맡겨보면 어떨까요? 그들이라면 혹시 무슨 정보가 있을지도 모르니까."

그 말에 여기저기서 웅성거리는 소리가 들렸다. 의견을 낸 사람을 한심한 눈으로 바라보는 사람도 있었다. 기껏 생각해 낸 것이 조직폭력배라니? 기가 찰 일이었다. 그러나 이종기의 생각은 달랐다. 순간적으로 스쳐간 생각이지만 자신에 대한 이목을 다른 데로 돌리기에는 안성맞춤인 것 같았다.

'조직폭력배라…….'

나직이 중얼거리며 생각에 잠기던 그는 웅성거리는 임원들을 둘러보며 입을 열었다. 입가에 희미한 미소를 띠며.

"좀 엉뚱한 생각이지만 그것도 나쁘진 않겠군. 잡으면 좋고 못 잡아도 본전이지. 아니 돈이야 좀 들겠지만 그 정도야 뭐 각오해야지. 그들은 경찰과 달리 불법이든 뭐든 가리지 않은 테니까 지켜보는 것도 재미있을 거요. 안 그렇소?"

"혹시 무슨 후환이 없을까요?"

임원 하나가 조심스럽게 물었다.

"후환은 무슨. 나도 이 바닥에서 잔뼈가 굵은 사람이오. 그런 걱정은 하지 말고 더 좋은 방법이 있나 찾아보도록 하시오."

회의는 의외로 쉽게 끝났다. 그것은 회의가 아니라 형식적인 모임에 불과했다. 임원들이 모두 돌아가자 이종기는 담배를 피워 물었다. 바보 같은 것들.

그는 텅 빈 좌석을 보며 비웃음을 쳤다. 업소들의 성화에 어쩔 수 없이 회의를 소집했지만 처음부터 회의적이었다. 소집해 봤자 나올 것이라고는 아무것도 없었다. 그러나 분위기가 심상치 않았고 자칫 자신의 위치가 위험할 수도 있었다. 아무리 절대 권력이라 해도 회원들의 이탈까지 막을 수는 없었다. 어쩔 수 없이 회의를 열었지만 예상대로 아무런 대책도 마련할 수 없었다. 누군가가 조직 폭력배 얘기를 꺼냈을 때 그도 다른 사람처럼 한 마디로 웃기는 어린애 같은 발상이라고 비웃었다. 그러나 막대한 이권이 오가는 회장 자리를 유지하기 위해서는 뭔가 열심히 뛰고 있다는 것을 보여 줄 필요성이 있었기에 말도 되지 않는 방법이라는 것을 알면서도 받아들였던 것이다.

정말 쓸데없는 짓을 했군.

한심스럽다는 생각에 혀를 차던 그는 국내 최대의 폭력 조직이면서 그의 후배이기도 한 영진파 두목 강영진에게 전화를 걸었다.

"오랜만입니다. 웬일로 전화를 다 하셨습니까?"

그가 퉁명스럽게 전화를 받았다. 불만이 많다는 투였다. 그렇지만 그는 개의치 않았다. 그가 불만을 갖는 것은 당연했다. 유흥협회장에 취임하면서부터 그와는 의식적으로 접촉을 피해왔기 때문이었다.

"오랜만이군. 상의 좀 할 게 있어서 전화를 했네."

"무슨 일인데요?"

"얘긴 만나서 하자고."

"좋아요. 그럼 이리로 오세요."

전화를 끊은 이 회장은 그의 아지트로 차를 몰았다. 그러나 기분이 좋지 않았다. 예전 같으면 그의 전화를 받기가 무섭게 달려왔을 것이다. 그런데 이제는 자신에게 오라는 말을 서슴없이 하는 그가 아니꼽게 여겨졌다.

많이 컸다는 말이지. 하기야 그게 인생사인 걸.

그는 상한 기분을 달래며 강영진의 사무실로 향했다. 강영진의 사무실은 그럴듯 해 보였다. 그가 차에서 내려 안으로 들어서려 하자 덩치 큰 사내가 그를 막아섰다. 같이 간 기사가 그를 노려봤다. 금방이라도 주먹을 날릴 기세였다. 그는 눈짓으로 기사를 제지하며 미소를 지었다. 자신도 저만했을 때는 주먹을 먼저 날렸다. 한창 팔팔하던 때가 그리웠다. 하지만 지금은 주먹이나 휘두를 위치가 아니었다. 덩치 큰 사내가 방어 자세를 취하며 얼굴을 일그러트렸다. 그도 한 판 붙어보고 싶은 것 같았다. 그러나 좀 전과는 달리 기가 죽은 태도로 물었다.

"약속이 있었나요?"

퉁명스러운 말투였다. 그는 사내를 빤히 바라봤다. 힘은 있지만 남을 지휘할 자리에 올라가기는 틀린 인상이었다. 몇 번 써먹다가 버려질 소모품 스타일이었다. 그는 미소를 짓기는 했지만 무시를 당한 것 같아 기분이 나빴다. 강영진에 대해 괘씸한 생각도 들었다. 자신이 온다고 알렸으면 당연히 부하들에게 맞이하라고 하는 것이 선배에 대한 예의였다. 새삼 격세지감이란 말이 생각났다.

"내가 왔다고 전해!"

그는 명함을 꺼내주며 명령하듯 말했다. 상대를 완전히 무시하는 태도였다. 그러나 덩치는 아무런 내색도 하지 못했다. 상대의 강함을 알아보는 것이 이 세계에서 살아남는 법이라는 것을 터득한 모양이었다. 하지만 명함을 받는 태도는 여전히 뻣뻣했다. 기는 죽지 않겠다는 오기로 보였다. 그러나 명함을 받아들고 안으로 들어간 그가 밖으로 나왔을 땐 전과는 완전히 다른 태도를 보였다. 허리가 구십 도로 굽혀졌고 조심스럽게 그를 안내했다. 이 회장은 어깨를 펴며 안으로 들어섰다. 소파에 앉아 있던 강영진이 자리에서 벌떡 일어서며 그를 맞았다. 그의 옆에는 조폭이라고 보기에는 몸이 좀 약해보였지만 날카로운 인상을 가진 사내가 자리하고 있었다. 아마 참모 정도 되는 모양이었다. 이 회장은 힐긋 그를 바라보며 강영진에게 다가갔다. 그리고는 정말 반갑다는 표정을 지으며 악수를 청했다.

"오랜만입니다, 선배님. 앉으시죠."

강영진이 깍듯이 인사를 하며 정중하게 자리를 권했다. 조직폭력배라고 볼 수 없는 아주 세련된 모습이었다. 하기야 남들은 이들을 조폭이라고 부를지 몰라도 이들은 어엿한 사업가였다. 각종 이권에 개입하고 또 자신들의 사업체도 가지고 있었다. 서양의 패밀리들을 본받아서인지 아니면 법 때문인지는 몰라도 예전처럼 막무가내로 돈을 뜯어내는 깡패들이 아니었다.

"고맙군. 사실은 아우님에게 부탁할 것이 있어서 왔네."

그는 자리에 앉으며 본론부터 꺼냈다.

"무슨 일인데요?"

"심판자라는 놈에 대해서 들어 봤나?"

"요새 그걸 모르는 사람이 어디 있습니까?"

"당연히 알고 있겠지. 사실은 그놈 때문에 골치가 많이 아파. 우리 일을 망가뜨리고 있거든. 사업이 엉망이야. 아우님이 그놈 좀 잡아주게. 사례는 원하는 대로 줄 테니까. 어떤가?"

"나보고 그놈을 잡아달라니, 그게 가능한 일입니까?"

그가 어이없다는 표정을 지으며 헛웃음을 지었다.

"물론 쉬운 일은 아니지. 그래서 아우님을 찾아온 거야. 내가 보기엔 아우님이라면 충분히 가능할 것 같은데."

이 회장의 말에 강영진이 지그시 눈을 감았다. 그 모습을 보며 이 회장은 속으로 비웃음을 쳤다. 자신이 과거에 해왔던 행동과 너무 비슷했기 때문이었다. 그것은 결국 청부의 대가를 높이려는 상투적인 수작이었다. 아직도 그런 수법을 쓰고 있다고 생각하니 갑자기 그가 어려 보이기도 했고 쉽게 주무를 수도 있을 것 같았다. 이 회장은 느긋한 표정으로 그의 대답을 기다렸다. 이럴 때 재촉은 금물이었다. 한참을 생각하던 그가 무겁게 입을 열었다.

"솔직히 자신이 없습니다. 누군지 안다면 귀신이라도 잡아올 수 있지만. 그렇지만 한 번 해 보죠. 모처럼 선배님의 부탁인데 모른 척 할 수가 있겠습니까? 그러나 장담은 못합니다."

그가 생색을 내며 이 회장의 제의를 수락했다. 그의 말을 들으며 이 회장은 안도의 숨을 내쉬었다. 그가 그놈을 잡을 리가 없었다. 단지 회원들에게 자신은 할 만큼 일을 했다는 것을 보여주기만 하면 되는 일이었다. 이 회장은 고맙다는 말을 하며 돈 봉투를 내밀었다. 그리고는 뒤도 돌아보지 않고 밖으로 나왔다. 한 가지 일을 해결했다는 시원함이 뒤따랐다. 어찌 보면 괜한 돈을 들인 것이 아깝다는 생각도 들었지만 후일을 위해서는 작은 것은 버릴 줄 알아야 한다며 자신을 위로했다.

"형님, 왜 그런 일을 맡으셨습니까?"

이 회장이 나가고 나자 참모가 강영진을 보고 물었다. 너무 쉽게 일을 맡은 두목에 대한 불만도 불만이었지만 머리가 잘 돌아가는 그로서도 이해할 수 없는 일이었다. 승산이 없기에 자칫 자신들의 위신에 금이 갈 수도 있었다.

"너는 내가 승산 없는 일에 왜 끼어드는지 모를 거야. 우리가 그자를 잡을 수 있을 거라고 생각할 사람은 아무도 없어. 아마 우리보고 웃긴다거나 미쳤다고 하겠지. 그러나 유흥협회에서 우리에게 일을 맡겼다는 것은 우리가 국내 최고라는 것을 선전해주는 일이야. 이거야말로 돈으로 계산할 수 없는 커다란 이익이지. 지금 치고 올라오는 다른 조직도 꺾을 수 있고. 거기에 비하면 작은 것이지만 현찰도 들어오고."

"어? 이건 평소 형님의 머리가 아닌데요?"

"이런 미친놈! 이걸로 애들하고 한 잔 해라."

갑작스런 칭찬에 기분이 좋아진 강영진은 이종기로부터 받은 돈을 떼어 주며 흐뭇한 미소를 지었다. 그리고 조직의 체면을 위해 머리를 짜내기 시작했다. 참모도 같이 거들었지만 뾰족한 방법이 없었다. 어떻게든 그 자를 수면 위로 떠오르게 만들어야 했다. 실체만 확인되면 붙어 볼만하다는 생각도 들었다. 골똘히 생각에 잠기던 그는 무릎을 탁 쳤다.

바로 그거야.

다음 날부터 시중에는 이상한 소문이 돌기 시작했다. 영진파가 심판자와 한 판 붙었고, 심판자가 초죽음이 되어 도망쳤다는 내용이었다. 진위를 가릴 수는 없었지만 그것은 묘한 호기심으로 사람들의 흥미를 자극했다.

"소문이 사실인가요?"

김 기자는 전화를 걸어 최 반장에게 물었다. 심판자에게서 연락이 온 지가 한참이 지났다. 은근히 그의 소식을 기다리던 차에 그런 소문을 들은 그녀는 가슴이 쿵 내려앉았다. 자신과는 아무런 상관이 없는 사람이라 여겼는데 그가 당했다는 말을 듣자 왠지 가슴이 두근거렸다. 그만은 그렇게 쉽게 당하지 않을 것이라는 믿음이 있었다. 아무 근거도 없는 막연한 믿음이었지만 그것은 확신과 같은 것이었다.

설마 그가?

그녀는 애써 소문을 부정했지만 사람의 일이란 모르는 것이었다. 그랬기에 어쩔 수 없이 전화를 한 것이었다.

"김 기자가 왜 안달이지? 어째 목소리가 떨리는 것 같네. 혹시 짝사랑하는 것 아니야?"

최 반장의 놀림에 그녀는 얼굴이 화끈 달아올랐다. 속마음을 들킨 것 같아 은근히 화도 났다. 무슨 말인가를 해주고 싶은데 마땅한 말이 떠오르지 않았다.

"짝사랑을 하든 말든 대답이나 해요."

절로 퉁명스런 말투가 새어나왔다.

"사실일 리가 없지."

그 말을 듣자 이상하게 마음이 편안해졌다.

"그런데 왜 그런 소문이 돌죠?"

"그렇게 하면 혹시 그 놈이 나타날까 해서겠지."

"좋은 생각인데요. 확실히 경찰보다 나아요."

그녀는 비로소 그를 놀려줄 수 있다는 말을 찾아내고 미소를 지었다. 최 반장과의 관계는 아버지와 딸과 같이 서로를 믿으면서도 때로는 경쟁자처럼 으르렁거리기도 했다. 그러나 거기에는 손톱만큼의 미움도 없었다. 그저 잘 통하는 사이였다.

"뭐야! 경찰을 어떻게 보고 그런 소릴 하고 있어?"

예상대로 최 반장이 버럭 소리를 질렀다. 머리는 비상하지만 단순한 사람이었다. 그래서 놀려주기엔 딱 좋았다.

"제가 틀린 말 했나요? 유치한 발상이지만 한 번 써볼만한 방법 같은데요. 우리가 파악하기로는 심판자라는 사람도 영웅심이 아주 강한 것 같은데 혹시 걸려들지도 모르잖아요?"

"글쎄, 그렇다고 과연 그 놈이 걸려들까?"

"그건 두고 봐야지요. 그럼, 다음에 봐요."

5

소문이 퍼짐과 동시에 이상하게도 심판자의 유흥업소 폭파가 멈춰졌다. 사람들은 정말로 그가 폭력배들에게 당한 것으로 생각하기 시작했다. 정말 그가 당한 걸까. 사람들은 심판자가 자취를 감춘 것을 아쉬워도 했고 그가 너무 쉽게 당했다는 것에 어이없어하기도 했다. 그러나 김 기자는 최 반장을 통해 그가 당하지 않은 것을 알고 있었다. 하지만 흔적까지 사라진 이유는 알 수가 없었다.

무엇인가 새로운 일을 꾸미고 있을지도 모르지.

소식이 없는 그가 원망스럽기도 했다.

한편 강영진은 초조해 죽을 지경이었다. 그런 소문을 퍼트리면 그가 바로 움직일 줄 알았다. 그것이 그들이 지금까지 살아온 생활 패턴이었다. 누구에게 무시를 당한다는 것은 곧 굴복이었고 그것은 그들의 세계에서는 죽음과 같은 것이었다. 그러나 그런 소문에도 그에게서는 어떤 반응도 없었다. 강영진은 자신의 생각이 틀렸다는 것을 알았다. 그는 자신들과는 너무 달랐다. 처음의 우쭐하던 마음과는 달리 점점 불안감이 생기기 시작했고 시간이 흐를수록 그 불안감은 증폭을 더해 갔다. 왠지 심판자라는 인물이 가만히 있지는 않을 것 같았다. 괜히 건드렸다는 후회가 들기도 했다. 그러나 세차게 고개를 저었다. 그 놈이 누구든 나타나기만 하면 얼마든지 상대할 자신이 있었다. 그는 부하들을 독려하며 결의를 태웠다. 하지만 어디에서도 그의 흔적은 찾을 길이 없었다. 이쯤에서 물러서야 겠다는 생각이 들었다. 아무 성과가 없어 보였지만 실은 많은 것을 얻었다. 더구나 그가 폭파를 멈추는 바람에 그의 주가도 상당히 올라갔다. 이만하면 충분했다. 아니 기대 이상이었다. 그는 결심을 굳히고 이종기에게 전화를 걸어 자신의 뜻을 전했다.

"전 이제 그만 손을 떼겠습니다. 그 놈도 더 이상 날뛰지 않고 선배님의 걱정도 없어졌으니 일이 다 잘됐네요."

그는 말을 마치며 상대의 대답을 기다렸다. 실컷 자랑을 하고 싶었지만 이런 때는 가만히 있는 것이 더 효과적이라는 것을 경험으로 충분히 알고 있었기 때문이었다.

"수고 많았네. 그놈도 역시 아우님이 두려운 모양이야. 진작 아우님에게 부탁을 했어야 하는데. 아무튼 일이 잘돼 기쁘네. 다음에 또 일이 있으면 도와주게. 역시 믿을 건 아우님뿐이거든. 그리고 약속한 잔금은 아이를 통해 전달하겠네."

이종기는 그를 잔뜩 띄워주고 전화를 끊었다. 치켜 주면 하늘 높은 줄 모르고 날뛰는 놈들의 습성을 이용하고 싶었다. 당장이 아니더라도 앞으로 무슨 필요가 있을지 몰랐다. 강영진도 전화를 마치고 회심의 미소를 지었다. 그리고는 이내 부하들을 철수시켰다. 모든 게 만족이었다. 이종기가 자신을 이용했다고 생각할지 몰라도 자신이 이종기의 덕을 봤다는 생각이 들었다. 먹고 먹히고, 뛰는 놈 위에 나는 놈, 나는 놈 위에 붙어가는 놈. 모두가 물고 물리고 먹고 먹히는 세상이었다. 그는 이종기가 보내온 돈을 보자 기분이 더 좋아졌다. 생각보다는 훨씬 많은 돈이 들어 있었다. 그는 호탕하게 웃으며 부하들을 소집했다.

"그 동안 고생 많았다. 덕분에 이름도 날리고 돈도 벌었으니 오늘은 맘껏 취하고 신나게 놀아보자. 조직을 위해 건배!"

그는 잔을 허공에 들었고 모두가 힘차게 건배를 했다. 신나게 술판이 벌어졌고 부하들은 그를 신이나 된 것처럼 떠받들었다. 그는 떠받드는 부하들을 바라보며 겸손을 떨었지만 속으로는 은근히 그것을 즐기고 있었다. 옆에 앉은 여자들도 그의 비위를 맞추기에 여념이 없었다. 돈이 허공에 뿌려졌고 여자들은 그것을 줍느라 정신이 없었다. 속옷이 보이는지 벗겨지는지 조차 모른 체 돈에 정신이 팔려 있었다. 술은 계속 부어졌고 빈병은 갈수록 늘어났다. 술좌석은 점점 난장판으로 변해갔다. 그때 밖을 지키던 부하가 급히 안으로 뛰어 들어왔다. 그의 얼굴에는 난처한 빛이 떠올랐다. 강영진은 술이 취한 얼굴로 그를 바라봤다. 빨리 말을 하라는 표시였다.

"일이 터졌습니다."

순간 그의 얼굴이 벌겋게 물들었다. 술에 취했기 때문만은 아니었다. 방금 전까지 떠들어대던 자신의 체면이 말이 아니었다. 자신을 골탕 먹이려 이런 때를 골라 일을 저질렀다는 생각도 들었다.

죽일 놈.

그는 낮게 중얼거리며 주먹을 움켜쥐었다. 눈에서 불이 났다. 그가 나타난다면 당장이라도 때려죽일 태세였다. 어깨로 숨을 몰아쉬며 연거푸 잔을 들이켰다. 그래도 분이 풀리지 않았다. 빈 잔을 벽에 던졌다. 유리잔이 산산조각이 나며 사방으로 흩어졌다. 여자들은 물론 부하들까지 겁먹은 눈으로 그를 바라봤다.

"괜찮아. 오늘은 맘껏 마시고 신나게 놀아. 내 어떻게든 이놈을 잡고 말 테니까. 아까 손을 떼라는 명령은 취소다."

그는 위엄을 잃지 않으려고 노력하면서 계속 잔을 들이켰다. 처음부터 승산 없는 게임이었지만 체면상으로도 이대로 물러설 수가 없었다. 자칫 조직의 운영에 타격이 올지도 몰랐다.

조직의 위기?

그런 생각이 들자 몸이 오싹해져졌다. 그러나 이내 고개를 저었다. 그건 기우에 불과했다. 자신에게 도전할 조직이나 부하들은 존재할 수가 없었다. 간혹 그런 기미가 보일 때면 잔혹하리만큼 싹수부터 철저히 잘라버렸다. 대신 따르는 부하들은 최대한 대우를 해줬다. 반항하면 죽음이요 따르면 영광이라는 모토를 가슴에 새기며. 그렇기에 그런 걱정은 할 필요가 없었다.

그런데 왜 이렇게 불안하지?

술에 취한 몸을 가누며 불안감의 정체를 파악하던 그는 심판자를 떠올렸다. 그 놈이 자신을 노릴지도 몰랐다. 알 수 없는 전율에 몸이 부르르 떨렸다. 놈을 상대할 자신이 없었다. 부닥친다면 때려 부수겠지만 철저히 감춰진 놈을 상대한다는 것은 아무래도 무리였다. 알 수 없는 불안감에 계속 술만 마셨다. 얼마나 마셨는지 절로 눈이 감겨왔다.

"형님, 그만 들어가 쉬시지요."

누군가가 그를 부축하며 말했다. 그는 부하에게 몸을 맡기며 걸음을 옮겼다. 하늘이 빙빙 돌았다. 부하에게 업히다시피 해 호텔 방으로 들어온 그는 알 수 없는 말을 중얼거리며 그대로 곯아 떨어졌다. 얼마의 시간이 지났는지 알 수가 없었다. 한 시간이 지난 것도 같았고 하루가 지나간 것도 같았다. 악몽에 시달리던 그는 무엇인가가 짓눌러오는 것을 느끼며 몸을 일으키려 했다. 그러나 몸이 말을 듣지 않았다. 발버둥을 쳤으나 허사였다. 꿈인가. 번쩍 눈을 떴다. 몽롱하기는 했지만 분명 꿈은 아니었다. 부하들을 부르려 소리를 쳤으나 말소리가 새어 나오지 않았다. 식은땀을 흘리며 자신을 바라보던 그는 깜짝 놀랐다. 손발이 꽁꽁 묶여져 있었고 입에는 테이프가 붙어 있었다. 어이가 없었다. 자신을 그렇게 할 사람은 천하에 아무도 없다고 자부하던 그였다.

누가 감히 나를…….

치솟는 화를 누르며 주위를 돌아보던 그의 눈에 온몸을 검은 천으로 감싼, 심지어 눈에 색안경까지 쓴 사내가 비쳐들었다.

'누구냐?'

그는 몸부림을 치며 외쳤다. 그러나 그 소리는 입안에서만 맴돌았다. 그의 몸부림을 바라보던 사내가 앞으로 바싹 다가섰다. 저승사자를 만난 듯한 무서움이 밀려들었다.
"잘 잤나?"
친근하게 말을 걸어오는 사내의 목소리는 매우 차가웠다. 순간 그는 그가 요즘 세상을 떠들썩하게 만든 심판자라는 것을 알았다.
이대로 죽는 것인가.
두려웠다. 아직은 죽을 때가 아니었다.
여기서 죽을 수야 없지.
그는 마음을 다져먹었다. 이 바닥에서 이 자리까지 올라오며 이런 경우를 당한 것이 한두 번이 아니었다. 죽을 때 죽더라도 맞서봐야겠다는 생각이 들었다. 그러자 여유가 생겨났다. 눈을 들어 찬찬히 그 사내를 바라봤다. 다부진 몸매였지만 세상을 떠들썩하게 만들었던 그런 흉악한 사람처럼 느껴지지는 않았다. 얼굴을 볼 수는 없었지만 풍기는 분위기는 소문 속의 악인과는 거리가 멀어 보였다.
"할 말이 있나?"
사내가 차갑게 말했다. 그는 가볍게 고개를 끄덕였다. 그러자 사내가 망설임 없이 입을 막았던 테이프를 뜯어냈다. 따끔했지만 욕을 할 수도 소리를 칠 수도 없었다. 아무것도 무서울 것이 없는 듯이 행동하는 사내의 태도에 절로 위축이 됐다. 소리를 치면 당장 부하들이 달려오겠지만 그럴 엄두가 나지 않았고 자신의 그런 모습을 부하들에게 보여주고 싶지도 않았다.
"당신이 심판자?"
겨우 그 말을 했고 사내가 가볍게 고개를 끄덕였다.
"날 어떻게 할 건가?"
"생각중이야. 독버섯은 없애야 되겠지만 세상에 그런 것들이 한 둘이어야지. 그러나 그보다는 지금까지 사람을 죽이지 않아서 망설여지는군. 물론 앞으로는 달라지겠지만."
사내의 말을 들으며 그는 안심을 했다. 하긴 죽일 것이라면 복면을 할 필요도 없었고 자신을 드러내지도 않았을 것이었다.
"죽이지는 않겠다는 말인데 조건이 있겠지?"
"조건? 그런 건 생각해 보지도 않았어. 내 사전에 조건이란 단어는 없으니까. 그래서 망설이는 중이야."
"그럼 풀어주지 그래?"
"그러고 싶지만 왠지 내가 손해 본 느낌이 들어. 내 명예에 대한 보상을 받아야겠는데 마땅히 받을 것이 없거든. 이렇게 하는 것은 어떤가? 자네가 내게 무조건 복종하는 것."
"무조건? 그게 가능하다고 생각하나?"
"복종하지 않으면 죽을 수도 있다는 걸 알 텐데."
"그렇다고 마음에도 없는 복종은 할 수 없지."
"어떻게 하면 그런 마음이 일어날 수 있을까?"
"대결, 어때?"
그는 대담하게 사내를 노려보며 말했다. 처음의 두려움과는 달리 해 볼 수 있다는 자신감이 생겼다. 베일 속에 가려졌던 실체를 처음 봤을 땐 겁이 났었지만 몇 마디 대화를 나누자 한 판 붙어 봐도 될 것 같았다. 아니 이길 수 있다는 자신감이 생겼다. 베일 속의 사내는 제법 다부져 보였지만 자신도 놀고 있지만은 않았다. 몸이 생명이었기 때문이었다.
"역시 너다운 생각이군. 좋아. 그럼 덤벼 봐."
그가 장난스럽게 이죽거리며 손을 묶은 테이프를 풀었다. 조금도 망설이지 않는 태도였다. 자신의 몸이 풀리는 것을 바라보던 강영진은 회심의 미소를 지으면서도 뭔지 이해할 수 없는 것을 느꼈다. 구박을 풀어준다는 것은 자신이 있을 때나 가능한 것이었다. 아무리 날고뛴다 해도 자신을 그렇게 호락하게 보아서는 안 되는 일이었다. 주먹이라면 자신이 있었다. 지금까지 주먹 하나로 이 자리까지 올라온 그였다. 몸이 풀리자 그는 서서히 몸을 일으키며 그의 앞으로 다가갔다. 그리고는 곧바로 사내를 향해 주먹을 내질렀다. 순간 그는 멍한 느낌을 받았다. 분명 사내의 몸에 맞았는데도 허공을 친 듯 반응이 없었다. 그가 어리둥절한 표정을 짓고 있을 때 사내의 주먹이 번개처럼 날아들었다. 그리고 그 주먹은 정확하게 그의 명치에 꽂혔다. 숨이 탁 막히는 느낌과 함께 참을 수 없는 통증이 밀려들었다. 숨이 막혀 비명을 지를 수도 없었다. 절로 무릎이 꺾였다. 그는 명치를 움켜쥐며 겨우 몸을 일으켰다. 믿을 수 없는 표정이었다. 무엇인가에 속았다는 생각이 들었다.

"다시 해 보겠나?"

그의 생각을 읽었다는 듯 사내가 다시 이죽거렸다. 어린애를 다루고 있는 듯한 여유로움이 배어나오고 있었다. 울컥 오기가 솟았다. 사내를 너무 얕보았다는 생각과 함께 다시 대결을 한다면 지금처럼 한 방에 나가떨어지지는 않을 자신이 있었다. 대답 대신 다시 대결 자세를 취한 그는 그를 향해 돌진했다. 이번에는 주먹이나 발이 아니라 몸 전체였다. 그를 잡아 매친다면 얼마든지 힘으로 누를 수 있을 것 같았다. 그의 손이 사내의 몸을 잡았다고 느낀 순간 손아귀에 잔뜩 힘을 주었다. 그러나 허공을 움켜쥔 것처럼 허전하기만 했다. 그때 다시 사내의 손이 그의 목덜미를 세차게 내리쳤다. 아찔한 느낌과 함께 순간적으로 정신을 잃고 말았다. 한참 후 깨어난 그는 멍한 눈으로 사내를 바라보며 입을 열었다.

"복종하겠소. 내가 할 일이 무엇이오?"

강영진은 처음으로 존댓말을 썼다. 굴복의 의미였다. 그에 호응이라도 하듯 그도 존댓말을 했다.

"그냥 지금처럼 행동하시오. 필요하면 내가 찾아갈 테니까. 아, 참. 나에 대해 소문을 퍼트려 주시오."

"어떤?"

"그건 당신이 알아서 하시오. 다만 좋게 퍼트렸으면 하오."

"그렇다면 당신을 만났다고 해야 되는데."

“그게 무슨 걱정이오? 누가 물으면 본 그대로 말하면 되지. 그리고 좀 전에 한 말 잊지 마시오.”

그의 말을 들으며 강영진은 은근히 놀랐다. 세상이 그를 잡으려 눈을 벌겋게 뜨고 있는데도 전혀 거리낌이 없는 태도는 자신감을 넘어 오만에 가까웠다.

“알겠습니다. 내 이름을 걸고 약속하겠습니다.”

“고맙소. 그럼 미안하지만 잠시 더 주무시오. 난 이만 가겠소.”

짧게 말을 마친 사내가 손을 들어 그의 목덜미를 내리쳤다. 가벼운 통증과 함께 다시 정신을 잃고 말았다.

강영진이 심판자를 남자다운 사람이라고 떠들고 다닌다는 소문을 들은 최 반장은 고개를 갸웃거렸다. 분명 이유가 있을 것이라고 생각은 했지만 깡패 세계의 일이라고 치부하고 그냥 지나쳐 버렸다. 그들의 세계에 어떻게 소문이 났든 상관할 바가 아니었다. 그러나 최 반장의 부하인 오 형사의 생각은 달랐다.

“이상한데요. 심판자를 잡겠다고 떠들던 놈이 그를 칭찬하고 다니는 걸 보면 혹시 그놈을 만난 건 아닐까요? 아니 만난 것이 확실해요. 당장 강영진을 만나봐야겠어요. 소문에 불과할지도 모르지만 진위를 알아볼 필요는 있어요.”

말을 하며 밖으로 달려 나가는 오 형사를 바라보던 최 반장은 이마를 탁 쳤다. 왜 그런 생각을 못했는지 한심하기만 했다. 소문이 돌았을 때 그를 먼저 만나봤어야 했다. 갈수록 멍청해지는 기분을 떨칠 수가 없었다. 이제 정말 사표를 낼 때가 됐다는 자괴감도 들었다. 하지만 뛰쳐나가는 오 형사를 보자 흥분이 일었다. 사건의 단서는 필연적으로 얻어지기도 하지만 우연히 얻는 경우도 많았다. 특히 미궁의 사건일수록 더욱 그랬다. 어쩌면 이 사건도 지금처럼 우연찮은 곳에서 해결될 수도 있었다. 그는 갑자기 초조해지는 자신을 달래며 오 형사를 기다렸다. 시간이 꽤 흘렀다고 생각됐는데도 오 형사의 모습은 보이지 않았다. 하긴 조직의 보스쯤 되면 그렇게 호락호락 올리는 만무하겠지만 이번 경우는 달랐다. 범죄자가 아니라 참고인 호출이니까 어렵지는 않을 것이었다.

왜 이렇게 늦지?

초조함으로 시계를 바라보던 최 반장은 자신이 너무 초조해하고 있다는 것을 깨달았다. 아무리 일에 지치고 스트레스를 받는다고 해도 베테랑 수사관으로 지켜야 할 기본을 잊어서는 안 되는 일이었다. 그는 자신을 질책하면서도 눈은 자꾸만 출입문 쪽으로 향했다.

꽤 오랜 시간이 지나고 약간의 지루함을 느낄 때쯤 강영진이 오 형사와 함께 수사반에 얼굴을 디밀었다. 최 반장은 그를 보자 얼싸안고 싶을 만큼 반가웠다. 평소에 경멸하고 혐오하던 깡패 집단의 두목이 그렇게 반갑게 느껴질 수가 없었다. 자꾸만 흥분되는 마음을 가라앉히며 그를 조용한 사무실로 안내했다. 오늘만은 그의 기분을 맞춰주고 싶었다. 담배를 권하며 은근한 말투로 물었다.

"이상한 소문이 돌던데 혹시 그 자를 봤소?"

"네. 봤습니다."

그가 의외로 순순히 대답했다. 순간 최 반장은 쾌재를 불렀다. 생각하지도 않았던 곳에서 의외의 단서가 나올 것 같았다. 자꾸만 가슴이 뛰고 흥분이 됐다. 그의 협조만 받는다면 그자를 체포하는 것은 그다지 어렵지 않을 것 같았다. 이 사건만 해결하면 승진은 물론 팔자를 고치게 될 지도 몰랐다. 그러나 한편으론 그렇게 거창하게 세상을 흔들던 사건이 의외로 쉽게 끝날지도 모른다는 허탈감도 들었다. 최 반장은 그에게 바싹 다가서며 그의 인상착의와 생김새에 대해 물었다. 그러나 그는 고개를 절레절레 저었다.

"협조를 못 하겠다는 건가?"

최 반장은 인상을 쓰며 험악한 표정을 지어 보였다. 이럴 땐 강압적인 방법이 최고였다. 힘을 앞세우는 자들에겐 더 큰 힘이 있다는 것을 보여줘야 했다. 그러나 상대는 조금도 주눅이 들지 않고 당당하게 대답했다.

"협조를 못 하겠다는 게 아니라 아는 게 없습니다. 온몸을 온통 검은 천으로 동여맨 저승사자 같았어요. 피부라곤 구경도 못했어요. 마치 미라 같았거든요. 눈에는 색안경을 썼고."

"그러나 특징이 있을 거야. 키나 몸매 같은 것 말이야."

"그런 거야 알죠. 키는 대략 175에서 180㎝정도고 몸매는 호리호리했어요. 운동으로 다져진 듯 매우 다부져 보였어요."

"그밖에 뭐 특별한 것은 없나? 아무 거라도 좋으니 말해 봐."

"참, 지금까진 사람을 죽이지 않았는데 앞으론 죽일지도 모른다고 했어요. 사회에서 없어져야 할 사람은 죽어야 한대요."

그 말을 듣자 최 반장의 가슴에선 김이 빠져나가는 소리가 들렸다. 기대와 흥분이 실망으로 변해가고 있었다. 물론 그가 나타났다는 호텔에 대해 CCTV나 탐문 수사를 벌이겠지만 그것 역시 별 효과가 없을 것이라는 느낌이 들었다. 단순한 느낌뿐이었지만 그것은 확신보다도 더 확실하게 뇌리를 파고들었다. 더 이상의 질문이 무의미하다는 생각이 들었다. 하지만 의무적으로라도 심문은 계속해야 했다.

"얼굴도 보지 못했다면서 왜 그 자를 칭찬하고 다니지?"

"남자다웠습니다. 틀이 굵고 행동도 멋있었어요. 한 마디로 따라가고 싶은 마음이 생길 정도로 매력이 있었습니다."

"아냐. 그런 말은 안 통해. 막말로 첫눈에 반했다는 말인데 남녀 간의 사랑도 아니고. 분명히 다를 이유가 있을 거야. 안 그런가?"

최 반장의 물음에 강영진의 얼굴이 약간 붉게 변했다.

"솔직하게 털어 놓는 게 좋을 거야."

최 반장은 기회를 놓치지 않고 그를 압박했다. 빤한 눈으로 최 반장을 바라보던 그가 어쩔 수 없다는 듯 입을 열었다. 그의 얼굴이 벌겋게 물들고 있었다.

"사실은 그와 대결을 했어요."

그는 창피해하면서도 자신이 겪었던 일을 자세히 말했다. 자칫 이런 사건에 잘

못 휘말렸다가는 조직 자체가 위험할 수도 있다는 것을 본능적으로 깨닫고 있는 것 같았다.

"허공을 움켜쥔 것 같았다고?"

최 반장은 고개를 갸웃거렸다. 도저히 이해할 수 없는 일이었다. 하지만 싸움으로 이골이 난 그가 헛소리를 지껄일 리는 없었다. 그가 잡았다면 잡은 것이었다. 아무리 궁지에 몰렸어도 대결을 할 때는 신중을 기하는 법이었다. 더구나 상대를 적수로 여겼다면.

"저도 그게 이상합니다. 사람이 어찌 그럴 수가 있습니까?"

"알았네. 이렇게 와줘서 고맙군. 신세는 나중에 갚지."

최 반장은 더 이상 그를 붙들지 않았다. 알아낼 것은 다 알아낸 것 같았다. 기대만큼은 아니지만 전혀 소득이 없었던 것은 아니었다. 사건을 파악하기에는 너무나 빈약한 자료였지만 키가 175에서 180㎝정도의 건장한 남자라는 것만으로 소기의 성과는 거둔 셈이었다. 하지만 허공을 움켜쥔 것 같다는 말은 범인의 정체 파악을 더 어렵게 만들었다. 외계인도 아니고 투명 인간도 아닌 실체를 가진 인간이라면 도저히 일어날 수 없는 현상이었다. 최 반장은 자꾸만 미궁으로 빠져드는 생각을 정리하며 강영진이 묵었던 호텔로 수사관들을 급파했다. CCTV를 뒤지고 목격자를 찾다보면 자그마한 것이나마 단서가 나올지 모른다는 희망을 가지며.

6

"이제 폭파 예고가 들어와도 출동하지 않으면 어떨까요?"

매일같이 야근에 시달리며 줄담배를 피워대는 최 반장을 지켜보던 오 형사가 뜬금없는 소리를 했다. 최 반장은 어처구니없는 눈으로 그를 바라봤다. 그도 계속되는 출동에 짜증이 나 있었고 얼굴엔 피곤한 기색이 역력했다. 그냥 농담으로 흘려 넘기려 할 때 그가 다시 입을 열었다. 매우 진지한 모습이었다.

"무슨 이유라도 있나?"

최 반장은 지나가는 말투로 물었다. 그의 체면을 생각해서였다.

"지금까지 우리가 겪은 바로는 그 자는 사회악을 일소한다는 명분하에 폭파를 즐기고 있는 것 같습니다. 어쩌면 경찰이 출동하는 것을 보며 쾌감을 느끼고 있는지도 모릅니다. 우리가 도착했을 땐 이미 폭파가 일어난 후였지요. 우리는 그 잔해를 치우며 뒷정리나 한 것이 고작이었어요. 우리가 출동을 하나 안 하나 어차피 폭파는 일어나게 돼 있어요. 그러니까 연락이 오면 업주에게만 알려 인명 피해가 없도록 하고 출동하지 않는 겁니다. 어쩌면 그 자가 불꽃놀이를 멈출지도 모르잖아요? 놈도 재미가 있어야 폭파를 할 테니까요."

오 형사의 말을 듣던 그는 고개를 끄덕였다. 일리가 있는 말이었다. 그의 말대로 출동하는 체 흉내만 내도 될 것 같았다. 어차피 놈의 목적은 사람의 살상이 아니었기에 인명 피해를 두려워할 필요는 없었다. 아니 더 나아가 그 자에게도 이 사실을 알리고 싶었다. 다시는 출동하지 않는다고 하면 놈도 당황할 것이고 뒤통수를 맞는 기분을 놈도 느껴야 했다. 그런 생각을 하자 갑자기 기분이 좋아졌다. 소심한 복수였지만 재미도 있을 것 같았다.

"좋아. 그렇게 해 보자고. 그나저나 또 나가야지?"

그는 오 형사의 어깨를 툭 치며 밖으로 나섰다. 거리는 휘황찬란한 네온사인들로 대낮처럼 밝았고 사람들은 불나방처럼 거리를 헤집고 다니고 있었다. 최 반장은 의무감처럼 폭발물 제거반원을 데리고 시내를 순찰하고 있었다. 상부의 지시도 지시지만 한 번 만이라도 그의 폭발을 실패로 만들고 싶었다. 좀 전의 생각처럼 그에게 출동하지 않겠다는 말도 하겠지만 경찰의 체면상 한 번만이라도 폭발을 막았으면 하는 것이 소원이었다. 그것은 또한 자존심이기도 했다. 그는 무의식적으로 전화기를 만지작거렸다. 문득 소식이 올 때가 됐다는 생각이 들었다. 그때 그의 마음을 읽기라도 한 듯 전화기가 울렸다.

"여보세요."

그가 전화를 받자 예의 그 쉰 듯한 목소리가 들려왔다.

"은하빌딩 지하 룸이오. 오늘은 두 시간이오."

마치 선심을 쓰듯 말을 마친 그가 전화를 끊었다. 항상 이런 식이었다. 무슨 말이라도 하고 싶었지만 시간을 주지 않았다. 출동하지 않겠다는 말을 할 시간도 없었다.

빌어먹을 놈.

절로 욕이 튀어나왔다. 그러나 출동을 하지 않으면 그만이었다. 놈에게 말을 하지 못한 것이 아쉬웠지만 어쩔 수 없다는 생각을 하며 습관적으로 위치를 검색하던 그는 가슴이 뛰는 것을 느꼈다. 자신이 있는 위치와 아주 가까운 거리였다. 길가에 차를 세우고 주위를 두리번거렸다. 바로 앞에 그가 말한 건물이 보였다. 그는 급히 부하들을 소집하며 뛰다시피 빌딩 안으로 들어갔다.

룸은 한창 분위기가 달아 있었다. 여기저기서 노랫소리가 새어나왔고 비명인지 괴성인지 모를 여자들의 목소리가 터져 나왔다. 안으로 들어서자 입은 건지 벗은 건지 모를 옷을 걸친 여자가 반갑게 그를 맞았다. 생글거리는 입가로 교태가 넘쳐흘렀다. 그러나 최 반장의 눈에는 금방이라도 터질 것 같은 폭탄만 어른거렸다.

"빨리 밖으로 나가시오."

그는 여자를 밀치며 소리를 질렀다. 그리고는 방마다 문을 활짝 열어젖혔다. 마담인지 뭔지 하는 여자가 항의를 했지만 그 소리는 방에서 터져 나오는 소리에 묻혀버리고 말았다. 갑작스럽게 열린 방안의 풍경은 정말 가관이었다. 말로 들었던 것보다 더 난잡하고 볼썽사나웠다. 그러나 그것을 보고 있을 여유가 없었다. 곧바로 들이닥친 팀원들을 독려하며 폭발물을 찾기 시작했다. 팀원들이 탐지기를 들고 부지런히 움직이는 것을 바라보던 그는 비로소 마담에게 다가가 신분증을 내밀었다.

"심판자라고 들어봤을 거요. 오늘은 이곳을 목표로 삼은 것 같습니다. 시간이 없어서 실례를 범했으니 이해하시오."

"네? 그럼 이곳도 폭파되나요?"

여자의 얼굴이 하얗게 질렸다. 좀 전의 생글거리던 교태는 찾아볼 수 없었다. 두려움과 혼란으로 뒤덮인 그녀의 얼굴을 바라보며 최 반장은 묘한 기분을 느꼈다. 이런 업소를 운영하려면 뻔뻔해야 했다. 그것은 주인이든 얼굴 마담이든 마찬가지였다. 당연히 두려움도 없어야 했다. 그런데 심판자라는 말에는 두려움을 느끼고 있었다. 그 자는 분명 인명 피해는 주지 않았다. 그런데도 두려움을 느끼는 것은 심판자 때문인지 아니면 폭파로 인한 손해를 감당해야 하는 어려움 때문인지도 모르지만 굳이 이유를 알 필요는 없었다.

"겁먹을 건 없습니다. 아직 장담할 수는 없지만 만약 여기에 폭발물을 설치했다면 바로 찾을 수 있으니 너무 걱정 마시오."

그는 그녀를 위로(?)하며 홀 안을 둘러보았다. 화려했다. 모든 것이 상상을 초월했다. 말로만 들었던 호화 살롱이 이런 것인가 하는 실감이 났고 자신 같으면 평생 한 번도 와보지 못할 것 같은 자괴감이 들었다. 부하들이 열심히 숨겨진 폭탄을 찾으며 홀을 누비고 다니는 모습을 바라보는 최 반장의 이마에는 땀이 흘러내렸다. 초조함을 달래려 마담에게 넌지시 말을 건넸다.

“이런 데서 술을 마시려면 얼마나 있어야 됩니까?”

“왜요? 반장님도 마셔 보시려고요?”

하얗게 질렸던 그녀가 미소를 되찾으며 되물었다. 단순한 호기심일 뿐 다른 의미가 있었던 것은 아니었다. 이런 데서 술을 마실 돈도 없었지만 굳이 마시라고 해도 마시고 싶지도 않았다. 그런데 그녀의 반응은 너무 즉각적이었다. 빤히 그녀의 얼굴을 살피던 최 반장은 그것이 직업적인 반응이 아니라 두려움을 달래기 위한 방편이라는 것을 알았다.

“나는 소주가 제격이오. 그냥 호기심에서 물어본 것뿐이오.”

“한 삼, 사백 정도면 둘이 마실 수 있을 거예요.”

아무렇지도 않게 삼사백이라는 말을 꺼내는 그녀를 보며 최 반장은 슬며시 고개를 돌렸다. 한 달 월급에 가까운 돈을 내고 술을 마시는 놈들의 얼굴을 보고 싶었고 이런 홀은 전부 날아간대도 아까울 것이 없다는 생각이 들었다. 하기야 있는 놈들의 입장에서 보면 그 정도는 푼돈일지도 몰랐다. 괜한 질문을 해서 기분이 상했다는 후회를 하며 시계를 봤다. 시간은 아직 많이 남아 있었지만 초조함은 더 커져만 갔다. 오늘도 폭파를 막지 못한다면 자존심이 말이 아니었다.

“여깁니다. 여기 있습니다.”

그가 초조함으로 발을 구르고 있을 때 팀원 중 하나가 흥분된 목소리로 벽을 가리켰다. 그는 얼른 벽 쪽으로 다가갔다. 생각보다 너무 쉽게 찾았다는 안도감으로 폭탄의 위치를 살피던 그는 의아함을 느꼈다. 폭탄은 굳이 수색을 하지 않아도 쉽게 찾을 수 있는 그런 위치에 있었다.

"제거할 수 있겠나?"

"어렵진 않습니다. 아주 일반적인 형태입니다."

그 말을 듣자 좀 전의 의아함이 의혹으로 변했다. 분명 어떤 의도가 깔려 있는 것 같았다. 그는 제거 지시를 내리고 밖으로 나왔다. 안도의 한숨도 나왔고 처음으로 폭파를 막았다는 자랑스러움도 섞여 있었다. 그러나 뭔지 모를 찜찜함이 머리를 휘감고 돌았다. 고마워하며 놀러 오면 무료로 서비스한다는 마담의 말도 귀에 들어오지 않았다. 그럴 가치도 없어 보였고 그럴 기분도 아니었다.

다음날 신문과 방송은 심판자라는 사람의 폭파 실패를 톱뉴스로 보도했다. 그것은 그만한 가치도 있었지만 경찰에서 놈의 신경을 자극해 달라고 부탁한 효과도 있었다. 최 반장은 그의 신경을 자극해 그가 이성을 잃고 날뛰기를 바랐다. 그러나 그것이 기대에 불과했다는 것을 깨닫는 데는 그리 긴 시간이 필요하지 않았다. 기사가 나가고 얼마 되지 않아 그의 연락을 받았을 때 그는 그 기대가 얼마나 헛된 생각이었는지를 확실히 알 수 있었다.

"최 반장, 축하하오."

"우연한 행운이었을 뿐이오."

"겸손하시군. 그건 당신에게 주는 고별 선물이었소."

아니, 이 자가 일부러?

그러고 보니 시간을 많이 준 것도, 폭발물을 허술하게 숨겨놓은 것도 다 이유가 있었던 듯 했다. 찜찜했던 것이 이런 것 때문이라는 확신에 모처럼의 승리라고 생각했던 기분이 팍 가라앉았다.

"고맙소. 그런데 고별이라니?"

"앞으로 이런 일은 그만 두겠소. 이만하면 초석은 충분히 다졌으니까."

"초석? 도대체 무슨 뜻이오?"

"그것까지는 몰라도 되오. 그럼, 이만."

전화가 끊기자 갑자기 허탈감이 밀려들었다.

7

'심판자' 폭파 중단 통보. 다음 대상은 체납자.

심판자는 폭파를 중단하고 악질 체납자를 응징하겠다는 통보를 해왔습니다. 심판자가 확보했다는 악질체납자는 약 5000여 명으로 그 명단과 재산 상태, 체납액 등 관련 자료는 '정의사랑' 카페 운영자 앞으로 보내졌다고 합니다. 이들이 앞으로 한 달 이내에 세금을 납부하지 않으면 강한 응징을 할 것이며 그 책임은 응당 미납자들이 져야 한다고 말했습니다. 본사가 카페 책임자에게 문의한 결과 당사자의 명예를 고려해 명단은 발표하지 않겠지만 당사자가 문의할 경우 상세한 내용을 알려줄 예정이라 합니다. 이상 kbc 김현지였습니다.

방송이 나가자 '정의사랑'이라는 카페는 서버가 마비될 정도로 접속이 폭주했고 국민들은 그가 어떻게 그들을 처단할 것인가에 대해 큰 호기심을 나타냈다.

최 반장은 방송을 보자마자 곧바로 김현지 기자에게 전화를 걸어 경과를 물었다. 그러나 돌아온 대답은 핀잔뿐이었다. 오히려 아직까지 그런 걸 묻고 다니느냐는 퉁명스런 대답에 할 말을 잃었다. 하긴 그랬다. 묻는 것이 바보라는 생각을 하며 곧바로 카페 운영자를 찾아갔다. 그를 맞은 사람은 대학생으로 보이는 여자였다. 남자일 것이라는 생각한 것은 완전한 착각이었다.

"자료는 어떻게 받았소?

잠시 당황했지만 그는 망설임 없이 자료를 받은 경위를 물었다.
"그건 왜 묻죠?"
여자가 도도하게 대답했다.
"수사상 필요에 의해서요."
"그럼 정중하게 물어야 되는 것 아니에요?"
무척 까칠했다. 여자라고 만만히 보았다가는 큰 코를 다칠 것 같았다. 한 번 혼을 내주고 싶었지만 지금은 어린 애를 붙들고 시비를 가리고 있을 때가 아니었다. 얼른 사과를 하며 다시 물었다.
"아, 미안합니다. 자료는 어떻게 받았지요?"
"메일을 받았어요. 출력을 해 놓은 것이 있는데 드릴까요?"
"아니, 됐습니다. 난 자료 입수 경위를 알려고 왔는데 헛수고인 것 같군요. 그런데 왜 이런 일을 하지요?"
"재밌잖아요. 또 돈도 벌고."
"돈을 벌다니?"
"광고가 꽤 많아요. 잘 나가는 카페거든요."
그녀가 자랑스럽다는 듯 미소를 지어 보였다.
"아가씨가 오너인가요?"
"그런 셈이죠. 그가 맡겼으니까요."
"그라니?"
"알면서 왜 물으세요?"
"그를 만났습니까?"
"아니, 전화를 받았어요. 잘 관리하라고 하더군요."
"만일 카페를 폐쇄한다면 어쩌겠소?"
"정말 폐쇄시킬 자신이 있습니까?"
그녀가 비릿한 웃음을 지었다. 그를 완전히 무시하는 미소였다.

"못할 것도 없지요."

그는 배알이 꼴리는 것을 참으며 그녀를 노려봤다.

"이 카페 주인은 내가 아닙니다. 폐쇄하고 싶어도 내 마음대로 할 수가 없어요. 또 위법한 것도 아니고요. 그래도 경찰에서 공권력으로 폐쇄시키면 어쩔 수 없겠지요. 하지만 그런 일은 없으리라 봅니다."

"자신만만하군요. 믿는 게 있는 모양이군요."

"믿는다면 카페의 실제 오너를 믿을 뿐이지요."

"열심히 믿어 보시오."

최 반장은 비아냥거리듯 한 마디를 남기고 카페를 벗어났다. 그녀도 그 자의 하수인에 불과했다. 그러나 단순한 하수인이 아니라 사이비 교주처럼 그를 믿고 있다는 사실에 혀를 내둘렀다.

밖으로 나오자 현기증이 일었다. 최 반장은 이마로 손을 가져갔다. 골치가 지끈거렸다. 놈을 빨리 잡아야 한다는 생각이 들 뿐 방법이 없었다. 놈이 하는 행동에는 어떤 패턴도 없었다. 패턴이 있다면 감이라도 잡을 수 있겠지만 그의 행동양식은 개구리처럼 뛰는 방향을 짐작할 수 없었다. 심리분석가들조차도 머리를 절레절레 흔들었다. 생각할수록 답답해 미칠 지경이었다. 한숨만 내쉬며 밖으로 나온 그는 김현지 기자와의 약속을 떠올리며 약속 장소로 차를 몰았다.

"잘 나가는 분이 웬일로 날 만나자고 해?"

최 반장은 그녀의 앞자리에 앉으며 농담부터 했다. 아니 그녀에게 화풀이라도 하는 심정이었다. 그랬기에 말이 꼬여 있었다. 그러나 김 기자는 그의 기분과는 아무 상관이 없다는 듯 아니면 약을 올리는 듯 생글거리며 입을 열었다.

"일 때문이지요. 요새 근황은 어떠세요?"

"미치겠어. 단서도 없고 위에서는 빨리 잡으라고 야단인데 시민들은 그를 옹호하고. 어느 장단에 춤을 춰야 할지 원."

"반장님도 그가 미우세요?"

“사실대로 말하면 기사화 시키려고?”

“설마요. 우리 둘 사이에는 보이지 않는 불문율이 있잖아요.”

“고맙군. 사실 나도 그 자가 밉지는 않아. 또 덕을 본 것도 있고. 그것도 덕이라고 생각한다면 말이야. 허허허.”

“무슨 말씀이세요?”

“몰라서 물어? 그건 김 기자도 마찬가지일 텐데. 나 같은 사람이 베테랑 형사들을 제치고 특별수사본부에서 지금의 위치를 지키고 있는 것은 그가 나를 통해 연락을 하기 때문이 아닐까? 김 기자가 뜬 것도 그 때문이고.”

“그렇다면 오히려 그 사람한테 고맙다고 해야겠네요?”

“그럴지도 모르지. 그런데 좀 이상해. 왜 하필 우리지?”

“우연이 아니란 말인가요? 그렇게 생각하면 끝도 없어요. 우리가 아닌, 어느 다른 두 사람이 우리와 같은 처지에 있었다면 그들도 우연이 아니란 말을 할 거예요. 그냥 우연히 연루됐다고 생각하세요. 또 나쁜 일도 아니잖아요?”

“물론 그렇게 생각할 수도 있지만 난 달라. 내 생각엔 심판자라는 사람은 우리가 아주 잘 알고 있는 사람일 것 같다는 느낌이 들어. 그래서 말인데 우리와 친분이 있는 사람 중에 호리호리하면서도 건장하고 키가 175㎝ 내지 180㎝ 쯤 되는 사람을 찾아보면 어떨까?”

“머리가 어떻게 된 거 아니세요?”

“왜, 내가 어때서?”

“한강에서 바늘 찾기 아니에요?”

“꼭 그렇지만도 않아.”

“아, 그러고 보니 한 사람이 생각나네요.”

“누구?”

“제 애인.”

“아, 민국이란 친구?”

"그럼 먼저 그 사람부터 조사해야겠네요?"
"그렇군. 그럼 그 친구부터 조사해 볼까?"
"뭐라고요? 난 가겠어요. 이제 반장님하고 같이 못하겠어요."
"아, 아냐. 농담이야. 무슨 일로 만나자고 했어?"
"이것 전해드리려고요."
김 기자가 가방에서 봉투를 꺼냈다. 그것을 보자 최 반장은 서운한 기분이 들었다. 말을 안 해도 그것은 체납자 명단일 테고 그것을 김 기자를 통해 받는 기분은 유쾌한 것이 아니었다. 자신이 김 기자에 비해 홀대를 받는 느낌이었다.
"무엇인지 벌써 알아채셨군요. 존경스러워요. 보시면 줄이 쳐져 있는 사람이 있을 거예요. 그 자가 첫 번째 대상이에요."
"어떻게 알았어?"
"또 바보 같은 질문을 하시네요. 그래도 확인을 시켜드려야겠지요? 저도 전달자로서의 임무에 충실하려면. 호호."
최 반장은 그녀가 꺼낸 봉투에서 밑줄이 쳐진 사람을 확인했다.

유달수. 연 1500%이상을 받는 악덕사채업자로 돈을 안 갚을 시는 폭력배를 동원하여 감금, 폭행을 서슴지 않음. 성매매로 돈을 벌기 시작했으며 현재의 재산은 건평 1200평의 12층 건물과 100평이 넘는 아파트 그리고 경기도 소재 땅 20,000평과 고급 외제차 3대가 있으나 모두 부인과 자식, 처남의 명의로 되어 있어 강제 집행을 할 수도 없는 상태임. 본보기로 이 자를 선택했음. 기한은 15일.

"음!"
최 반장은 김 기자를 바라보며 신음을 토했다. 이런 내용을 조사했다는 게 충격이었다. 그가 전해준 서류를 보는 데만도 며칠이 걸릴 것 같았다. 새삼 그 자의 능력이 두려워지기 시작했다.
"어떻게 하시겠어요?"

"무얼 어떻게 해? 당연히 보호해야지. 행위는 밉지만 법치국가에서 불법행위를 보고 가만히 있을 순 없지."

"당연히 그래야겠지요. 그럼 수고하세요."

얄밉게 미소를 던지며 밖으로 나가는 김 기자를 보자 문득 보도만 하고 책임을 지지 않는 그녀의 자유로운 직업이 부러워지기도 했다.

8

"어떻게 하지?"

"일단 전화부터 해야겠죠."

오 형사가 대답을 하며 전화를 했다. 그러나 통화가 되지 않는 모양이었다. 몇 번을 해도 마찬가지였다.

"이런 싸가지 없는 놈!"

오 형사가 욕을 퍼부으며 운전대를 잡았다.

"그래, 실컷 욕이라도 해. 스트레스라도 풀어야지."

"반장님까지 약을 올리는 겁니까?"

"약을 올린다고 받기나 할 사람인가? 자, 가세. 천천히 가자고."

"아이고. 이거 빨리 때려치던지 해야지, 원."

그가 반발이라도 하듯 거칠게 차를 출발시켰다. 최 반장은 그의 심통을 무시하며 생각에 잠겼다.

과연 심판자라는 자가 그 자를 응징할 수 있을까.

의구심이 들었다. 그 자도 분명 경찰이 그를 보호할 것이라는 것을 알고 있을 터였다. 그런 경찰의 경계를 뚫고 응징한다고 예고를 한 것은 자신이 있다는 말이었다. 과연 그에게 그런 능력이 있을까. 온갖 생각들이 머리를 스치는 가운데 저만치 유달수의 집이 보였다.

유달수의 집은 아파트 15층이었다. 최 반장은 그의 집에 들어서기 전에 주변을 살폈다. 높은 고층 건물들이 그의 집을 호위하듯 버티고 있었다. 사방을 둘러봐도 날개가 있지 않는 한 입구를 통하지 않고는 들어갈 수 없는 구조였다. 잠시 주위를 둘러보던 최 반장은 엘리베이터를 타고 그의 집으로 찾아갔다.

"누구세요?"

입구에서 벨을 누르자 안에서 여자의 목소리가 들려왔다.

"경찰입니다."

"무슨 일인데요?"

경계하는 눈치가 역력했다.

"급한 일로 사장님을 만나야 되겠습니다."

잠시 머뭇거리는 소리에 이어 문이 열렸다.

"어서 오십시오."

한 사내가 미소를 지으며 그를 맞았다. 선입견 때문인지 그의 미소가 무척 능글맞아 보였다. 야비한 것 같기도 했고 뭔가를 감추는 것 같기도 했다. 또 집에 있으면서 몇 번이나 전화를 했는데도 받지 않는 그가 미워지기도 했다.

"유 사장이십니까?"

"그렇습니다."

"특별수사본부 최민태 반장입니다."

그는 인사를 하며 집안을 살폈다. 들어서는 순간부터 굉장하다는 느낌을 받았지만 둘러볼수록 입이 딱 벌어졌다. 호화롭다는 표현 이외에는 더 할 말이 없었다. 운동장처럼 넓은 아파트는 모든 것이 외제였다. 거실의 치장은 물론 탁자며 소파에 이르기까지 마치 딴 세상에 온 것 같았다. 욕실의 수도꼭지가 황금이라는 말을 들어보긴 했지만 정말 그런 것 같았다. 왠지 주눅이 들었다. 심판자라는 사람이 유달수라는 사채업자를 표적으로 삼은 것이 이해가 됐다. 사채업자로 이런 돈을 벌려면 얼마나 많은 사람들에게 얼마나 많은 피눈물을 흘리게 했을지 상상만 해도 끔찍했다.

"집이 참 좋습니다."

"감사합니다. 그런데 무슨 일로 오셨습니까?"

그가 귀찮다는 듯 용건부터 물었다.

"혹시 심판자라는 이름을 들어보셨습니까?"

"심판자? 그 폭파를 하고 다니는 놈 말입니까?"

"그렇소."

"그 놈을 모르는 사람이 어디 있습니까? 그런데 왜 뜬금없이 그 놈을 들먹이는 겁니까? 혹시 그 자를 잡기라도 했나요?"

그의 말 속에는 은근히 경찰의 무능함을 비웃는 태도가 엿보였다. 그가 잡힌 것과 최 반장이 그의 집을 방문한 것과는 전혀 별개의 문제라는 것을 모를 인간이 아니었다. 그런데도 그런 말을 꺼내는 것을 보면 다분히 의도적이라는 것을 알 수 있었다.

"잡았다면 얼마나 좋겠습니까? 그랬다면 내가 이곳에 올 이유도 없지요. 혹시 내가 왜 왔는지 알고 계십니까?"

"반장님이 말하지 않는데 어떻게 알 수 있겠습니까?"

여전히 느물거리며 비웃는 말투였다.

"그럼 말하지요. 그 자가 사장님을 응징하겠답니다."

순간 그의 얼굴에 두려움이 스쳐갔다. 아무리 산전수전을 다 겪었다 해도 심판자라는 말에는 두려움을 느끼는 모양이었다. 그러나 그는 역시 노련했다. 호탕하게 웃음까지 지으며 물었다.

"별 미친 놈 다 보겠네. 그 자가 왜 나를 노린답니까?"

"사장님의 행동이 옳지 못하다고 하더군요. 돈을 빌려주고 안 갚으면 협박은 물론 감금에 폭행까지 했다더군요."

최 반장은 세금 체납 문제를 꺼내기에 앞서 일부러 엉뚱한 얘기를 꺼냈다. 그자의 반응을 보고 싶었다.

"어떤 놈이 그런 소리를 해요? 돈은 자기들이 아쉬워서 빌려갔지 누가 억지로 맡겼답디까? 미리 다 약정을 하고 빌려주는 겁니다. 그런데 아쉬워서 빌려갈 때는 언제고 이제 와서 그런 소리를 하다니. 도대체 어떤 놈이요?"

침착하던 그가 갑자기 흥분을 하기 시작했다. 최 반장은 그를 바라보며 속으로 미소를 지었다. 괜히 기분이 좋았다. 칼로 찔러도 피 한 방울 안 나올 것 같던 그가 사소한 말 한마디에 그렇게 흥분하는 모습을 보자 사람이 죄를 짓고는 못산다는 말이 실감났다.

"아, 왜 그렇게 흥분을 합니까? 마음을 가라앉히고 내 말을 잘 들어요. 누가 그러고 다니는 게 아니라 심판자라는 사람이 한 말이오. 우린 그 사람의 말을 전하는 것이고."

"이 놈의 자식을 ……."

갑자기 그가 주먹을 움켜쥐며 몸을 부르르 떨었다. 부릅뜬 눈엔 핏발까지 서 있었다. 보기만 해도 무서웠다. 이런 놈이기에 수단 방법을 가리지 않고 그렇게 악착같이 돈을 모을 수 있었을 거라는 생각이 들었다. 섬뜩하기까지 했다. 한참이나 흥분을 감추지 못하던 그가 숨을 몰아쉬며 물었다.

"그런데 고작 그런 말을 전하러 왔소?"

최 반장에게 화풀이를 하는 듯했다. 잠시 그를 바라보던 최 반장은 빙그레 미소를 지으며 천천히 입을 열었다.

"우린 남의 말이나 전하고 다닐 만큼 한가하지 않습니다. 그가 사장님을 응징하는 이유는 막대한 세금을 체납했다는 데 있습니다. 체납액이 100억 원이 넘는다는데 맞습니까?"

"체납이라니요? 지금까지 내가 낸 세금이 얼마인지나 압니까? 그리고 또 내가 돈을 쌓아 놓고 안 냅니까?"

돈 얘기가 나오자 그가 다시 입에 거품을 물며 따지고 들었다. 돈에 민감하다는 것은 알고 있었지만 이렇게까지 예민할 줄은 몰랐다.

"난 유 사장님이 돈이 있고 없고를 따지러 온 것도, 세금을 왜 안 내느냐 또 언제 낼 것인가를 물으러 온 것이 아닙니다. 또 그 자의 말이 사실인가 아닌가를 확인하러 온 것도 아닙니다. 다만 그 자가 사장님을 응징한다는 정보가 있기에 사장님을 보호할 방법을 상의하러 온 겁니다."

"돈이 있어야 낼 것 아닙니까?"

그가 엉뚱한 소리를 했다. 완전 동문서답이었다.

"유 사장!"

최 반장은 조금 크게 그러나 단호한 어투로 그를 불렀다. 무슨 말인가를 더 하려던 그가 움찔하며 최 반장을 바라봤다.

"지금 그런 얘기 하려고 온 게 아니라고 말하지 않았소. 난 사장님을 보호하기만 하면 되오. 그래서 방법을 묻는 겁니다."

"보호요? 필요 없습니다. 이런 일을 한두 번 당합니까?"

그가 눈에 독기를 품으며 얼굴을 돌렸다. 최 반장은 측은한 눈으로 그를 바라보았다. 돈은 많은지 몰라도 평생을 불안 속에 살아가는 그에게 알 수 없는 연민의 정을 느껴졌다. 큰소리를 치지만 그보다도 불쌍한 인간은 없을 것 같았다.

"알겠소. 우리도 임무 때문에 어쩔 수 없이 하는 거요. 정 필요 없다면 우린 상관하지 않겠소. 정말 필요 없소?"

최 반장이 최후통첩처럼 말을 했다.

"나도 믿을 만한 부하들이 많이 있어요. 경찰의 힘을 빌리고 싶진 않지만 경찰의 임무가 그렇다면 어쩔 수 없죠. 그럼 부탁하오."

그 말을 듣자 최 반장은 헛웃음이 나왔다. 정말 교활한 자였다. 이런 식으로 얼마나 많은 약자들을 울렸을지 생각만 해도 화가 치밀었고 이런 자를 보호한다는 것은 경찰의 수치 같았지만 참는 수밖에 없었다. 최 반장은 치미는 화를 누르며 집안을 자세히 살피기 시작했다. 사방을 살피던 그는 밖으로부터의 침입은 불가능하다는 판단을 내렸다. 협박이나 위협을 많이 받아서인지 모든 보안 장비가 완벽하리만큼 철저하게 갖추어져 있었다. 아무리 심판자가 신출귀몰 한다 해도 이곳으로 침입하기는 불가능해 보였다.

"완벽하군요."

"걱정 없습니다. 아무리 난다 긴다 하는 놈이라 해도 어쩔 수 없을 겁니다. 설사 놈이 날개가 달려 있다 해도."

"그래도 조심하십시오. 워낙 특이한 놈이니까. 그래서 하는 말인데 15일 간만 외출을 하지 않는 게 어떻습니까?"

최 반장은 경호를 쉽게 하기 위해 그의 의향을 물었다. 그가 밖으로 나가지 않는 한 심판자가 침입할 것이고 그러면 의외의 소득도 얻을 수 있는 일거양득의 제안이었다. 심판자라는 자는 분명히 자신이 한 약속을 지키기 위해 무리를 할 수밖에 없을 것이었다. 순간적인 생각이었지만 탁월한 방법이었다.

"왜 하필 15일 입니까?"

"그 자가 제시한 기간이 15일이오."

"그래요? 그놈 때문에 15일이나 꼼짝없이 갇혀 있어야 한단 말인가요? 그럴 수는 없습니다. 조심은 하겠지만 너무 걱정하지 마세요. 그놈이 나타나기만 하면 바로 잡아 경찰에 인계하겠습니다. 하하하."

그가 다시 큰소리를 쳤다. 최 반장은 쓴 입맛을 다셨다. 심판자를 그의 집으로 끌어들이려는 자신의 계획이 날아가 버리는 것 같아 기분이 언짢았다. 자신의 계획을 밀어붙이고 싶었지만 아무리 보호 명분이라 해도 억지로 감금할 수는 없었다. 그는 허탈한 심정을 누르며 유달수의 얼굴을 바라보았다. 그의 얼굴로 뭔지 모를 두려움이 스쳐갔다. 겉으로는 전혀 두려움이 없는 것처럼 큰소리를 치지만 속은 완전히 졸아 있다는 증거였다. 그 표정을 보자 좀 전의 씁쓸함이 사라지며 은근한 고소함이 밀려들었다. 몇 마디 말을 주고받은 최 반장은 천천히 몸을 일으켰다.

최 반장이 나가자 유달수는 갑자기 다리가 떨려오는 것을 느꼈다. 전과는 다른 불안감이 밀려왔고 그것은 시간이 갈수록 더욱 가슴을 압박해왔다. 이런 경우는 처음이었다. 목에 칼이 들어왔을 때도 이렇게 두렵지는 않았었다. 그런데 자신이 표적이라는 말 한 마디 때문에 마음이 이렇게 불안해지는 이유를 알 수가 없었다. 벌떡 몸을 일으켰다. 이대로 가만히 있다가는 미쳐버릴 것만 같았다. 그러나 막상 특별히 할 일도 없었다. 불안한 마음을 달래며 거실을 서성거렸다.

체납액을 납부해 버릴까.

문득 그런 생각이 들었지만 이내 고개를 저었다. 세금으로 내기에는 너무 큰돈이었다. 아까웠다. 어떻게 번 돈인데. 절대 곱게 내어줄 수가 없었다. 그렇다고 버티기에는 너무 불안했다. 그는 신음소리를 내며 이를 악물었다.

폭풍 전야처럼 고요하고 긴장된 시간이 흘러가고 있었다. 당기면 끊어질 듯 팽팽한 긴장 속에서 모두가 신경을 곤두세운 채 사태의 진전을 지켜보고 있었다. 그러나 며칠이 지나도록 아무 일도 일어나지 않았고 그런 고요 속의 신경전은 사람의 피를 말렸다. 차라리 속이라도 시원하게 무슨 일이 됐든 빨리 터졌으면 하는 심정이었다.

"언제까지 이 짓을 해야 합니까?"

그날도 최 반장과 함께 차를 몰며 유달수의 뒤를 따르던 오 형사가 볼멘소리로 물었다. 명색이 베테랑 형사인데 일개 사채업자의 경호원 노릇을 한다는 것이 무척 못마땅한 모양이었다. 그건 최 반장도 마찬가지였다.

"며칠 안 남았어. 아니 딱 3일 남았군. 기운 내자고."

"어떻게 그렇게 단정할 수 있어요?"

"그가 15일이라고 했잖아!"

"그 자의 말을 곧이들으시는 거예요?"

"헛소리 할 놈이 아니야!"

최 반장의 얼굴에는 확신의 빛이 떠올랐다. 그 자는 분명히 자신의 말을 실행에 옮길 것이 틀림없었다. 자신의 말을 신조처럼 여기는 자이기에 그 말을 실행에 옮기지 못한다면 그는 살아있어도 죽은 것이나 마찬가지였다. 그는 그만큼 자신의 말을 존중했고 또 자신의 이미지가 손상당하는 것을 용납하지 않는 듯했다. 그렇기에 설사 잡히는 한이 있더라도 시도를 할 것이 분명했다. 문제는 어떤 방법을 사용하느냐 하는 것이었다.

"그럼, 이번에도 그 자가 성공한다는 말인가요?"

"어쩌면. 그러나 우리에게도 승산이 있어."

"잡을 수 있다는 말입니까?"

"잡진 못할지 몰라도 적어도 지킬 수는 있다는 말이야. 잡으면 대성공이지만 지키기만 해도 성공이야."

"정말 지킬 수 있을 것 같아요?"

"어째 자신이 없는 말투군. 지금까지 우리가 패한 건 그 자가 어둠 속에 가려져 있었기 때문이야. 그러나 이번엔 경우가 달라. 지금은 조건이 비슷해. 물론 그 자가 숨어 있다는 면에선 유리하겠지만 유달수를 처단하기 위해서는 그도 어쩔 수 없이 모습을 드러낼 수밖에 없지. 지금까지와는 달리 우리도 충분히 대비를 하고 있으니까 우리에게도 승산이 있다는 말이야."

"그가 그런 것을 생각하지 않았을까요?"

"물론 했겠지. 그러나 자신감을 넘어 자만심을 가진다는 것은 곧바로 실수로 연결될 수도 있거든."

"그렇긴 하지만 전 아무래도 자신이 없어요."

"범인을 잡으려는 형사가 이 따위니, 원."

"현실을 말하는 거예요. 우리 내기 할까요?"

"지금 그런 한가한 소리 하고 있을 때야?"

최 반장이 눈을 흘기며 오 형사를 힐난했다. 그러나 오 형사의 말처럼 유달수를 지킬 자신이 없었다. 놈은 자만하지도 않았고 얄미울 만큼 냉정했다. 그런 그가 이런 상황을 염두에 두지 않았을 리가 없었다. 더구나 시한까지 제시한 것만 봐도 믿는 구석이 있는 것만은 틀림없었다. 방법만 알 수 있다면 승산이 있지만 그 방법을 알 수 없었다. 아니, 상상조차 어려웠다. 워낙 기상천외하고 무모한 방법을 생각해내는 놈이었다. 그의 머릿속에 들어가지 않는 한 그가 어떻게 행동할지 예측하는 것은 불가능에 가까웠다.

"이런 얘기라도 하면서 긴장을 풀어야지요. 반장님도 맘 편히 먹으세요. 그건 그렇고 그 자가 사용할 수 있는 수단을 가상해 봤는데 대충 세 가지 정도로 요약되더군요. 차량폭파. 독가스. 저격 등인데 제일 먼저 떠오른 것이 차량폭파예요. 그가 지금까지 써왔던 방법으로 손에 가장 익었고 또 효과를 극대화시킬 수 있으니까요. 다음은 독가스나 저격인데 모두가 마땅하지 않아요. 물건을 구할 수도 없고 실행하기도 어렵고요. 결국 차량 폭파가 아닐까요?"

"일리는 있지만 그런 방법은 아닐 거야. 성공과 실패를 걸고 내기를 한다면 자넨 그자가 성공하는 쪽에 걸겠지. 그러나 방법 면에서 내기를 한다면 난 차량 쪽은 아니라고 봐. 매일 나가기 전에 차량을 검사하는데 그 방법이 통하겠어?"

"하긴 그렇기도 하네요. 그나저나 이건 너무 불공평해요. 정작 죽어야 할 놈은 편히 자가용 타고 다니며 할 짓 못할 짓 다 하고 다니는데 그런 놈의 꽁무니나 쫓아다니며 보호해야 하는 우린 뭐예요?"

"세상이 원래 그런 거야. 불평하지 말고 억울하면 출세하라고. 자, 내리자고. 오늘도 무사히 마무리 된 것 같군."

유달수가 차에서 내려 집으로 들어가는 것을 보며 최 반장은 대원들이 잠복하고 있는 곳으로 천천히 걸음을 옮겼다. 대원 하나가 모르는 척 다가왔다. 낯선 사람을 대하는 듯한 태도였다. 담뱃불을 빌리는 척 하며 그가 속삭이듯 말했다.

"아직까지는 조용합니다."

"수고했어. 이제 3일이야, 3일. 3일만 더 버티면 돼."
최 반장은 혼잣말처럼 중얼거리며 그를 격려했다.
또 하루가 지나갔다. 이제 이틀만 지나면 이 짓도 끝이었다. 그 날도 최 반장은 서산에 지는 해를 보며 유달수가 외출에서 돌아오는 것을 지켜보고 있었다. 시간이 임박해서인지 가끔 취재기자들도 눈에 띄기 시작했다. 만약 유달수를 처단하는 장면을 취재할 수 있다면 그 기자는 일약 톱스타로 부상할 수 있는 기회였다. 힐긋 그들을 바라보던 최 반장은 유달수가 있는 쪽으로 눈을 돌렸다. 차에서 내린 그는 수많은 눈동자가 주시하고 있다는 사실을 아는지 모르는지 유유히 아파트 현관을 향해서 걸어갔다. 너무도 태연한 그를 보자 울화통이 터졌다.
확 뒈져버려라!
최 반장은 터져 나오는 욕을 참으며 침을 탁 뱉었다. 마치 스타가 된 것처럼 포즈까지 취하며 걷는 그의 뒤를 경호원처럼 보이는 거구의 사내 둘이 따르고 있었다. 왜소한 유달수와 그 뒤를 따르는 거한의 모습은 한 편의 코미디 장면을 보는 것 같았다. 현관 쪽을 향해 걸음을 옮기던 그가 무슨 생각을 했는지 갑자기 몸을 돌리며 주위를 살폈다. 보이지도 소리도 들리지 않았지만 여기저기서 셔터를 누르고 있는 기자들을 의식한 행동 같았다.
별 지랄을 다하고 있군. 차라리 쇼를 해라, 쇼를.
최 반장은 어이없는 그의 행동을 비웃으며 눈을 돌렸다. 더 이상 봐주고 있을 수가 없었다. 배알이 꼴리고 심지어 속이 메스껍기까지 했다. 그 때였다.
퍽!
미약한 소리가 귓전을 때렸다. 위에서 물건이 떨어지는 소리 같기도 했으나 그런 자연적인 소리와는 확연히 달랐다. 최 반장은 무의식적으로 고개를 돌렸다. 조금 떨어진 곳에서 현관을 향해 걸어가던 유달수가 그 자리에 힘없이 고꾸라지는 것이 보였다.
"뭐야?"

최 반장이 소리를 치며 유달수를 향해 달려갔다. 쓰러져 있는 그의 머리에서 피가 솟구치고 있었다. 최 반장은 늘어진 그를 잡으며 머리를 살폈다. 뒤통수 정중앙이 함몰되어 있었다.

총이다!

순간적으로 그렇게 판단했다. 딱 한 발. 정확한 솜씨였다. 얼른 고개를 들어 총알이 날아온 각도를 계산하던 그는 급히 맞은 편 아파트 건물을 바라봤다. 어디에도 범인의 흔적은 보이지 않았지만 맞은 편 아파트에서 날아온 것이 분명했다. 그렇다면 범인은 아직 도망가지는 못했을 것이라는 생각이 들었다. 생각이 거기에 미치자 그는 잠복하던 형사들을 향해 소리쳤다

"저 아파트야. 봉쇄해!"

그는 유달수의 사체를 버려 둔 채 건너 편 아파트를 향해 뛰기 시작했다. 형사들도 그 뒤를 따랐다. 가슴이 뛰기 시작했다. 어쩌면 범인을 잡을 수 있을지도 몰랐다. 범인은 저격이라는 기막힌 방법을 생각해냈지만 그것이 자신을 수렁에 빠트릴 수 있다는 것을 생각하지 못한 듯 했다. 갈수록 걸음이 빨라졌다. 그는 아파트 입구를 봉쇄하는 형사들을 바라보며 잠시 숨을 돌렸다.

휴!

이제 서두르지 않아도 될 것 같았다. 범인이 날개가 있다면 몰라도 그 속에서 빠져나간다는 것은 불가능했다. 독 안에 든 쥐를 사냥하듯 아파트를 바라보던 그는 문득 회의적인 생각이 들었다. 범인이 자신의 도피를 생각하지 않고 그런 짓을 벌리지는 않았으리라는 데에 생각이 미쳤다. 날고뛰는 놈이었다. 그런 자가 도망갈 길을 마련하지 않았을 리가 없었다. 그러나 지금은 그를 체포하는 데 최선을 다해야 할 때였다.

"두 명씩 입구를 봉쇄하고 누구도 나가지 못하게 해. 그리고 지원 병력이 올 때까지 꼼짝 말고 자리를 지켜!"

부하들에게 단단히 지시를 내린 최 반장은 급히 병력 지원을 요청하며 부하들

을 이끌고 아파트를 샅샅이 뒤지기 시작했다.
"이 집이 수상한데요."
가가호호 수색을 하던 형사 하나가 13층 현관 앞에서 소리쳤다. 최 반장은 급히 그리로 달려갔다. 총알이 날아온 듯한 위치에 있는 집이었지만 아무 이상을 발견할 수 없었다.
"뭐가 이상하다는 거야?"
"아무리 벨을 눌러도 대답이 없습니다. 또 신문이 쌓여 있는 것으로 보아 오래 동안 집을 비워둔 것 같습니다. 범인이 이용하기에는 아주 좋은 조건입니다."
"그렇군. 그럼 누가 사는지 알아보고 빨리 연락해."
"알겠습니다."
말을 마친 부하가 전화기를 들고 여기저기 수소문을 하기 시작했다. 그런 그를 바라보는 최 반장은 애가 타 죽을 지경이었다. 금방이라도 범인이 도주할 것만 같았다. 그의 마음과는 달리 집 주인과 연락이 닿는 데는 한참의 시간이 흘렀다.
"휴가를 떠났답니다."
"그럼, 관리인 불러와. 열쇠공도 부르고."
급히 지시를 하고 발을 동동거렸지만 문이 열리기까지는 또 한참의 지난 뒤였다. 문이 열리자 최 반장은 총을 빼들고 안으로 뛰어들었다. 무엇인가 나타나기를 기대하면서. 그러나 거실은 기대와는 달리 아주 평온했고 누가 침입한 흔적은 전혀 찾을 수 없었다. 그는 부하들에게 조심하라는 손짓을 하며 하나하나 문을 열어 젖혔지만 모두 텅 빈 공간뿐이었다.
"철저히 수색해."
최 반장은 부하들을 독려했다.
"반장님, 여깁니다."
그때 부엌 뒤쪽 베란다에서 다급한 목소리가 들려왔다. 급히 그곳으로 달려간 최 반장은 우뚝 걸음을 멈추었다.

맙소사!
그는 넋이 빠진 듯 창문에 걸쳐 있는 총을 바라봤다. 영화에서나 봤음직한 망원렌즈가 달린 저격용 총 한 자루가 아직도 불을 뿜을 듯 밖을 향하고 있었다. 그는 창가에 서서 아래를 내려다보았다. 유달수의 집 현관과 정면으로 마주하는 위치였다. 설마 이런 방법을 쓸 줄은 꿈에도 생각하지 못했다. 그는 허탈한 표정으로 넋을 잃은 채 다시 총을 바라봤다.
누군가 감탄하는 목소리가 들렸다.
"지금 감탄하고 있을 때야! 빨리 수색해 봐. 샅샅이 뒤지란 말이야. 범인은 분명 이 안에 있을 테니까. 그리고 감식반이 올 때까지 현장을 보전하고."
최 반장은 지시를 하면서도 단서나 증거가 될 무엇도 나오지 않으리라는 느낌이 들었다. 지금까지의 경험으로 보아 충분히 짐작할 수 있는 일이었다.

9

'경찰의 경계 속에 사채업자 유달수 피살.'

그날 저녁 방송과 신문에 실린 기사였다. 내용은 조금씩 달랐지만 모두가 경찰을 비웃는 보도였다. 최 반장은 그런 언론을 대하면서 화가 났다. 사정을 알지도 못하고 보도만 해대는 그들의 태도가 못마땅했다. 그러나 다행인 것도 있었다. 상부에서는 누구도 그를 질책하지 않았다. 이유는 알 수 없었지만 불가항력이었다는 것을 인정하고 있는 것 같았다. 최 반장은 안도의 숨을 내쉬면서도 은근히 화가 났다. 자신의 무능에 대한 짜증이었다.

유달수의 피살 사건은 온 나라를 벌집을 쑤셔놓은 듯 시끄럽게 만들었다. 여론은 여론대로 네티즌들은 네티즌대로 각자 자기의 의견을 내놓기 바빴다. 공식적인 언론에서는 인명을 가볍게 여기는 '심판자'를 공격하고 비판했지만 비공식적인 시중 여론이나 네티즌들은 그를 옹호했다. 네티즌들의 공방이 오가는 가운데 뜨겁게 달아올랐던 유달수의 피살 사건이 얼마큼 고개를 숙였을 때 김 기자가 최 반장을 찾아왔다.

"웬일로 밥을 다 산다고 그래?"

"힘내라고요."

그녀가 생글거리며 말했다.

"김 기자는 신이 났을 텐데?"

"저야 그렇지요. 말만 하면 되니까."

"하긴 그렇지. 그런데 언론도 문제야."

"알아요. 그렇다고 언론만 탓하지 마세요. 유달수 피살 사건 이후로 체납자들이 낸 세금이 얼마인지 아세요?"

"몰라. 그러나 꽤 걷혔겠지."

"걷혀도 이만저만 걷힌 게 아니에요. 약 2조원 정도가 걷혔다니 효과가 보통 큰 게 아니지요. 이게 다 언론의 힘이 아닌가요?"

"물론 긍정적인 측면도 있지. 그렇다고 언론이 다 옳은 건 아니야. 그나저나 이제 고액 체납자들이 다 없어진 건가?"

"아니, 아직도 버티는 사람이 많은 것 같아요."

"그 사람들은 괜찮은 건가?"

"아니죠. 그렇게 되면 버티는 놈만 장땡이게요?"

"그렇겠군. 그 사람들 간덩이가 부은 거 아냐?"

"그럴지도 모르죠."

"그들에 대한 후속 조치가 있을 것 같은데?"

"역시 반장님이 최고예요."

"헛소리 말고 다음 상대가 누구인지 아나?"

"김치수라는 자예요."

"이젠 둘이서만 해 먹는군. 기분 나쁜데."

"그럴 줄 알았어요. 그가 반장님에게 잘 말해달래요. 자꾸 전화하면 스트레스 받을 것 같아 미안해서 그랬다고."

"고양이가 쥐 생각해주는군. 다시 전화 오면 고맙다고 전해 줘. 그런데 겨우 그거 알려주려고 찾아 온 거야?"

그가 퉁명스럽게 말했다. 그 자의 전화를 받을 땐 귀찮기만 했었는데 막상 김 기자에게만 연락을 했다는 것을 알게 되자 왠지 섭섭한 마음이 일었다.
"삐졌어요? 반장님답지 않게."
"어떤 것이 나다운 건데?"
역시 퉁명스러운 대답이었다.
"정말 그러기예요?"
"알았어. 용건이나 말해."
"김치수라는 자를 직접 만나보고 싶어요. 반장님이 가실 때 저도 끼워주세요. 같이 온 형사처럼 자연스럽게."
"어쩐지. 밥을 산다고 할 때부터 이상하다 했지."
"너무 그렇게 부정적으로만 보지 말아요."
"내 모가지 날아가는 거 보고 싶어? 기자 생활 그렇게 했으면 안 된다는 것쯤은 충분히 알 텐데?"
"그러니까 부탁하는 거지요. 전 아무 말도 않고 있을게요. 그러면 누가 시비를 걸더라도 적당히 핑계를 댈 수 있잖아요?"
김 기자의 말에 난색을 표하던 최 반장은 가만히 고개를 끄덕였다. 그녀의 말대로 동행을 한다 해도 크게 문제될 것도 없었고 또 그녀의 예리한 추리가 도움이 될 것도 같았다. 최 반장은 급히 몸을 일으켰다.
"식사는 하고 가셔야죠."
"생각 없어. 급하거든."
"서두르지 말고 식사나 하고 가시자니까요. 우리가 갈 때까지는 아무 일도 일어나지 않을 테니까요."
"어떻게 그렇게 장담할 수가 있지?"
"그래서 알려주는 것 아닌가요?
"그것도 그 자가 알려준 건가?"
"그렇다고 봐야지요."

"그런데 왜 알려주는 거야? 저 혼자 처단하면 될 것을."

"효과의 극대화."

그녀는 말을 하며 식사를 하기 시작했다.

"같이 가는 건 좋은 데 어디까지나 비밀이야."

식사를 마칠 때쯤 최 반장이 조심스럽게 입을 열었다. 아무래도 같이 가는 것이 부담이 되는 눈치였다.

"알았어요. 지킬 건 지킨다고 했잖아요."

"시원해서 좋군. 이럴 때 보면 우리가 콤비 같아. 하하."

"호호. 누가 보면 연애하는 줄 알겠어요."

"하면 안 되나?"

"꿈에라도 그런 생각 마세요. 반장님보다 몇 배나 멋있는 애인이 있다는 걸 모르세요? 또 반장님은 너무 늙었다고요."

"그래? 난 그 민국이라는 친구보다 내가 더 멋있다고 생각하는데."

"그래서 착각은 자유란 말이 나왔나 봐요. 호호호."

그녀의 깔깔대는 소리를 뒤로 하고 식당은 나온 최 반장은 곧장 김치수의 집으로 향했다.

김치수의 집은 말 그대로 대궐이었다. 입구에서 바라본 그의 집은 높은 담장으로 둘러싸였고 그것도 모자랐는지 사방에는 감시 카메라까지 설치되어 있었다. 도둑을 감시하는 건지 자신이 감옥 속에 사는 건지 분간할 수가 없었다. 입구에서서 잠시 망설이던 최 반장은 조심스럽게 벨을 눌렀다.

"누구세요?"

잠시 뒤에 안에서 인터폰을 통해 소리가 들려왔다.

"경찰입니다."

그는 습관적으로 신분증을 들어보였다. 그러자 이상하게 경계도 없이 문이 열렸다. 한참 실랑이를 할 줄 알았는데 너무 쉽게 문이 열리자 싱겁다는 생각도 들었다. 최 반장은 고개를 갸웃거리며 안으로 들어섰다. 그가 들어서자 김치수로 여겨지는 사람이 그들을 맞았다.

"심판잔가 하는 놈 때문에 오셨습니까?"

그는 경찰이 왜 찾아왔는가를 이미 알고 있는 듯했다.

"그렇습니다. 알고 있는 것 같으니 얘기하기가 훨씬 편하군요. 다음 목표가 사장님인 것 같습니다."

"알고 있습니다. 걱정하지 마십시오."

그의 얼굴엔 자신감이 배어 있었다. 오히려 찾아온 그가 어리둥절할 정도였다.

"보호가 필요하지 않습니까?"

"보호요? 과연 경찰이 보호를 할 수가 있을까요?"

최 반장의 얼굴이 화끈 달아올랐다. 유달수가 저격당한 것을 비웃는 것도 같고 경찰의 능력을 무시하는 것 같기도 했다. 하지만 모든 게 사실이었다. 무시한대도 할 말이 없었다. 달아오르는 표정을 감추며 침착하게 다시 말했다.

"할 수 있는 조치를 취해야 하지 않겠습니까?"

"필요 없어요. 그러나 경찰이 무엇을 하든 상관하진 않을 겁니다."

"그래요? 잘 알았습니다. 그럼 조심하십시오."

그는 의례적인 몇 마디를 나누고는 이내 집을 나왔다.

"좀 이상하지 않아요?"

집을 나서자 그녀가 고개를 갸웃거리며 물었다.

"그러게 말이야. 도대체 무슨 배짱인지 알 수가 없어."

"체납자라는 선입견만 없으면 목숨을 두려워하지 않는 선비라 해도 좋을 것 같아요. 인상도 선해 보이고. 그런 자가 왜 세금을 내지 않고 버티는지 알 수가 없어요."

"사람의 겉모습만 보고 판단할 수는 없지. 그래서 열 길 물속은 알아도 한 길 사람 속은 모른다는 속담이 나온 거겠지."

그때 그녀의 전화기가 요란하게 울렸다.
"잠깐, 전화 좀 받을게요."
그녀가 말을 끊으며 전화기를 꺼내들었다. 너무 자주 보아온 모습이라 최 반장은 무표정하게 그녀를 지켜봤다.
"어쩐지……."
전화를 끊은 그녀가 미소를 띠며 말했다.
"무슨 일인데?"
"그 사람. 가짜래요?"
"가짜라니, 누가?"
"지금 만났던 집주인 말이에요."
"누가 그래?"
"그 사람."
"뭐야! 그러면서도 우릴 보냈단 말이야?"
최 반장이 인상을 확 찌푸리며 버럭 소리를 질렀다.
"자기도 좀 전에야 알았다고 정말 미안하대요."
"미안하다면 단가? 그래도 그 놈이 실수할 때가 있으니 다행이군."
"다행이라니요?"
"잡을 수 있다는 희망이 있다는 말이야. 그런데 그 사람은 왜 가짜 역할을 하고 있지? 위험할 텐데."
"돈을 받았겠지요."
"목숨까지 내걸고?"
"그만큼 아쉬운 사람이겠지요. 자살도 하는 세상인데."
"그럼 진짜 김치수는 어디 있대?"
"해외에."
"그럼 심판자가 내막을 알고 있다는 걸 그 사람에게 알려줘야겠군."

“내버려둬요.”
“왜?”
“불쌍한 사람 돈 좀 벌게요.”
“그런다고 돈이 벌리나?”
“글쎄, 잘은 모르지만 기간제라면 가능하잖아요?”
“아무리 그래도 알려줘야겠어. 겉으론 자신만만한 척 하지만 속으론 얼마나 두려움에 떨고 있겠어.”
“그럴 필요 없다니까요. 낼쯤이면 방송에 나올 거예요.”
“그 놈이 부탁하던가?”
“그래요.”
“완전 악어와 악어새군.”
“뭐예요, 지금 절 무시하는 거예요?
“무시가 아니라 사실이잖아!”
“절 그렇게 본다면 앞으로 반장님을 안 볼 거예요.”
“삐지기도 잘하는 군.”
“반장님보다는 덜 삐져요!”
그녀가 뾰로통하게 소릴 질렀다.
“알았어. 그만 하자고.”
최 반장은 어색한 미소를 지으며 그녀를 달랬다.
다음 날 보도된 방송은 사람들의 호기심을 자극했다. 해외에까지 쫓아가 그를 처단할 것이라는 사람들도 있었고 귀국을 기다릴 것이라는 사람들도 있었다. 그러나 그런 호기심은 김치수가 체납액을 모두 납부했다는 소식과 함께 싱겁게 사라지고 말았다.

10

강찬호 회장은 푹신한 의자에 깊숙이 몸을 누인 채 굳게 닫힌 문을 바라보며 초조함을 달래고 있었다. 시계에 자꾸 눈이 갔다. 여느 때 같으면 벌써 돌아왔어야 할 재무 담당 이사가 아직까지 소식조차 없었기 때문이었다.

오늘도 허탕인가.

벌써 며칠 째 초조하게 재무 이사의 소식을 기다리고 있었다. 일이 잘 될 때까지는 전화조차 하지 말라고 호통을 쳤지만 막상 소식이 없자 답답하기만 했다. 긴 한숨이 새어나왔다. 자금 결제일이 코앞에 다가왔건만 숨통이 트일 기미는 보이지 않았다. 지금까지 회사를 경영하면서 수 없는 어려움을 겪어왔지만 이번처럼 어려움을 겪어본 적은 없었다. 아무리 머리를 굴려 봐도 이 난관을 수습해 나갈 방법이 보이지 않았다.

그는 고개를 돌리며 눈을 감았다. 지나온 세월들이 주마등처럼 눈앞을 스쳐갔다. 맨손으로 시작해서 몇 조나 되는 회사를 만드느라 얼마나 힘이 들었던가. 개처럼 꼬리를 흔들기도 했고 뱀처럼 교활하게 상대의 발꿈치를 물어뜯기도 했다. 그러다 힘에 부치면 카멜레온처럼 변신을 해가며 키워온 회사였다.

어떻게든 되겠지. 이곳은 한국이 아닌가. 뭐든지 갖다 주기만 하면 되는 나라에 태어난 것이 얼마나 행운인가. 한국이라는 나라가 아니었으면 나라는 인간이 존재하지도 않았겠지. 다른 사람보다 좀 더 많이 갖다 바치면 되는 거야. 그것도 현찰로. 그래, 회사는 그렇게 경영하는 거야.

그러자 지금까지의 걱정이 눈 녹듯 사라지며 갑자기 힘이 솟았다. 좀 전까지만 해도 지끈지끈 아프던 머리가 씻은 듯 나은 느낌이 들었다. 줘서 싫다는 놈은 없었다. 아무리 안 된다고 버티다가도 돈을 내밀면 만사형통이었다. 청렴하니 결백이니 하는 사람일수록 돈에는 더 약했고 준 돈을 되돌려주는 사람은 하나도 없었다. 자산보다는 빚이 몇 십 배가 많았지만 그런 건 문제가 아니었다. 자금이 아쉬우면 돈을 디밀고 대출을 받으면 그만이었다. 몇 십 억을 들이면 몇 백 억, 몇 천 억이 나오는 땅 짚고 헤엄치는 장사였다. 빚은 빚으로 갚으면 그만이었다. 그랬기에 대한민국이 좋았다.

얼마가 들더라도 또 줘 보자. 그러면 또 통하겠지.

그는 가만히 뇌까리며 담배를 피워 물었다. 향긋한 여송연 냄새가 코를 찔렀다. 초조하던 감정이 느긋해졌다. 안 돼도 어쩔 수 없는 일이었고 잘못 돼서 회사가 망한대도 아쉬울 건 없었다. 그 동안 물 쓰듯이 돈을 썼고 피난처도 마련해 놓았으니 걱정할 필요도 없었다. 그는 외국에 마련해 놓은 목장을 떠올렸다. 말을 타고 달려도 한 시간 이상을 달려야 할 만큼 넓은 목장 위로 한가로이 풀을 뜯고 있는 소 떼와 한없이 펼쳐진 초원. 어렸을 때 영화를 보며 그리던 그런 목장을 가졌을 땐 세상을 다 얻은 것처럼 기뻤다. 목장을 떠올리자 절로 미소가 나왔다. 돈을 빼돌려 목장을 마련하느라 힘은 들었지만 그 만한 가치가 있었다.

안 되면 즐기자. 어차피 왔다 가는 인생인데 힘들게 살 게 뭐 있어. 노동의 신성함? 일하는 즐거움? 그렇게 살 사람은 그렇게 살고 난 나대로 살면 되는 거야. 그런 것들은 없는 놈들이 만들어 낸 말에 불과하니까. 부도가 난다해도 도피하면 그만이지.

문득 도피라는 단어가 떠올랐고 그 단어를 생각하자 정말 이 나라를 떠나고 싶었다. 그러자 며칠 전 간부 하나가 회사 자금의 해외도피 문제로 검찰의 소환을 받은 일이 떠올랐다. 참고인 조사라는 명분이긴 했지만 언제 들통이 날지도 모를 일이었고 그 결과는 보지 않아도 뻔했다.

가능한 빨리 뜨자. 그런 생각이 들자 껍데기만 남은 회사에 미련을 가지고 있는 자신이 미련스럽게 여겨졌고 아직도 이 회사가 지탱해 나갈 것이라 믿고 뛰는 사람들이 불쌍하게 느껴졌다. 재무 이사가 그 대표적인 예였다. 회사의 재무구조를 누구보다도 잘 알고 있는 그였지만 회사가 망하리라고는 상상도 못하는 것 같았다. 이런 고비는 여러 번 있었고 그때마다 그 고비를 잘 넘긴 그를 철석같이 믿고 있는 것 같았다. 그에게는 미안했다. 솔직히 지금의 현실을 털어놓고도 싶었다. 그러나 고개를 저었다. 이런 때일수록 더욱 침착하게 평상시처럼 행동해야 했다. 회사가 안 되는 것처럼 비춰지면 돈을 줄 놈도 안 주는 법이었다. 망할 때 망하더라도 큰소리를 쳐야만 되는 세상이었다. 그래도 막상 떠나려하니 아쉬움이 남았다. 버틸 때가지 버텨야 한다는 생각과 빨리 떠나야 한다는 생각이 부딪치며 머리를 때려왔다.

정말 떠야만 하나.

아직은 버티고 싶다는 생각이 더 많았다. 그는 나약해지려는 마음을 다잡으며 몸을 일으켰다. 오늘도 틀렸다는 생각이 들었다. 그때 인터폰 소리와 함께 재무 담당 이사가 모습을 드러냈다. 무척이나 기다렸던 그였지만 이상하게도 별로 반가운 기분이 들지 않았다.

"어떻게 됐습니까?"

그가 자리에 앉기를 기다려 느릿느릿한 말로 물었다.

"겨우 해냈습니다."

"수고했어요."

그는 재무 담당 이사를 바라보며 미소를 지었다.

"아닙니다. 마땅히 해야 할 일을 했을 뿐인데요, 뭐."

말과는 달리 그의 얼굴에는 자랑스러운 빛이 떠올랐다.

"그래, 얼마나 줬소?"
"30억이 들었습니다. 좀 많이 들지 않았나 싶습니다."
"30억이라. 음……."
"그래, 얼마나 해준답니까?"
"천 억 정도는 가능하리라 봅니다."
"그 정도에 그만한 대출이라면 나쁘지 않습니다. 그 돈이면 급한 불은 끌 수 있겠지요?"
"우선은 버티겠지만 그 후가 문제입니다."
"그건 후의 일이고. 고생이 많았습니다. 그럼 내일 만납시다."
"예, 그럼 편히 쉬십시오."
재무 이사가 고개를 숙이며 방을 나갔다. 그가 나가는 것을 물끄러미 바라보던 강 회장은 비릿한 미소를 지었다. 그의 뒷모습 뒤로 망해 가는 회사를 붙들고 매달리다가 패가망신한 재벌들의 모습이 스쳐갔기 때문이었다.
바보 같은 놈들.
누구에게 하는 말인지 알 수 없는 말을 뇌까리며 그는 인터폰을 누르며 힘차게 명령을 내렸다.
"차 준비해!"

탤런트 유가영은 호텔 거실의 소파에 앉아 그를 기다리고 있었다. 그가 오기까지는 아직 시간이 남아 있었다. 무료함을 달래며 그녀는 자신의 몸을 내려다봤다. 잠옷 속으로 비치는 피부는 팔팔한 젊음이 살아 움직이고 있었고 우뚝 솟은 가슴과 쭉 뻗은 다리 사이로는 싱그러운 풋풋함이 배어나오고 있었다.
새파랗게 젊은 나이에 그런 늙은이를 상대해야 한다는 사실을 생각하니 절로 한숨이 새어나왔다. 그러나 이내 고개를 저었다. 신세 한탄을 할 때가 아니라 오히려 이런 행운이 찾아온 것에 감사하며 그 행운을 잡아야 한다는 생각이 들었다. 그러기 위해서는 어떡하든 그에게 잘 보여야 했지만 그의 취향에 대해 아는 것이 거의 없었다.

무조건 순종? 아니면 능동적?

그녀는 머리를 굴리며 방안을 둘러보았다. 호화로웠다. 크기도 했지만 모든 장식이 이국에 와 있는 느낌이었다.

하루 방값이 얼마나 될까. 그나저나 어떡하면 잘 보일 수 있을까.

좀 전까지도 신세 한탄을 하던 뇌리로 엉뚱한 생각이 스쳐가는 것을 느끼며 그녀는 자조적인 미소를 지었다.

생각하지 말고 운에 맡기자. 본능을 믿고.

이 기회가 행운이라면 본능적으로 행동한대도 문제될 건 없을 것 같았다. 그녀는 떠오르는 생각들을 지워버리며 침대에 몸을 눕혔다. 그러자 지금까지의 긴장이 사라지며 그 자리로 무료함이 찾아들었다. 길게 기지개를 켜며 숨을 크게 들이쉬었다. 마음이 좀 편해졌다. 그러나 그것도 순간이었고 무언지 알 수 없는 불안감이 가슴을 휩쓸고 지나갔다.

무엇 때문이지?

몸을 판다는 것에 대한 두려움은 아니었다. 무엇인가가 자신을 바라보고 있는 느낌이 들었다. 재빨리 방안을 둘러보았다. 아무도 없었다. 그런데도 누군가의 눈이 지켜보고 있다는 찜찜함을 떨쳐버릴 수가 없었다. 신경이 과민해져 있다는 생각을 하며 눈을 감았다. 그때 인터폰이 울렸다. 그녀는 흠칫 놀라며 인터폰을 집어 들었다.

"지금 올라가십니다."

짤막한 한 마디가 전부였다. 그녀는 그 소리를 듣기가 무섭게 문 앞으로 다가가 그가 들어서기를 기다렸다. 밖이 조금 소란스러워지는가 싶더니 그가 들어섰다. 정중하게 허리를 굽혀 인사를 했다. 그러나 고개를 들 수가 없었다. 그가 고개를 들라고 할 때까지 그를 바라봐서는 안 된다는 선배의 말이 떠올랐다. 들어서던 그가 멈춰 서며 그녀의 턱을 들어올렸다. 그 때서야 그녀는 비로소 그의 얼굴을 볼 수 있었다. 늙었다. 이미 짐작하고 있던 일이었지만 싫었다. 그러나 그녀는 오히려 입가에 가벼운 미소를 띠며 부끄러워하는 모습을 지어 보였다.

"좋군."

그가 무슨 물건을 평하듯 그녀를 바라보며 고개를 끄덕였다. 그리고는 소파로 걸음을 옮겼다. 그녀는 얼른 뒤따라가 그의 어깨를 주무르기 시작했다.

"목욕하시겠어요?"

어깨를 주무르던 그녀가 조심스럽게 물었다. 그가 가볍게 고개를 끄덕였다. 그녀는 옷을 벗겨 옷걸이에 걸고는 그를 모시고 욕실로 들어갔다. 욕조에는 이미 받아 놓은 물이 넘쳐나고 있었다. 그는 머뭇거림 없이 탕 안으로 들어갔다. 그녀도 입고 있던 옷을 벗어 던지고 욕조 안으로 들어갔다. 그리고는 무슨 보물을 다루듯 그의 몸을 마사지했다. 한참 동안이나 흐뭇한 표정으로 눈을 감고 욕조에 몸을 담그고 있던 그가 몸을 일으켰다. 그녀는 그의 젖은 몸을 닦아낸 후 밖으로 나왔다. 큰 수건으로 아래를 감싼 그는 어린아이처럼 그녀가 이끄는 대로 따랐다. 밖으로 나왔을 때 그녀는 무엇인가가 그녀의 허벅지를 스치는 것을 느꼈다. 얼른 내려다 봤다. 그를 감싸고 있던 수건이 번쩍 들려 있었다.

이 나이에?

순간 숨어 있던 부끄러움이 피어올랐고 이어 놀라움이 밀려왔다. 자신도 모르게 발개지는 얼굴을 숙이며 그를 침대로 이끌었다.

"잠깐만 누워 계세요. 물기 좀 닦고……."

그러나 그녀는 미처 말을 끝내지 못했다. 노인의 힘이라고는 할 수 없을 만큼 강한 힘이 그녀를 잡아끌었고 그녀는 그 힘에 의해 침대 속으로 빨려 들어갔다. 그리고 흥분인지 고통인지조차 분간할 수 없는 시간이 흘러갔다.

그의 품을 빠져 나온 그녀는 샤워를 하며 거울을 바라봤다. 온몸이 얼얼했지만 멍이 들거나 아픈 곳은 없었다. 아무리 살펴봐도 변한 것이라곤 아무것도 없었다. 그런데도 알 수 없는 눈물이 흘렀다.

남자를 상대한 것이 처음도 아닌데.

거울을 보며 나직이 중얼거리던 그녀는 깜짝 놀라며 얼른 수건에 물을 적셨다. 빨리 그의 몸을 닦아 줘야 했다. 그것을 그가 원하는지는 모르지만 왠지 그런 생각이 들었다. 본능이었다. 그녀는 잘 발달된 자신의 본능을 믿었고 그 본능대로만 하면 그의 마음을 사로잡을 수 있다는 확신이 들었다. 이왕 이렇게 된 이상 그를 발판으로 삼아야 했다. 그녀는 마음을 다잡으며 몸을 돌이켰다. 그때 목덜미로 세찬 충격이 밀려왔다.

11

"안녕하셨소?"

김현지 기자는 갑자기 걸려온 전화에 화들짝 놀랐다. 심판자로 자처하는 자의 목소리는 듣기에도 거북했지만 그것보다는 항상 긴장을 불러왔다.

침착해야 해.

전화를 받을 때마다 그런 마음을 먹었지만 그것이 뜻대로 되지 않았다. 하지만 반가웠다. 그녀가 겨우 마음을 가라앉히며 입을 열려 할 때 다시 그의 목소리가 들려왔다.

"특종이 필요할 때가 되지 않았소. 지금 최 반장과 함께 자이언트 코리아나 호텔 703호로 가 보시오. 강찬호 회장이 죽어 있을 거요. 아무도 모르게 조용히 가야 특종이 될 거요."

일방적으로 전화가 끊겼다. 끊어진 전화기를 한참이나 들여다보던 그녀는 퍼뜩 정신을 차리고 급히 최 반장에게 전화를 걸었다. 그리고는 자이언트 코리아나 호텔로 차를 몰았다. 호텔 앞은 사건이 일어났다고 믿기지 않은 정도로 평온했다. 아무도 모르는 것 같았다. 김 기자는 잔뜩 긴장을 한 채 호텔 앞을 서성거리며 최 반장을 기다렸다. 꽤 시간이 흘렀는데도 반장의 모습은 보이지 않았다. 전화를 받고 곧장 출발했다면 이미 도착을 하고도 남을 시간이었다.

오지 않으려나.

항상 그 자의 장단에 춤만 추는 자신이 한심스럽다고 불평을 하던 최 반장이었기에 어쩌면 오지 않을지도 모른다는 생각이 들었다.

그렇다고 포기할 사람이 아닌데.

생각은 그렇게 했지만 그의 모습이 보이지 않자 초조감이 일었다. 수색을 하려면 경찰이라는 그의 위치가 있어야 가능한 일이었다. 마음이 급했다. 금방이라도 특종이 날아가 버릴 것만 같았다. 답답함을 느낀 김 기자는 더 이상 참지 못하고 그에게 전화를 걸었다.

"왜 안 오시는 거예요?"

"지금 가고 있잖아."

"어디예요?"

"바로 코앞이야."

그의 목소리를 들으며 주위를 둘러보던 김 기자의 눈에 그가 차에서 내리는 것이 보였다. 뛰다시피 그에게로 다가갔다.

"왜 이렇게 늦었어요?"

"내가 늦었나? 길이 막혀서 그렇지."

그가 땀을 닦으며 하얀 이를 드러냈다.

"가시죠."

김 기자가 앞장을 서며 말했다.

"가만있어. 숨 좀 돌리고."

최 반장이 늑장을 부렸다.

"도대체 오늘은 왜 그렇게 심통이세요?"

"어차피 터진 일인데 좀 빨리 간다고 달라지나?"

"무슨 일인지 알고나 하시는 말씀이에요? 재계 몇 순위 안에 드는 인물이 살해당했단 말이에요!"

"알고 있어. 아까 말했잖아!"
"그런데도 그렇게 늑장이에요?"
"재계 일 위라도 나하고는 아무 상관이 없어."
"저는 상관이 있어요. 특종이 왔다 갔다 한단 말이에요."
"그건 김 기자 사정이고."
"정말 그러시기예요?"
김 기자는 정말 화가 난 것처럼 얼굴을 찌푸렸다.
"알았어. 재촉 좀 하지 마. 지금 가고 있잖아."
말은 늑장을 부리는 것 같았지만 그의 발걸음은 이미 저만큼 앞서가고 있었다. 잠시 최 반장을 바라보던 김 기자는 어처구니없다는 표정을 지으며 뛰다시피 그의 뒤를 따랐다. 긴장감으로 등에서는 땀이 흐르고 있었지만 그보다는 흥분이 앞섰다. 얼마만의 특종인지 몰랐다. 7층으로 올라가는 엘리베이터가 왜 그렇게 느리게 느껴지는지 알 수가 없었다. 엘리베이터가 7층에 멈추자 온몸이 긴장으로 팽팽해졌다. 이제는 이런 일에 익숙해질 만도 한데 매번 긴장이 되는 것은 어쩔 수 없었다. 엘리베이터에서 내려 703호를 찾던 그녀는 우뚝 걸음을 멈추었다. 703호 방문 앞에는 어깨가 떡 벌어진 사내 둘이 문가에 기대어 사방을 감시하고 있었다. 경호원인 듯 했다.
"속은 것 같은데."
최 반장이 김 기자를 돌아보며 물었다.
"글쎄, 그런 것 같은데요. 무슨 일이 있었다면 경호원들이 저렇게 태연할 리가 없을 텐데요."
"그러게 말이야. 어떡할까?"
"속는 셈 치고 한 번 들어가 보지요. 지금까지 그 자가 헛소리 한 건 한 번도 없잖아요. 밑져야 본전인데."
"밑져야 본전이라고? 이건 모험이야, 모험. 잘못될 경우 옷을 벗을 각오를 해야 한다고."

"그래서 물러서겠다는 거예요?"

"글쎄, 난감하군."

"일단 저들과 부딪쳐 보지요."

"정말 703호가 맞긴 맞는 거야?"

최 반장이 의심스러운 눈초리로 김 기자를 바라봤다.

"저들이 지키는 것을 보면 강찬호가 방에 있는 것은 확실해요. 그런데 이렇게 조용한 걸 보면 사건이 터진 것 같지는 않고. 난감하긴 저도 마찬가지라고요."

"어떡한다?"

"그걸 제게 물으면 어떡해요?"

"좋아. 그럼, 한 번 부딪쳐보지, 뭐."

최 반장이 심호흡을 하며 그들이 있는 곳으로 걸어갔다.

"누구십니까?"

문가에 기대고 섰던 사내가 바싹 긴장을 하며 물었다.

"경찰입니다."

최 반장이 신분증을 내보였다.

"무슨 일로 그러십니까?"

"방 좀 살펴보고 싶은데요."

"무슨 일인지는 모르지만 그건 곤란합니다."

그의 말투는 공손했지만 그들을 무시하는 표정이 역력했다. 최 반장은 은근히 화가 치미는 것을 참으며 다시 입을 열었다.

"우리도 이 방에 누가 있는지 알고 있습니다. 그러나 사건 제보가 있어서 온 것이니 협조해 주기 바랍니다."

"사건이라니요? 그런 것은 없습니다."

"그걸 어떻게 장담합니까?"

"회장님이 들어가시고 나서 우린 한 발자국도 여길 떠나지 않았습니다. 만약 무슨 일이 있었다면 우리가 여기에 한가하게 서 있을 수 있겠습니까?"
"압니다. 그래도 혹시 모르니 한 번 알아봐 주시오. 우린 이상이 있나 없나 그것만 확인하면 됩니다. 그 정도야 협조해 줄 수 있지 않습니까?"
"협조도 좋지만 잘못하면 우린 모가지란 말이오."
그들은 한 치도 물러서지 않고 완강하게 버텼다.
"정말 안 되겠소?"
"어렵습니다. 한 시간 정도만 기다리면 안 되겠습니까?"
"당신들 사정도 알지만 시간이 급하단 말이오."
"미안하지만 저희 사정도 한 번 봐주십시오."
"이 사람들, 정말 꽉 막혔군. 혹시 심판자란 이름 들어 봤소?"
답답한 듯 머리를 긁적이던 최 반장이 나직막한 목소리로 물었다. 그 말만이 그들을 설득할 수 있을 것 같았다.
"심판자요?"
"그렇소. 그가 김 회장을 노린다는 제보를 받고 온 거요. 일이 잘못돼도 당신들을 나무라지는 않을 거요."
"하, 이거 참."
그들이 난감하다는 표정을 지으며 마지못해 벨을 눌렀다. 그러나 안에서는 아무런 대답이 없었다. 다시 벨을 눌렀으나 역시 마찬가지였다. 사내가 당황한 빛을 띠며 최 반장을 바라봤다.
"열쇠, 열쇠 가져와!"
최 반장이 소리쳤다. 말이 끝나기가 무섭게 한 사내가 급히 프런트로 뛰어 내려갔다. 잠시 후 열쇠를 받아든 최 반장은 문을 열고 얼른 안으로 들어섰다. 피비린내가 풍기는 방안의 살벌한 광경을 상상하면서. 그러나 방안은 너무나 평온했다. 침대 위에 벌거벗은 채 누워 있는 늙은 사내의 모습만 빼면 여느 방과 다를 게 전혀 없었다.

실수했나?

순간적으로 그런 생각이 들었다. 그는 경호원들을 돌아봤다. 경호원들이 인상을 찌푸리며 최 반장을 노려봤다. 조금 전 당황하던 때와는 전혀 다른 태도였다. 최 반장은 난처한 표정을 지으며 늙은이를 바라봤다. 그런데 이상했다. 아무리 잠이 들었더라도 지금쯤은 기척을 느낄 만도 한데 그는 여전히 침대 위에서 꿈쩍도 하지 않았다. 잠든 것이 아니라는 확신이 섰다. 급히 침대로 다가가 사내의 몸을 만져봤다. 온기는 있었으나 몸은 움직이지 않았다. 코끝에 손가락을 대어 보았다. 호흡이 없었다. 아직 온기가 남아 있는 것으로 보아 죽은 지 얼마 되지 않은 것 같았다.

"늦었군."

나지막하게 중얼거리는 그의 목소리를 들었는지 사내 둘의 얼굴이 사색으로 변했다. 최 반장은 그들을 흘겨본 뒤 본부로 지원 병력을 요청하고는 당황하고 있는 사내를 향해 나직이 물었다.

"회장님 혼자 왔습니까?"

"아, 아닙니다."

"그럼, 누구랑 같이 있었다는 말인데 그게 누구죠?"

"그, 그게……."

그들이 머뭇거리며 제대로 대답을 하지 못했다.

"지금 뭘 망설이고 있어? 빨리 말해!"

최 반장이 반말로 버럭 소리를 질렀다.

"여자가 있었습니다."

사내가 겁먹은 목소리로 얼른 대답했다.

"여자? 그런데 아무도 없잖아!"

"그건 저희들도 모르는 일입니다."

"몰라?"

최 반장은 그들을 무시한 채 방안을 살피기 시작했다. 그런 그의 눈에 열심히 카메라를 돌리고 있는 김 기자의 모습이 비쳐졌다. 잠시 김 기자를 바라보던 최 반장은 뭐라고 말을 하려다가 입을 다물었다. 사건은 사건이고 일은 일이었다. 그의 죽음도 하나의 사건에 불과했고 김 기자는 지금 자신의 일을 하고 있는 것뿐이었다. 오히려 일을 앞에 두고 흥분하고 있는 자신이 우스웠다. 그는 김 기자에게서 눈을 돌리며 천천히 방안을 수색하기 시작했다. 그러나 수색이라고 하기에는 방안은 너무나 단조로웠다. 수색이고 뭐고 할 것도 없었다.

"혹시 욕실에 있는지 열어 봐요."

촬영을 마친 김 기자가 그를 깨우쳤다.

"이런, 돌대가리. 왜 이렇게 정신이 없는 건지, 원."

최 반장은 혀를 차며 욕실 문을 열었다. 순간 그는 자기도 모르게 멈칫하며 뒤로 물러섰다. 욕실에는 실오라기 하나 걸치지 않은 여자가 죽은 듯이 누워 있었다. 최 반장은 정신을 가다듬으며 조심스럽게 그녀 곁으로 다가가 코끝에 손을 댔다. 손끝에 숨결이 느껴졌다. 죽은 것은 아니었다. 그렇다면 사건은 의외로 쉽게 풀릴 가능성이 많아 보였다. 그는 그녀의 얼굴에 찬물을 뿌리며 가볍게 얼굴을 때렸다. 잠시 후 꿈속에서 깨어나듯 서서히 눈을 뜬 여자의 얼굴이 갑자기 공포에 질리기 시작했다.

"안심해요. 경찰이오."

그가 신분을 밝히자 비로소 여자의 표정이 차츰 정상으로 되돌아오기 시작했다. 그러나 몸은 여전히 사시나무처럼 떨고 있었다. 그는 그녀를 일으켜 세웠다. 벌거벗은 여자의 나신을, 그것도 싱싱한 처녀를 일으켜 세운다는 것이 쉬운 일은 아니었다. 스스로 몸을 일으키던 그녀가 갑자기 휘청하며 그의 품으로 쓰러졌다. 잠시 난감해하던 그는 그녀를 안고 밖으로 나왔다. 그리고는 천천히 바닥에 눕히고 이불을 덮어주었다. 김 기자는 얼굴에 웃음기를 띠며 열심히 카메라를 돌리고 있었다.
"이것도 찍었나?"
"그럼요. 그런 좋은 모습을 안 찍고 뭘 찍습니까?"
"이런 빌어먹을! 그 사진은 압수할 테니 그리 알아."
그는 투덜거리며 그녀를 노려봤다. 그러나 그녀를 제지할 방법이 없었다. 어색함에서 벗어나려는 듯 담배를 빼어 물며 본부에서 빨리 사람이 오기를 기다렸다. 얼마 후 감식반이 들이닥치는 것을 보며 천천히 발길을 돌렸다.

본부로 돌아온 최 반장은 본격적으로 여자를 심문하기 시작했다. 뭔가 단서가 나올 것 같은 느낌에 약간의 흥분이 일기도 했다.
"이름은?"
고개를 숙이고 있던 그녀가 화들짝 놀라며 주위를 두리번거렸다. 불안해하는 기색이 역력했다.
"안심하고 말해 봐요. 여긴 안전하니까. 이름은?"
"유가영."
얼마의 시간이 지났을 때 그녀가 겨우 입을 열었다.
"직업은?"
"탤런트."
그녀의 말에 그는 고개를 갸웃거렸다. 영화나 TV에서 전혀 본 적이 없는 얼굴이었다. 무명이란 얘기였다. 다시 그녀를 바라보았다. 무명이라지만 앳되고 풋풋한 얼굴이 꽤나 매력적으로 보였다.
"어떻게 거기에 있게 됐죠?"
최 반장은 사태를 짐작하면서도 아무것도 모르는 사람처럼 물었다. 그러나 그녀는 여전히 주위만 두리번거릴 뿐이었다.
"불안해 할 것 없다니까 그러네요. 여긴 수사본부고 우리가 아가씨를 지켜줄 테니까 아무 걱정하지 말고 묻는 말에 사실대로 말해요."

최 반장은 그녀를 안심시키며 말을 유도해 나갔지만 그녀는 좀처럼 입을 열지 않았다. 그 때서야 최 반장은 그녀가 미지의 살인자를 두려워하는 것이 아니라 자신의 치부가 드러나는 것을 두려워하고 있다는 것을 깨달았다.

"당신이 제일 유력한 용의자요. 사실대로 말하지 않으면 죄를 뒤집어 쓸 수도 있어요. 없는 죄도 만드는 세상이니까 솔직하게 빨리 말하는 것이 좋을 거요."

최 반장은 방향을 바꿔 그녀를 압박해갔다.

"비밀은 지켜지는 건가요?"

"물론이오."

그때서야 작심한 듯 그녀가 입을 열기 시작했다.

"선배로부터 703호로 가라는 부탁을 받았어요."

"선배? 무슨 말인지 모르겠으니 자세히 말해요."

"어제였어요. 선배 탤런트가 저를 찾아왔어요. 전 깜짝 놀랐어요. 햇병아리인 저에게 그녀는 너무나 높은 곳에 있는 거물이었으니까요. 그녀가 누구를 소개할까 하는데 의향이 있느냐고 말했어요. 그 말을 듣고 전 잠시 망설였죠. 연예계에서는 그녀가 뚜쟁이 노릇을 한다는 소문이 파다하게 나돌았기에 그녀의 의도가 무엇인지를 금방 알았으니까요. 잠시 망설임이 뒤따랐지만 이내 결정을 했어요. 잘하면 하루아침에 스타가 될 수 있는 기회라고 생각했어요. 스타가 되기 위해서는 누군가의 도움이 필요했거든요. 돈, 권력, 그리고 보이지 않는 무엇까지도 얻을 수 있는 사람이. 따라서 그런 제의는 어떻게 보면 저한테는 행운이었어요. 그런 제의가 오기를 은근히 기다리는 사람도 꽤 많거든요."

"그래서 어떻게 했나요?"

"그녀가 시키는 대로 호텔에 가서 그를 기다렸어요. 이왕 이렇게 된 것 어떡하든 출세를 해야겠다고 마음먹었으니까요."

"어떤 조건이었지요?"

"돈. 그리고 알파가 있으면 더욱 좋고요."
"단지 그것뿐이오?"
"처음엔 항상 그렇게 시작하죠."
"얼마를 제시했죠?"
모욕을 당한 듯 그녀의 얼굴이 붉어졌다.
"우린 사실을 알고 싶을 뿐 당신의 감정까지 생각해줄 여유가 없소. 그러나 당신을 곤란하게 만들지는 않을 거요."
"두 장."
그녀가 손가락 두 개를 펴 보였다.
"2백?"
"네?"
그녀가 어이가 없다는 투로 그를 바라봤다.
"그럼 얼마요?"
"2억."
최 반장은 자신도 모르게 터져 나오는 비명을 참으려 애를 썼다. 하루 저녁에 2억이라니. 놀람 뒤에 허탈감이 밀려왔고 이어 은근한 호기심도 일었다.
"그걸 혼자 다 갖는 거요?"
"그럼 누구와 나누나요?"
"그런 게 아니라 소개해 준 사람 몫도 있을 텐데."
"그건 그 사람이 따로 준다고 들었어요. 보통 석 장을 주는데 한 장은 그 사람이 떼고 준다는 소문이 있어요."
그는 침을 꿀꺽 삼키며 질문을 계속했다. 갈수록 흥미로웠고 그 세계에 대해 알고 싶은 호기심이 그를 더욱 자극했다.
"그가 혼자 왔나요?"
"네. 처음에 경호원들이 먼저 와서 방을 살피고 나갔어요. 그리고 얼마 후에 그가 들어왔어요."

"그 뒤로 어떻게 됐죠?"

그러자 그녀가 얼굴을 붉히며 고개를 숙였다. 고개를 숙이는 그녀를 보자 최 반장은 괜히 짜증이 일었다. 순진한 척하는 그녀의 행동이 여우처럼 교활해 보였다. 그녀를 불쌍하다고 생각한 자신이 더 불쌍하다는 느낌이 들었다.

"괜히 부끄러워하는 체 하지 말고 빨리 말해요!"

최 반장은 거친 목소리로 쏴 부쳤다. 화풀이 대상도 아닌데 화가 났다. 왜 그렇게 화가 나는지 이해할 수가 없었다. 아마 돈 얘기를 들으면서부터 이성이 마비됐는지도 몰랐다. 하루 저녁에 2억이라니. 생각만 해도 기가 찼다. 그는 그녀가 입을 열기를 기다리며 담배를 빼어 물었다. 금연구역을 따질 때가 아니었다.

"짐작하고 계신 그대로에요. 전 노리개에 불과했으니까."

그녀가 더 감추기를 포기한 듯 순순히 입을 열었다.

"그럼 김 회장은 언제 살해됐죠?"

"모르겠어요."

"뭐라고! 지금 장난하는 거요? 한 방에서 같이 자던 사람이 죽었는데 모른다는 게 말이나 돼요?"

"정말이에요. 그와의 일을 끝내고 욕실로 들어섰을 때 뭔가가 세차게 제 목덜미를 내려쳤어요. 그리고 반장님이 올 때까지 정신을 잃었어요. 정말 전 아무 것도 몰라요."

그녀는 그때의 악몽이 되살아나는 듯 진저리를 치며 몸을 부르르 떨었다. 최 반장은 쓴 입맛을 삼켰다. 드나든 사람도 없는데 사람이 죽어 나간 사건이었다. 상식적으로는 도저히 일어날 수 없는 사실에 고개를 저었다.

"무슨 이상한 낌새도 전혀 없었나요?"

"그러고 보니 뭔가 이상하기는 했어요. 회장님이 오시기를 기다리며 앉아 있는데 뭔가가 나를 지켜보고 있는 것 같았어요. 이상해서 주위를 살펴봤지만 아무

것도 없었어요. 처음 이런 짓을 하다 보니 마음이 불안해서 그런가 보다 하며 그냥 넘겼는데 지금 생각해보니 분명히 무엇인가가 있긴 있었어요. 회장님도 그걸 느꼈는지 왠지 찜찜하다는 말을 했어요."

최 반장은 심문을 멈추고 천장을 바라보았다. 정말 귀신이 곡할 노릇이었다. 막막했다. 그녀를 붙잡고 더 물어봐도 나올 것이 없을 것 같았다. 그녀의 초라한 모습을 바라보던 최 반장은 그녀를 돌려보내기로 마음먹었다. 일단 귀가를 시켜도 도주하는 일을 없을 것 같았다. 그녀가 부하의 손에 이끌려 밖으로 나가는 것을 바라보던 그는 이내 문 앞을 지키던 경호원을 불러들였다. 별 소득이 없을 것 같았지만 혹시나 하는 기대도 있었다.

"거두절미하고 말하겠소. 아는 것이 있으면 하나도 숨김없이 말하시오. 아무리 사소한 것이라도 빼놓지 말고."

딱딱하고 억압적인 최 반장의 말에 그들의 얼굴이 굳어졌다. 자칫 살인 누명을 쓸지도 모른다는 생각을 하고 있는 것 같았다. 그 표정을 바라보던 최 반장은 코웃음을 쳤다. 그들은 결코 회장을 해코지할 인물이 아니었다. 자신들의 고용주이기도 하지만 그런 배포가 있어 보이지도 않았다. 힘만 쓸 줄 알지 머리를 굴릴 것 같지 않은 우직한 모습은 어떻게 보면 순진하다고 표현해도 좋을 것 같았다.

"우린 아무것도 아는 게 없습니다. 정말입니다."

겁에 질린 얼굴로 대답하는 그들을 보며 최 반장은 한숨을 내쉬었다. 초등학생을 다루 듯 하나하나 짚어가며 질문을 해야 할 생각을 하니 한심스럽기도 했다.

"강 회장이 방에 들어가기 전에 점검은 했습니까?"

"물론입니다. 그게 저희 일입니다."

"아무런 이상이 없었나요?"

"있었다면 가만히 있었겠습니까? 침대며 욕실이며 한군데도 빠짐없이 샅샅이 뒤졌습니다. 그리고 회장님이 오실 때까지 밖에서 지키고 있었습니다."

"그 때까지 아무런 이상이 없었다는 말인데 그렇다면 이상하지 않습니까? 강 회장이 혼자 죽었다는 얘긴데 그건 어떻게 설명하시겠습니까? 또 여자가 기절한 것도 그렇고."

"저희도 그게 궁금해 미칠 지경입니다. 어떻게 이런 일이 일어났는지 추측조차 할 수 없으니 사람 환장하겠습니다."

"좋아요. 인정하지요. 가셔도 좋으나 멀리 가지는 마시오."

최 반장은 더 이상 들을 게 없다는 판단으로 그들을 내보내려 했다. 그때 한 사내가 머뭇거리며 입을 열었다.

"이런 얘길 하면 비웃을 것 같아 말을 못했습니다만 사실은 방안에 들어섰을 때 뭔가 이상한 점이 있었습니다. 분명 빈 방인데 무엇인가가 있다는 느낌을 받았거든요. 실체는 없지만 무엇인가 존재한다는 이상한 기운 같은 걸 느꼈어요. 저희같이 운동을 하는 사람은 그런 면에서 좀 예민하거든요."

음! 최 반장은 그들의 말을 들으며 고개를 끄덕였다. 그것은 탤런트라는 여자가 한 말과 같았고 강 회장이 느꼈다는 찜찜함 같은 것과 일맥상통하는 것이었다. 범인은 귀신이 아니면 공상소설에 나오는 투명 인간일지도 모른다는 엉뚱한 상상을 하면서.

12

"나도 할 만큼은 했어요. 나라를 이렇게 만들고 싶은 사람이 어디 있습니까? 이제 지난 얘긴 그만하고 해결할 방법이나 연구해 봅시다. 난 선약이 있어서 이만 일어서겠소."

국가 부도 위기에서 악착같이 책임을 전가하려는 무리들을 따돌리며 약속을 핑계로 자리에서 일어난 이만구 장관은 승용차 깊숙이 고개를 묻은 채 좀 전에 끝난 경제장관 회의를 생각하며 빙그레 미소를 지었다.

바보 같은 것들. 다 끝난 일을 가지고 이제 와서 시시비비를 가리려 들다니. 그런다고 비난이 사라지는 것도 아닌데. 정 뭐하면 그깟 장관 자리 내던지지 뭐. 그 동안 평생을 써도 다 못 쓸 만큼 벌어 놨겠다, 미국 국적 취득했겠다, 자식들 다 유학시켰겠다, 이젠 전쟁이 터진대도 걱정할 것이 없었다. 또 잔뜩 사둔 외화가 두 배 가까이 올라갔으니 나라가 어떻게 된대도 아무런 상관이 없었다.

참 용하게 버텨온 세월이었다. 남들이 출세의 길로 들어설 때마다 그들을 변절자라 욕하면서도 속으로는 얼마나 부러워했던가. 자신에게도 그런 기회가 온다면 미련 없이 변신을 하겠다고 다짐했지만 좀처럼 그런 기회는 찾아오지 않았다. 좌절과 절망 속에서도 희망을 놓지 않고 기다린 끝에 용케 기회를 잡은 그는 수많은 줄타기를 하며 굳건히 그 자리를 지켜왔다.

"다 왔습니다. 장관님."

기사의 목소리에 퍼뜩 제정신으로 돌아온 그는 헛기침을 하며 주위를 둘러봤다. 아무리 보아도 영락없는 가정집이었다. 그러나 그것은 평범한 가정집이 아니었다. 그도 모 재벌 회장을 따라 이 집에 처음 왔을 땐 평범한 가정집인 줄 알았다. 그러나 안으로 들어섰을 땐 그만 입이 벌어지고 말았다. 호텔 못지않은 내부 장식은 물론 서비스가 보통이 아니었다. 그러나 그가 이곳을 좋아하는 이유는 따로 있었다. 그것은 보안이 철저하다는 것이었다. 안에는 완벽한 보안 장치가 되어 있어 무슨 일이 있어도 비밀이 새어나갈 염려가 없었고 또 다른 사람과 마주칠 우려도 없었다. 방은 여러 개 있었지만 각 방마다 침대와 욕실이 따로 갖추어져 있었고 출입구도 각각 달랐다. 값이 좀 비싸다는 것을 제외하고는 흠잡을 곳이 없었다.

까짓 돈이야.

사실 그에게 돈은 문제가 아니었다. 손만 벌리면 아니 알아서 척척 갖다 바치는 사람들이 줄을 이었다.

"어떻게 할까요?"

기사가 그의 지시를 기다리며 조심스럽게 물었다.

"그만 돌아가. 무슨 일이 있으면 연락하지."

"예. 알겠습니다."

기사가 구십 도 인사를 하며 차를 돌렸다. 차가 멀리 사라지는 것을 바라보던 그가 문으로 다가가기가 무섭게 종업원이 쏜살같이 달려와 그를 맞았다. 이미 그가 왔다는 것을 알고 있는 듯했다.

"어서 오십시오. 사장님께서 기다리고 계십니다."

"음."

그는 가볍게 고개를 끄덕이며 안으로 들어섰다. 흐릿한 조명이 비쳐들었다. 그 조명을 바라보자 마음이 편해졌다. 그것이 자신의 치부를 가려주는 것 같기도 했다. 몇 발자국을 내딛자 코에 익은 냄새와 함께 농익은 목소리가 들려왔다.
"왜 이렇게 늦으셨어요? 얼마나 기다렸다고."
서 마담이었다. 그녀가 있기에 이곳을 단골로 삼았고 그녀로 인해 인생이 다시 피어나는 느낌을 받고 있는 그였다.
"응, 회의가 좀 길어져서."
"무슨 놈의 회의가 그렇게 많아요? 피곤하시겠어요."
"피곤했지만 서 마담을 보니 피로가 눈 녹듯 하는군."
"어머, 장관님도 농담을 하실 줄 아세요?"
"농담이 아니라 진심이야."
"고마워요. 어서 안으로 드세요. 제가 진하게 한 턱 낼 테니까 오늘은 일 같은 건 다 잊고 저와 즐겁게 지내요."
서 마담이 팔짱을 끼며 그를 안으로 이끌었다. 미소를 짓는 그녀의 얼굴은 사람을 유혹하기 위해 태어난 요부 같았다.
"웬일이야? 서 마담이 한 턱을 다 내고?"
"은혜는 갚아야지요. 그 얘기는 차차 하기로 하고 우선 목부터 축이세요. 힘이 불끈 나실 거예요. 호호호."
안으로 들어선 이 장관이 자리에 앉기가 무섭게 그녀가 진한 꿀물을 잔에 담아 올렸다. 단순한 꿀물이 아니라는 것을 알고 있는 그는 잔을 받으며 물끄러미 그녀를 바라봤다. 언제 봐도 매력적인 여자였다. 삼십 대의 농익은 얼굴에 처녀 같은 몸매, 사람을 편안하게 해주는 매너. 모든 것이 맘에 쏙 들었다.
"뭘 그렇게 바라봐요? 부끄럽게."
그녀가 얼굴에 홍조를 띠며 고개를 숙였다.
"새삼스럽게 부끄러워하긴. 우리가 부끄러워 할 사이인가? 하하하. 그런데 은혜라니 그게 무슨 일이야?"
"일전에 달러 좀 사 놓으라고 하신 말씀, 벌써 잊으셨어요?"

"내가 그랬나?"
언제 자신이 그런 말을 했는지 기억에 없었다. 그건 일급비밀이었다. 그러나 그녀가 헛소리를 할 리는 없었다. 그러나 헛소리든 진담이든 그까짓 건 아무 상관이 없었다. 이미 다 지나간 일이었고 그녀가 자신을 은인으로 생각하면 그것으로 족했다.
"그래, 재미 좀 봤나?"
"덕분에."
"허허, 잘 됐군. 이제 김 마담도 재벌 축에 들겠군."
"저 같은 거야 장관님께 대면 조족지혈이죠."
"어허, 이 사람이? 공무원이 무슨 돈이 있다고 그래?"
그는 짐짓 화를 내어 보였다.
"어머, 죄송해요. 장관님같이 청렴한 분을 두고 감히 그런 말을 하다니 이놈의 입이 방정이네요. 사과드려요. 그런 의미에서 제 잔 한 잔 받으세요."
그녀가 얼른 말을 돌리며 요염한 미소를 흘렸다. 자신을 비꼬는 듯한 말에 은근히 치밀던 화는 그녀의 미소를 보는 순간 눈 녹듯 사라져 버렸다. 그녀를 보고 화를 낸다는 것은 그 자체가 잘못된 것이라는 생각이 들었다.
"사업은 잘돼?"
그가 잔을 받아들며 의례적인 말을 건넸다.
"네. 장관님께서 밀어주시는 덕분에 잘 돼가고 있어요. 그런데 요즘은 많이 힘드시죠? 이런 위기에 나라 살림을 책임지셨으니 힘든 건 당연하시겠지요. 그래도 건강 챙기셔야 해요. 저랑 오래오래 지내시려면 건강이 먼저니까요. 아셨죠?"
"알았어. 좀 힘들긴 하지만 서 마담이 있으니 걱정할 건 없지. 그런데 속상하긴 해. 잘 나갈 때는 찍 소리 못하던 것들이 일이 좀 틀어지니까 모두 나한테 덮어씌우려고 하거든."
잠시 잊었던 일들이 그녀로 인해 다시 떠올려졌고 갑자기 머리가 지끈지끈 아파 오는 것을 느꼈다. 그만 둘 때 그만 두더라도 속이나 썩히지 않고 물러날 수 만 있다면 더 바랄 것이 없었다. 조금만 일찍 발을 뺐더라면 하는 후회가 들기도 했다. 후회는 아무리 빨라도 늦었다는 말이 요즘처럼 피부에 와 닿은 적은 없었다. 빨리 시간이 가기만을 기다리는 수밖에 없었다.

시간이 해결해 주겠지.

생각을 달리 하자 골치 아픈 것들이 이내 사라졌다. 지금은 즐기기만 하면 됐고 나머지는 시간의 몫이었다.

"그게 사람의 생리 아닌가요?"

"그렇긴 하지. 서 마담도 그런가?"

"사람에 따라 달라지겠지만 장관님에 대해서만은 일편단심이에요. 물론 믿지 않으시겠지만 그래도 사실이에요."

"말이라도 고맙군."

"사실이라니까요. 피곤하시죠?"

그녀가 입가에 야릇한 미소를 지으며 물었다.

"조금."

"그럼 잠시만 기다리세요. 제가 풀어드릴게요."

그녀는 잘 조련된 시종처럼 쉴 준비를 해 준 다음 밖으로 나갔다. 그녀가 나가는 모습을 은근한 눈으로 바라보던 그는 천천히 침대에 몸을 눕혔다. 빨리 그녀를 안고 싶은 생각이 간절했다. 그녀가 오기를 기다리며 침대에 누워 있던 그는 문득 이상한 기운을 느꼈다. 뭔지 모를, 누군가가 자신을 지켜보고 있다는 느낌이 들었다. 사방을 둘러봤지만 아무도 없었다.

신경과민인가.

사방을 둘러보던 그는 실소를 지으며 허공을 바라봤다. 이곳을 좋아하는 이유 중의 첫째가 빈틈없는 보안이라는 것을 상기하면서. 그런데도 이상했다. 자꾸만 알 수 없는 불안감이 전신을 휘감아왔다.

"죄송해요. 기다리게 해서."

한참 만에 그녀가 요염한 미소를 띠며 다시 안으로 들어섰다. 그는 불안감을 떨쳐버리려는 듯 얼른 그녀를 감싸 안았다.

"아이, 오늘은 왜 이렇게 급하세요?"

그녀가 싫지 않은 표정으로 그에게 안겨왔다.

"좋으니까 그러지. 나랑 같이 날라버릴까?"

"어디로?"

"미국이나 아무 데로."

"정말 데려가 주실 거예요?"

"그럼, 원하기만 하면."

"아이, 좋아라."

그녀가 어리광을 피우며 그의 품속으로 파고들었다.

"보고 싶은데."

그는 그녀를 바라보며 능글맞은 미소를 지었다.

"아이, 짓궂으셔."

그녀가 살짝 눈을 흘기며 몸을 일으켰다. 그리고는 맞은편에 서서 천천히 옷을 벗기 시작했다. 어깨로부터 흘러내리는 옷을 따라 매끄럽고 하얀 피부가 드러나기 시작했다. 그녀는 얼굴을 붉히면서도 손길을 멈추지 않았다. 보얀 젖가슴이 드러났다. 밝은 불빛 속에 수줍은 듯 오뚝 솟은 젖가슴을 바라보던 그는 가벼운 신음을 토했다. 그녀는 자신의 몸을 보며 신음을 토하는 그를 바라보며 그것을 즐기는 표정으로 계속 껍질을 벗어나갔다. 이윽고 완전히 껍질을 벗은 그녀가 도발적인 미소를 지며 그를 바라보았다. 달아오르는 흥분을 달래며 그녀를 바라보던 그는 천천히 그녀 앞으로 다가갔다. 그리고는 파르르 떨고 있는 젖가슴으로 입술을 가져갔다. 그녀는 작은 탄성을 지르며 어린아이를 안듯 그의 목을 가볍게 끌어안았다.

"이제 그만해요."

잠시 후에 그녀가 살며시 몸을 빼며 속삭였다.

"이렇게 더 있고 싶은데."

아쉬운 듯 신음을 토하며 고개를 든 그는 그녀를 번쩍 들어 침대에 눕혔다. 이어 묘한 교성과 의미를 알 수 없는 신음 속에 폭풍의 시간이 흘러갔다. 그는 나른해오는 몸을 누이고 눈을 감은 채 좀 전의 쾌락을 음미하고 있었다.

"샤워하고 좀 누워 계세요. 전 좀 나갔다 올 테니까."

그녀의 목소리를 들으면서도 그는 죽은 듯이 가만히 있었다. 그녀가 밖으로 나가는 소리를 듣고서야 살며시 눈을 뜬 그는 땀으로 번들거리는 몸뚱이를 일으켜 욕실로 들어섰다. 그때 차가운 금속성 물체가 머리에 와 닿는 걸 느꼈다.

"어? 누, 누구야?"

그는 깜짝 놀라며 몸을 돌이키려 했다.

"소리 내지 말고 가만히 있어."

차갑고 소름 끼치는 낮은 목소리에 그는 힘이 쭉 빠지는 것을 느꼈다. 침착하려 애를 쓰며 겨우 다시 입을 열었다. 그러나 목소리가 제대로 나오지 않았다.

"워, 원하는 게 뭔가?"

"이게 어디서 반말이야."

사내가 갑자기 뒤통수를 내려쳤다. 아찔한 충격과 함께 끈끈한 액체가 흘러내리는 것이 느껴졌다. 갑자기 오싹한 전율과 함께 목숨이 위험하다는 생각이 들었다. 단순한 도둑이 아닌 것 같았다.

"누군데 이러는 거요?"

"심판자."

순간 그의 몸이 사시나무처럼 떨리기 시작했다. 그자가 왜 자신을 노리는지는 몰라도 무사하기는 어렵다는 생각이 들었다.

"원하는 게 뭐요?

"무엇일 것 같은가?"
"돈?"
"너한테는 그렇겠지."
"그럼 뭐요?"
"네 목숨."
"무슨 이유로 내 목숨을 원하는 거요?"
"그건 네가 더 잘 알 텐데."
"모, 모르겠는데요."
"네가 나라를 이 꼴로 만들었잖아."
"그건 당신이 사정을 모르고 하는 소리요. 내가 어떻게 그런 일을 할 수 있겠소. 난 하나의 꼭두각시에 불과한 사람이오."
"알아. 그러나 그 지위를 이용해 돈을 빼돌린 것은 부인하지 않겠지. 그리고 이런 사태를 즐기며 도망갈 궁리만 했고."
"아, 아니오."
"아니긴 뭐가 아냐. 잘못했으면 인정을 해야지."
이번엔 어깨로 진한 통증이 밀려 왔다.
"알았소. 다 내 잘못이오."
그는 어떡하든 이 상황을 벗어나려 애를 썼다.
"그럼, 죄값을 받아야지."
"살려주시오. 원하는 것은 모두 주겠소."
그는 자기도 모르게 무릎을 꿇고 뒤를 돌아보려 했다.
"가만히 있으라고 했잖아!"
예의 그 차가운 목소리와 함께 다시 통증이 밀려왔다. 그는 뒤를 돌아볼 엄두도 내지 못한 채 눈만 깜빡거렸다. 아무리 생각해도 이 위기를 벗어날 방법이 떠오르지 않았다. 마지막 힘을 내어 겨우 입을 열었다.

"내가 누군지 알고 있소?"
그러나 이내 그 말이 잘못되었다는 것을 깨달았다. 그는 이미 자신의 신분을 파악하고 있었고 또한 목표가 자신이라는 것을 알았기 때문이었다.
"알지. 이만구라는 도둑놈."
예상대로 그의 입에서 차가운 대답이 흘러나왔다. 그의 말을 듣는 순간 모든 것이 틀렸다고 생각했다. 이왕 이렇게 된 바에는 마지막 모험이라도 해야겠다는 생각이 들었다. 잠시 숨을 죽이던 그는 갑자기 몸을 돌리며 주먹을 휘둘렀다.
"흥! 죽어도 그냥 죽지는 않겠다는 거군."
비웃는 코웃음 소리와 함께 정수리에 겨눈 총구가 그의 머리를 더욱 압박했다. 총구에 눌리는 압박과 함께 정신이 아득해졌다.
정말 이렇게 죽는 것인가.
머릿속이 하얗게 비어가는 느낌 속으로 차가운 목소리가 환청처럼 귓전을 스쳐갔다.
"인생이 불쌍해서 고통을 주진 않겠어. 저 세상에 가서는 정직하게 살라고. 추한 구린내 풍기지 말고."
이어 둔탁한 소리와 함께 그의 몸은 서서히 쓰러져갔다.

13

김현지 기자는 도로 가장자리에 차를 세우고 조심스럽게 앞에 보이는 집안의 동정을 살피고 있었다. 심판자라는 사람의 전화를 받고 모든 준비를 갖추고 기다렸지만 안에서는 아무런 동정도 보이지 않았다. 시계를 봤다. 올 시간이 넘었는데도 최 반장에게서는 아무런 소식이 없었다. 굳이 그를 불러낼 필요는 없었지만 이제는 동업자처럼 되어 버린 사이였고 또 만일을 대비해 그의 도움을 받으려는 얄팍한 계산도 깔려 있었다.

올 때가 지났는데. 시계를 보며 중얼거리면서도 눈은 그 집을 떠나지 않았다. 커다란 정원에 나무들로 빽빽이 둘러싸인 집은 높은 담장을 제외한다면 여느 평범한 가정집이나 마찬가지였다. 무슨 사건이 일어날 것 같지 않았다.

그냥 갈까.

그러나 그러기에는 아쉬움이 남았다. 지금까지 한 번도 빈말을 한 적이 없는 심판자라는 사람의 전화였기에 그런 신뢰는 더욱 컸다. 조바심을 누르며 다시 집안의 동정을 살피고 있을 때 차창 밖으로 최 반장이 모습을 드러냈다.

"어서 오세요. 얼마나 기다렸는데."

그녀는 반가우면서도 투정 섞인 말을 내뱉었다.

"무슨 일인데 한 밤중에 오라는 거야?"

"인기척 내지 말고 저기 저 집을 살펴봐요."
"무슨 일인데 그러냐니까?"
"나도 몰라요. 그냥 저 집을 살펴보래요."
"또 심판자라는 놈이야?"
그가 짜증 섞인 목소리로 말했다.
"네."
"누구 집이야?"
"모르겠어요. 기자 생활 몇 년에 웬만한 재벌이나 정치가의 집은 다 알고 있는데 저 집은 도무지 감을 잡을 수가 없어요."
"그런데 왜 저 집을 감시하라는 거야?"
"그걸 알면 이렇게 죽치고 앉아 있겠어요?"
그녀가 카메라를 만지작거리며 말했다.
"다른 말은 없었어?"
"그 말뿐이었어요."
"한심하군."
"왜요?"
"그 자의 말 한 마디에 차속에 처박혀 바싹 긴장하고 있는 김 기자 꼴을 보니 안타까워서 하는 말이야."
"그런 말씀 마세요. 나한테는 은인이란 말이에요."
"하긴 그렇군."
최 반장은 씁쓸한 입맛을 다시며 눈을 돌렸다. 그러나 김 기자는 한눈 한 번 팔지 않고 그 집을 살피고 있었다. 얼마가 지났는지 점점 눈이 아파오기 시작했다. 그러나 어둠에 잠긴 집안은 고요 속에 평온을 지키고 있었다.
거짓이었나?
속았다는 생각이 들기 시작했다. 그가 빈말을 하지 않을 것이라는 확신은 있었지만 시간이 흐를수록 아무 일도 일어나지 않는 집만 바라보고만 있자니 짜증도 일었다.

"혹시 잘못 찾은 거 아냐?"

최 반장이 물었다.

"틀림없어요. 몇 번이나 확인을 했거든요."

"내가 한 번 들어가 볼까?"

"아무리 경찰이라도 영장도 없이 어떻게 들어가요?"

"그게 노하우라는 거야."

최 반장이 몸을 일으켜 차에서 나오려 할 때 갑자기 구급차 소리와 함께 대원들이 급히 차에서 내리는 것이 보였다.

"결국 터진 모양이군."

최 반장이 잽싸게 차 밖으로 몸을 날렸다. 김 기자도 급히 그의 뒤를 따랐다. 그러나 그녀는 대문 앞에서 더 이상 나갈 수가 없었다. 건장한 사내 둘이 그녀의 앞을 가로막고 있었다. 그때 최 반장이 그들을 가로막고 나섰다.

"누구십니까?"

책임자인 듯한 사내가 못마땅한 얼굴로 최 반장을 보며 물었다. 최 반장은 대답 대신 신분증을 꺼내 보였다. 사내가 물러나는 것을 바라보던 최 반장은 급히 안으로 뛰어들었다. 구급대원이 피투성이의 사내를 들어 옮기는 것이 눈에 들어왔다.

"아, 잠깐! 살아 있습니까?"

최 반장이 그들의 행동을 제지하며 물었다.

"이미 사망했습니다."

"그럼 급할 건 없군. 잠깐 현장 보존을 위해 사진을 찍겠습니다. 어이, 김 형사. 빨리 찍어."

그가 김 기자를 향해 소리쳤다. 김 기자는 속으로 웃음이 나왔으나 이런 좋은 기회를 놓칠 리 없었다. 얼른 다가가 열심히 카메라를 돌렸다. 그가 촬영을 다 끝낼 쯤 최 반장이 시치미를 뗀 채 구급대원들을 향해 말을 했다.

"자, 이제 옮겨도 좋소."

못마땅한 표정으로 최 반장을 바라보던 구급대원들은 사체를 싣고 밖으로 나갔다. 그들을 따라 밖으로 나온 김 기자는 급히 차에 올라 시동을 걸었다.

"누군지 알 수 있어?"

"아니, 경찰이 장관의 얼굴도 몰라 봐요?"

"장관이라고? 그런데 왜 알몸으로 죽어 있지?"

"안 봐도 뻔하지요, 뭐. 남자들이란 다 그런가 봐요."

"무슨 소리야?"

"다 아시면서 내숭은……. 저 먼저 갈게요. 자세한 건 방송을 보세요. 오늘 고마웠어요. 다음에 한 턱 낼게요."

김 기자는 말을 마치고 급히 방송사로 차를 몰았다. 다급한 마음과 흥분 탓인지 운전조차 제대로 할 수가 없었다. 룸살롱의 사건이나 사채업자 유달수 또 김성일 회장의 죽음과는 비교도 되지 않을 만한 중량급 사건이었다.

현직 장관 피살.

지금까지 들어보지도 못한 큰 사건이었다. 헐레벌떡 방송국으로 달려온 김 기자는 국장에게 곧장 전화를 걸었다. 절차를 밟기에는 사안이 워낙 중대하고 급했다.

"무슨 일인가?"

자다 일어난 듯 국장이 굼뜨게 전화를 받았다. 그러면서도 긴장하고 있는 기색이 역력해 보였다. 요즘 워낙 굵직한 사건만을 터트리는 그녀였기에 더욱 긴장하고 있는지도 몰랐다. 사실 국장으로서도 요즘 살판이 났다. 그녀로 인해 민영방송으로서는 보기 드물게 시청률 최고를 달리고 있었기 때문이었다.

"뉴스 특보를 내보내도 되겠습니까?"

김 기자는 흥분된 목소리로 급히 말했다.
“자네답지 않게 흥분하기는. 무슨 일인데 그래?”
“너무 큰 사건이라서 저도 모르게 흥분이 되네요.”
“무슨 사건인데?”
“이만구 경제부장관이 피살됐습니다.”
“뭐라고?”
놀라는 그의 목소리가 전화기를 통해 들려왔다. 김성일 회장이 피살됐다는 소리를 들었을 때만 해도 태연했던 그였다. 그도 사건의 중대성을 인식한 모양이었다. 잠시 말이 없었다.
“어떡할까요?”
김 기자는 보이지 않는 그를 향해 대답을 재촉했다.
“잠시 기다려. 내가 곧 나갈게.”
전화가 끊겼다. 김 기자는 그가 오기를 기다리며 자판기에서 커피를 빼어들었다. 자칫 특종을 빼앗길 지도 모른다는 초조감이 밀려왔다. 한참이 지났다고 생각될 쯤 허겁지겁 달려온 국장은 곧장 자기 방으로 들어갔다. 김 기자도 그를 따라 안으로 들어갔다. 국장은 책상에 앉아 눈을 감았다. 그리고는 한참 동안 눈을 뜨지 않았다. 시간이 무척 지루하게 느껴졌다.
“국장님! 빨리 보도를 해야지요.”
김 기자가 참지 못하겠다는 듯 재촉했다. 그러나 그는 여전히 눈을 감은 채 뭔가를 생각하고 있었다.
“무슨 곤란한 문제라도 있나요?”
“그런 건 아니야. 잠시 생각할 일이 있어서.”
“무슨 일인데 그러세요?”
김 기자는 국장을 이상하다는 눈으로 바라보았다. 전혀 망설일 이유가 없는데도 국장은 자꾸만 뜸을 들이고 있었다. 왠지 긴장이 됐다. 혹시 보도를 못하는 것이 아닌가 하는 조바심까지 생겼다. 한참이나 말없이 앉아있던 국장이 무겁게 입을 열었다.

"좋아. 그럼 내보내도록 하지."

국장의 허락을 받은 그녀는 국장의 태도에 고개를 갸웃거리면서도 흥분된 마음으로 국장실을 나왔다.

국장의 사인이 떨어짐과 동시에 이 장관의 피살소식은 방송을 타기 시작했다. 방송이 나가자 늦은 시간인데도 불구하고 국민들은 불안한 기색을 감추지 못했고 그 반응은 국내보다는 국외에서 더 크게 일어났다. 자칫 국가 신뢰도가 떨어지지도 모른다는 우려도 새어나왔다. 그러나 그것보다 더 예민한 반응은 정치권으로부터 나왔다. 사채업자나 경제인이 죽었을 때만 해도 강 건너 불구경하듯 하던 사람들이 이제는 자신들이 목표가 되었다는 위기의식을 느낀 듯 했다. 그들은 연일 빨리 범인을 잡으라는 성명서를 냈고 그런 상황들을 바라보는 김 기자는 은근히 신이 났다. 갑자기 영웅이 된 느낌이었다.

수사본부로 돌아온 최 반장은 서 마담을 앞에 놓고 심문을 하기 시작했다. 그러나 다분히 형식적이었다. 범인은 이미 나와 있었기 때문이었다. 그녀는 겁에 질려 있었지만 그렇다고 주눅이 든 것은 아니었다. 이런 바닥에서 닳고 닳은 여자처럼 호락해 보이지는 않았다.

"어떻게 된 거요?"

"뭘 말이죠?"

여자가 만만치 않게 대답했다.

"그가 어떻게 죽었는지 말해 보시오"

"그걸 어떻게 알아요?"

"같이 있지 않았소?"

"전 밖에 나가 있었어요. 다시 돌아와 보니 죽어 있더군요. 그래서 곧바로 연락을 한 거예요."

"그것뿐이오?"

"네."

"허, 이 사람 보게. 잘 대해줬더니 안되겠군. 장관이 당신 침실에서 살해됐는데 아무것도 못 보았다고 발뺌을 하다니 대단하군. 당신이 범인이 아닐 진 몰라도 공범일 가능성은 충분히 있어. 그러니 솔직하게 털어놓으시오."

최 반장은 은근히 협박을 했다.

"정말 아무것도 몰라요. 나보고 공범 어쩌고 하시는데 내가 왜 그를 죽이겠어요? 나를 얼마나 도와줬는데."

"바로 그거요. 도와줬다면 뭔가 이해관계가 얽혔을 거요. 그러다 보면 감정이 생길 수 있는 일이고."

최 반장은 억지를 부리고 있다는 생각이 들었지만 그녀를 다그칠 수밖에 없었다. 당연한 절차이기도 했지만 그들 뒤에 숨겨져 있을 흑막을 캐보고 싶은 호기심이 일었다. 탤런트 사건에서부터 권력층의 비리를 훔쳐보는 것에 재미가 들린 건 사실이었다. 그들의 사건을 보면 공통점이 있었다. 자신이 생각하지도 못한 기상천외한 일들이 튀어나오는가 하면 상상도 못할 일들이 예사롭게 벌어지고 있었다. 한 마디로 요지경 속이었다.

"그런 일은 절대 없었어요."

"그러니 빨리 말하라는 거요. 당신의 요정에 드나드는 사람들의 힘이 얼마나 센지 몰라도 당신을 도와줄 사람은 이제 아무도 없소. 모두 자신의 몸 사리기에 급급할 테니까. 또 요정의 장부도 이미 낱낱이 파헤쳐지고 있을 거요. 피차 피곤한 짓은 그만 둡시다. 당신도 물장사를 했으면 알 만큼 알고 있을 텐데. 사건과 관계없는 것이라면 안 들은 걸로 할 수도 있어요. 그와는 어떤 관계였습니까, 돈 관계였나요?"

"돈이 아니라 정보였어요."

잠시 생각을 하던 그녀가 겨우 입을 열었다.
"어떤?"
"달러."
그녀가 짤막하게 대답했다.
"그게 무슨 말이오?"
"말 그대로 외화에 대한 정보예요."
"지금 장난하는 거요? 그 뒤 얘기를 해야 뭐가 어떻게 되었는지 알 게 아니오. 당신이 전에는 고관들을 주물렀는지 몰라도 지금은 피의자로 이곳에 와 있다는 사실을 잊지 않기 바라오."
좀 전과는 완전히 다른 차가운 어투였다.
"달러를 사 두면 좋을 거라고 해서 산 것 뿐이에요."
"그래서 샀소?"
"네."
"얼마나?"
"백만 달러."
"지금 그 돈은 어디에 있소?"
"그걸 왜 묻지요? 사건과 관계가 없을 텐데."
"그건 그쪽 생각이고 내 생각은 다르오."
"벌써 팔았어요."
이런 도둑놈들.
갑자기 머릿속이 혼란해지며 울컥 화가 치밀었다. 그도 달러가 며칠 사이에 두 배 가까이 올랐다는 것을 알고 있었다. 앞에 앉아 있는 여자를 후려치고 싶은 충동이 일었다. 주먹을 불끈 쥔 채 화를 삭이던 그는 한숨을 내쉬며 그녀를 돌려보냈다. 더 이상 지저분한 꼴을 보고 싶지 않았다. 갑자기 심판자라는 사람이 정의의 사도처럼 여겨졌다.

14

김 기자는 하늘을 날 것 같은 기분이었다. 항상 뒷전에서 선배들의 특종을 지켜보며 부러워하던 자신이 연속적으로 특종을 터트린 사실이 믿기지 않았다. 심판자라는 사람이 왜 자신을 대리인(?)으로 내세웠는지 알 수는 없었지만 고마운 사람이라는 생각이 들었다. 어차피 터진 사건이라면 자신이 아니라도 누군가는 보도를 할 것이었다. 그런데 그 보도의 주인공이 자신이라는 사실은 아무리 생각해도 행운이었다. 김 기자는 들뜬 마음을 가라앉히며 다음 사건을 기다렸다. 사건이 터지기를 기다리는 마음은 죄를 지은 것 같은 기분이었지만 흥분이 되는 것도 사실이었다. 이만구 장관 피살 충격이 채 가시기도 전에 그녀는 또 하나의 메시지를 받았다.

수고했소. 그럼 이제 이 장관의 실체를 폭로하시오. 웬만하면 참으려 했는데 요즘 정치권에서 그 사람을 두둔하는 소리가 너무 커지고 있어 실체를 밝혀야겠다는 생각이 들었소. 내가 직접 할 수도 있지만 당신과 최 반장이 하는 것이 더 객관적일 것이요. 그 집의 금고를 살펴보고 가족의 도피 계획도 밝혀 보시오.
금고 번호는 3478205번이오. 심판자.

편지 내용은 아주 간단했지만 호기심이 부쩍 일었다. 그녀는 곧바로 최 반장을 만나 편지를 보여줬다.
"음."
편지를 다 읽은 그가 깊은 신음 소리를 냈다.
"어때요?"
"어려운 일이야. 영장도 없이 금고를 살펴볼 수는 없잖아."
"그래도 한 번 해볼 만은 하잖아요?"
"도둑처럼?"
"잘 아시네요."
"아무래도 어렵겠어."
"그래서 포기하겠다고요?"
"누가 포기한다고 했어? 시도는 해 보자고. 나도 구미가 당기니까. 정치인들이 자기 식구 감싸고도는 것도 꼴 보기 싫고."
"언제 시작할까요?"
"장례식이 언제지?"
"장례식은 왜요?"
"장례를 치를 시간이면 집에 사람이 없을 것 같아서."
"내일인 것 같은데요."
"좋아, 그럼 내일 보자고."
다음 날 김 기자는 최 반장과 함께 이 장관의 집 주위를 살폈다. 주위는 고요했고 집안에는 사람조차 없는 것 같았다. 그러나 무턱대고 들어갈 수는 없었다. 난감한 기분이 들었다.
"어떡하죠?"
김 기자가 최 반장을 바라보며 물었다.
"낸들 뾰족한 수가 있나? 방법이 떠오르지 않아."
그가 답답한 듯 담배를 피워 물었다.

"담배만 피우지 말고 방법을 말해 봐요. 형사 생활을 몇 십 년 했으면서 이런 것 하나 해결 못해요?"
"뭐야? 내가 형사 생활을 했지 도둑질을 했나?"
"형사나 도둑이나 뭐가 달라요?"
"그게 무슨 소리야?"
"형사라면 도둑이 할 수 있는 건 다 할 수 있어야지요."
"참, 어이가 없어 말을 못하겠군."
"한숨만 쉬지 말고 어떻게 좀 해봐요. 이러다가 모든 게 물 건너가는 것 아네요? 정말 도둑처럼 밤에 올까요?"
"말 같지도 않은 소리는 하지도 말아."
"그럼 직접 들어가 볼까요? 형사라고 하고서. 다행히 덜 떨어진 가정부라도 만난다면 통할지도 모르잖아요."
"내 모가지 날아가는 거 보고 싶어?"
"그럼 어떻게 해요?"
"나도 모르겠어."
이 장관 집의 대문을 바라보며 쓸데없는 말씨름만 계속하고 있을 때 김 기자의 전화기가 요란한 소리를 내며 울렸다. 김 기자는 깜짝 놀라며 전화를 받았다.
"그렇게 차 안에만 있지 말고 빨리 들어가시오. 모든 것은 내가 다 조치해 놨으니 걱정하지 말고."
예의 그 쉰 듯한 목소리가 들려왔다. 김 기자는 전화를 받으며 사방을 두리번거렸다. 그러나 어느 곳에도 의심이 갈 만한 사람은 보이지 않았다. 그의 말투로 보아 자신들을 지켜보고 있는 것 같은데 아무도 보이지 않는 것이 이상했다.
"왜 그래?"
최 반장이 두리번거리는 그녀를 보며 물었다.
"그 자예요. 다 조치를 해 놨다고 빨리 들어가래요. 시간 끌다 기회 날려버리지 말고.”

“그 자가 우릴 보고 있다는 거야?

“그런 것 같아요. 감시를 당하는 것 같아 기분이 나쁜데요.”

“나도 그래. 그런데 믿어도 될까?”

“믿는 수밖에. 자, 빨리 들어가요.”

말을 마친 김 기자는 도둑처럼 재빨리 이 장관 집의 대문을 넘어섰다. 집안은 쥐 죽은 듯 고요했다. 집을 지키고 있어야 할 최소한의 사람도 보이지 않았다.

무슨 조치를 취했기에 이렇게 조용한가?

잠시 의문이 생겼지만 그런 것을 따질 때가 아니었다. 빨리 일을 끝마쳐야 한다는 초조함이 밀려왔다. 잠시 주위를 둘러보며 현관으로 들어선 그녀는 작은 실망을 느꼈다. 모든 것이 평범하기 짝이 없었다. 거실과 방 그리고 부엌. 어디서나 볼 수 있는 모습이었다. 다른 누가 봤다면 청렴한 관리를 연상하기 딱 좋은 그런 평범함이었다. 뭔가를 잔뜩 기대했던 그녀는 가벼운 실망감을 느끼면서 집안을 뒤지기 시작했다. 그러나 아무리 뒤져도 금고는 보이지 않았다.

“잘못 짚은 거 아냐?”

최 반장이 그녀를 보고 속삭였다.

“글쎄요. 그러나 허튼 소리를 할 리는 없을 텐데.”

“나도 그 메시지만 믿고 따라왔는데 아무 것도 찾아내지 못한다면 형사 반장 체면이 말이 아닌데. 이제 은퇴할 때가 됐나?”

그가 난감한 표정을 지으며 말했다.

“어딘가에 감춰 놨을 거요. 좀 더 찾아봐요.”

“그 놈의 자식, 이왕 알려 주려면 위치까지 알려 주면 좀 좋아? 왜 이런 숨바꼭질을 시키는지 알 수가 없네.”

“반장님이 심심하실까 봐 그러는지도 몰라요.”

김 기자는 농담을 하며 다시 집안을 수색하기 시작했다. 한참이나 수색을 계속

하던 김 기자는 장관의 서재에 걸려 있는 그림에 눈이 갔다. 평범하게 걸려 있는 액자지만 어쩐지 분위기에 어울리지 않았고 또 다른 벽과는 달리 손때가 많이 묻은 흔적이 보였다.

"저 그림이 좀 이상하지 않아요?"

그녀가 최 반장을 바라보며 말했다.

"글쎄, 그런 것 같군. 나보다 나은데!"

긴장 속에서도 미소를 지며 성큼 앞으로 나아간 그가 조심스럽게 액자를 들췄다. 순간 보일 듯 말 듯 아주 작은 틈새가 나타났다. 무심코 보면 그냥 넘겨버릴 그런 틈새였다. 그가 틈새에 손을 대고 슬쩍 밀자 벽이 밀려나며 작은 금고가 나타났다. 최 반장은 회심의 미소를 지으며 금고의 버튼을 누르기 시작했다. 잠시 후 '찰칵' 소리와 함께 금고의 문이 열렸다. 호기심 어린 눈으로 안을 들여다보던 최 반장의 얼굴에 실망의 빛이 스쳐갔다.

"왜 그래요?"

"별 것 없어."

"빨리 꺼내기나 해요. 실망부터 하지 말고."

핀잔하듯 말하는 김 기자를 못마땅하게 바라보던 그가 손을 돌려 금고 속을 뒤지기 시작했다. 큰 것을 기대했던 것과는 달리 손에 잡히는 건 달랑 봉투 한 개뿐이었다. 김빠진 표정으로 봉투 속의 물건을 살펴보던 최 반장의 얼굴이 점점 놀라움으로 변해갔고 급기야는 낮은 신음까지 토해냈다.

"이것 봐. 미국 시민권이야. 부인과 아이들 모두의 것이 다 있어. 그리고 이건 스위스 은행 통장이고. 얼마가 들어 있는지 알아? 이천만 달러야. 이런 도둑놈 같으니. 이런 놈이 경제를 책임지고 있으니 나라가 이 꼴이지."

그가 흥분으로 얼굴을 붉히며 화를 내고 있었다.

"흥분하지 말고 증거부터 확보하고 빨리 나가야지요."

"아참! 그렇지. 흥분하고 있을 때가 아니지. 자, 빨리 찍어."

"찍고 있잖아요."

김 기자는 대답을 하며 부지런히 손을 놀렸다. 사진을 찍는 그녀의 손도 가볍게 떨리고 있었다.

"자, 이제 나가요."

김 기자가 카메라를 닫으며 말했다.

"이것도 가지고 나갈까?"

최 반장이 통장을 흔들며 미소를 지었다.

"욕심이 생기세요?"

"조금."

"가지고 가 봐야 소용없어요. 찾지도 못할 거예요."

"나도 알아. 그냥 해본 소리야."

봉투를 다시 금고에 넣은 그가 미련 없이 몸을 돌렸다.

"이제 어떻게 할 건가?"

이 장관의 집을 빠져 나와 차를 몰던 최 반장이 아직도 흥분이 가시지 않은 표정으로 그녀를 보며 물었다.

"터트려야지요."

"잘될까?"

"무슨 말씀이죠?"

"방송국에서 보도를 허락할까 해서 하는 말이야."

"아니, 그럼 보도를 막을 수도 있단 말이에요?"

"어쩌면."

"말도 안 되는 소리 마세요."

"글쎄, 과연 그럴까?"

"보도하면 안 될 이유라도 있나요?"

"충격이 너무 커."

"그렇더라도 보도를 해야 해요. 이건 특종이 문제가 아니라 국민들이 알아야 할 사항이에요."
"글쎄, 난 잘 모르겠어. 생각하기도 싫고. 아무튼 잘해봐."
"오늘 고마웠어요. 이따 술 한 잔 살까요?"
"아니, 그럴 시간 없어."
"좀 쉬면서 하세요. 그런다고 범인이 잡힐 것 같아요?"
"그래도 하는데 까진 해야지. 김 기자는 안 잡혔으면 좋겠지?"
"솔직히 말하면 그래요. 범인을 옹호할 생각은 없지만 어쨌든 그는 다른 사람들이 엄두도 내지 못하는 일을 하고 있어요. 그로 인해 썩은 걸 조금이라도 도려낼 수 있다면 무엇이든 돕고 싶은 마음도 생겨요."
"큰일 날 소리이긴 하지만 내 마음도 그래. 내 눈앞에 범인이 있다면 놓아주고 싶은 심정이야. 스트레스를 날려주잖아."
"반장님이야말로 정말 큰일 날 소릴 하시는군요. 그러나 그런 심정이 드는 것은 누구나 같을 거예요. 국민이라면."
"얘길 하자면 끝이 없겠군. 그럼 다음에 또 만나."
손을 흔들며 청사 안으로 들어가는 최 반장을 바라보던 그녀는 곧바로 방송국으로 돌아와 기사를 넘기고 길게 기지개를 켰다. 연이은 특종에 기분이 좋았고 이대로만 나간다면 거물급 기자가 되는 건 시간문제였다. 그녀는 보도 지시가 떨어지기를 기다리며 자리를 지키고 있었다. 그러나 아무리 기다려도 그런 지시는 떨어지지 않았다. 그녀는 더 참지를 못하고 국장실로 들어갔다. 국장은 이미 그녀가 올 것을 알고 있었다는 듯 태연스럽게 그를 맞았다.
"제가 왜 왔는지 알고 계신 표정이신데요?"
"알지."
"안 내보내는 이유가 뭐죠?"
"그보다 내가 먼저 확인할 것이 있네. 자네 말고 이 사건을 아는 사람이 또 누가 있나?"

그의 갑작스런 질문에 김 기자는 어리둥절했다. 국장이 왜 그런 질문을 하는지 의도를 파악할 수가 없었다.

"아직 아무도 몰라요."

일부러 최 반장 얘기는 쏙 빼고 대답했다.

"다행이군. 이 사건은 당분간 덮어두는 것이 어떨까?"

"덮어두다니요? 왜죠?"

"파장이 너무 커. 장관이 죽은 건 아무것도 아니야. 국민들의 알 권리도 중요하지만 자칫 국가가 혼란에 빠질 수도 있어."

문득 최 반장이 한 말이 떠올랐다. 경륜이 무섭다는 말이 실감났다. 그러나 이대로 물러설 수는 없다는 생각이 들었다.

"무슨 말씀인지 알지만 우리 국민들도 이제 성숙해졌습니다. 이 정도는 이겨내리라 생각해요."

"거절한다면?"

"그러지 않으시리라 믿어요."

"꼭 내보내야 하는 이유가 뭐지? 사명감 때문인가, 아니면 특종을 내보내겠다는 영웅심인가?"

"……."

"말해 보게."

그가 재촉하듯 말했다.

"사명감도 영웅심도 아닙니다. 단지 국민은 진실을 알아야 하고 기자는 알릴 의무가 있다는 생각뿐입니다."

"결국 내보내야겠다는 말이군."

"그렇습니다. 내 보내 주십시오."

"그래도 안 내보내겠다면?"

“글쎄요. 다른 방법이 있을 겁니다.”

“정말 다른 방법이라도 쓸 텐가?”

“네.”

“이 회사에서 잘린다 해도?”

“네?”

“이 회사에서 자른다면 어떻게 하겠느냐 이 말이야?”

“이런 것으로 자르는 회사라면 제 발로 나가겠습니다. 희망이 없는 방송사에는 저도 있고 싶지 않습니다.”

김 기자는 조금도 망설임 없이 대답했다.

“배짱 한 번 좋군. 좋아. 그런 정신이 있다면 어떤 압력도 이겨내겠지. 김 기자 뜻대로 해. 그러나 한 가지는 명심해. 너무 강하면 부러지는 수가 있어.”

한참 만에 국장이 신음소리를 내며 허락을 했고 잠시 후 TV에서는 속보가 흘러나왔다. 방송이 나가자 국장의 염려대로 온 나라는 충격에 빠졌다. 장관이 죽은 사건은 아무 것도 아니었다.

어떻게 그런 일이?

국민들의 분노는 허탈로 이어졌고 자칫 공황상태에까지 빠질 지경이었다. 김 기자는 그런 국민의 여론을 지켜보며 기분이 묘해졌다. 특종을 잡았을 때 느꼈던 기쁨은 멀리 사라지고 자신이 얼마나 우물 안 개구리였나 하는 생각까지 들었다.

잘 극복해 나가겠지. 우리 민족이 어떤 민족인데.

그녀는 자신을 달래며 스스로를 위로했다. 그러나 아무리 위로를 하고 사실을 보도했다는 사명감을 내세워도 마음 한 구석의 찜찜한 기분은 떨쳐버릴 수가 없었다.

15

대통령 집무실은 무겁게 가라앉아 있었다. 이만구 장관이 피살을 당한 것은 공권력에 대한 심각한 도전이었다. 지금까지 심판자라는 자의 행동은 어디까지나 개인의 사회에 대한 불만을 폭력으로 해결한다는 의미가 강했다. 그것도 물론 공권력에 대한 도전이지만 장관의 죽음과는 전혀 차원이 달랐다. 어쩌면 체제가 무너질지도 모른다는 위기감이 들기도 했다.

신종호 경찰청장은 자리에 모인 사람들을 둘러봤다. 대통령을 비롯해 총리, 행자부장관, 국정원장과 비서실장이 자리를 지키고 있었다. 신 청장은 자신도 모르게 옷매무새를 여몄다. 너무 긴장한 탓인지 숨을 쉬는 것조차 거북하게 느껴졌다. 침묵 속에 대통령이 무겁게 입을 열었다.

"어떻게 이런 일이 일어났는지 이해할 수가 없습니다. 죽은 장관의 잘잘못은 일단 제쳐 놓고 앞으로 이 사태를 어떻게 수습할 것인가에 대해 논의해 봅시다. 각자의 의견을 기탄없이 말씀해 보세요."

대통령의 말이 끝나자 실내는 다시 깊은 침묵 속으로 빠져들었다. 할 말이 없었다. 범인을 잡는다고 해결될 일이 아니었다. 국민들의 분노가 모두 정권을 향하고 있었기 때문이었다.

"정말 대책이 없단 말이오?"

대통령의 짜증 섞인 목소리가 튀어나왔다.
"대 국민 사과문을 발표하는 게 좋겠습니다."
총리가 겨우 입을 열었다.
"그것 가지고 되겠소?"
"일단 급한 불은 꺼야 하지 않겠습니까?"
"음, 좋소. 그건 그렇고 범인 체포는 어떻게 돼가고 있소?"
대통령이 신 청장을 바라보며 물었다. 신 청장은 대통령의 눈길을 받으며 자신의 위치가 날아갈지도 모른다는 위기감을 느꼈다. 언젠가는 물러나야 할 자리지만 지금은 아니었다. 일을 잘 마무리하고 명예스럽게 퇴진하고 싶었다. 그 동안 한 가지만 빼고는 깨끗하게 살아왔다고 자부할 수 있었기에 그런 마음은 더 컸다. 물론 그 한 가지가 문제이긴 했지만.
"지금 전 경찰을 총동원해 수사를 진행하고 있습니다."
대답을 하는 그의 목소리가 가늘게 떨렸다.
"그런 막연한 대답을 듣고자 부른 것이 아니요. 뭔가 구체적인 결과가 있어야 할 것 아니오, 결과가?"
"죄송합니다."
그는 고개를 깊이 숙였다.
"매번 죄송하다면 다 되는 줄 아시오? 범인도 사람인데 아직 윤곽조차 못 잡고 있다니 그게 말이나 됩니까?"
"온갖 방법을 다 동원해 추적을 하고 있습니다만 흔적조차 찾을 수 없었습니다. 정말 면목 없습니다."
"허, 참. 이래 가지고서야 어디 원. 그러니 나라꼴이 이 모양이지. 지금부터는 부처를 따지지 말고 총리가 모든 기관을 총지휘해서 사건을 속히 해결하시오."
불편한 심기를 감추지 못하고 자리에서 일어서는 대통령의 얼굴이 가벼운 경련을 일으키고 있었다.

극심한 긴장 속에서 식은땀을 흘리며 청와대를 나와 경찰청으로 돌아온 신 청장은 의자에 머리를 대고 눈을 감았다. 머리가 지끈지끈 아파 왔다. 심판자라는 놈 때문에 지금까지 쌓아 온 모든 평판이 한꺼번에 날아갈 것만 같았다.

지금까지는 잘해 왔는데.

그는 혼잣말처럼 뇌까렸다. 여기서 명예롭게 퇴진하고 정계로 나서 떳떳하게 자신의 길을 개척해 나가고 싶었다. 대통령 앞에서도 기죽지 않고 당당하게 맞설 수 있는 선출직이 되고 싶었다. 그것이 비록 꿈으로 그칠지는 모르지만. 그런데 도깨비처럼 나타난 심판자란 놈 때문에 그 꿈이 순식간에 수포로 돌아갈 것만 같았다.

빨리 해결돼야 할 텐데.

그는 지끈거리는 머리를 식히려고 자리에서 일어나 창밖을 내다보았다. 부옇게 찌든 하늘 아래로 개미처럼 작게 보이는 사람들이 분주하게 거리를 오가는 것이 보였다.

개미 같은 인생. 뼈 빠지게 일만 하다 죽어가겠지. 그런데도 왜 저렇게 악착같은지! 하지만 악착같지 않으면 살 수도 없지. 서로가 죽고 죽이는 세상이니까. 하긴 나도 저런 시절이 있었었지.

밑을 내려다보며 잠시 생각에 잠기던 신 청장은 갑자기 아프던 머리가 가라앉는 것을 느꼈다. 욕심만 부리지 않는다면 지금도 얼마든지 편히 살 수 있었다.

다 포기하고 여기에서 물러설까.

그러나 고개를 저었다. 그것은 자신이 바라는 미래는 아니었다. 아직 큰 꿈이 있었다. 호가호위가 아닌 자신의 힘을 가지고 싶었다.

그래, 어찌됐든 노력은 해보는 거야.

그는 수사 진척 상황을 알아보려고 전화기 앞으로 다가갔다. 매일 받는 보고지만 그래도 관심을 보이는 척이라도 해야 했다. 그가 막 수화기를 들으려 할 때 기다렸다는 듯 전화벨이 울렸다.

"여보세요."
그는 점잖게 수화기를 들었다.
"청장님이십니까?"
거만함이 잔뜩 배어 있는 쉰 듯한 목소리가 들려왔다. 기분을 팍 상하게 하는 말투였다. 그러나 그는 화를 내지 않았다. 더구나 상대가 누구인지 모를 때에는 더욱 그랬다. 그게 살아남는 방법이었다.
"그렇습니다만, 누구신지?"
"심판자."
"뭐라고?"
너무 놀라 하마터면 수화기를 놓칠 뻔했다. 왠지 모르게 가슴이 두근두근 뛰기 시작했다. 침착하자, 침착해야 한다. 그는 놀란 가슴을 진정시키며 침착하게 입을 열었다.
"간도 크군. 여기가 어디라고 감히 전화를 해?"
마음이 켕겼지만 큰소리를 치지 않을 수 없었다.
"괜한 허세 부리지 말고 잘 들으시오. 내가 당신을 도와주고 싶은데 어떻소?"
"뭐라고?"
어이가 없었다. 자신을 잡으려고 기를 쓰고 있는 사람에게 도움이라니. 혹시 자수라도 하겠다는 것인가? 기가 막혀 말조차 나오지 않았다. 무슨 말이든 해야 했지만 생각은 입안에서만 맴돌 뿐이었다.
"당황스러울 것이오. 그러나 도와준다는 내 제의를 받아들이는 것이 좋을 것이오. 물론 조건이 따르지만."
"당황스럽기 보다는 황당하다는 말이 맞을 것 같군. 내가 당신 따위를 상대해 줄 것으로 알고 있었나? 나는 경찰청장이야."
"너무 오만하다고 생각하지 않으시오?"
"당신 같은 사람에게는 오히려 너무 겸손한 것 같은데."

"흐흐. 좋소. 그 배짱. 그래서 당신을 택했는데 잘 선택한 것 같소. 그건 그렇고 내 제안을 받아들이고 싶은 생각은 없소?"

"제안? 무슨 제안인지는 모르지만 당신이 자수를 한다면 받아들일 수도 있지. 제안을 하기 전에 자수부터 하시지."

"후후. 제발 꿈 깨시고 내 말을 들으시오."

"꿈은 당신이 깨야 할 것 같은데."

"끝내 벌주를 마시겠다는 거군. 내 말을 따른다면 당신이 원하는 걸 얻을 수 있지만 거절하면 망신만 당하고 가정까지 깨질 것이오."

"내가 그런 협박에 굴복할 사람처럼 보이나?"

"흐흐. 그럼 이성미라는 여자 얘길 한 번 해볼까?"

"뭐라고?"

그녀의 이름을 듣는 순간 정신이 아뜩해지며 가슴이 뛰기 시작했다. 그녀와의 관계가 알려지면 모든 것이 끝장이었다. 무슨 말인가를 해야 할 텐데 말은 혀끝에서만 맴돌 뿐이었다.

"이제 내 제의를 받아들일 생각이 있소?"

망치로 뒤통수를 얻어맞은 기분으로 수화기를 들고 있던 그는 다시 들려오는 목소리에 정신이 번쩍 들었다. 이대로 주저앉을 수는 없었다. 어떻게든 이 어려움을 헤쳐 나가야만 했다. 순간 멍한 뇌리 속으로 한 가지 생각이 번개처럼 파고 들었다. 그는 냉정을 되찾으며 천천히 입을 열었다.

"과연 훌륭하오. 그런 것까지 알고 있다니. 한 때의 바람은 누구에게나 있는 것이오. 그런 걸 가지고 물고 늘어지다니 당신답지 않군."

그의 자존심을 노린 회심의 반격이었다. 그러나 그는 자신의 말투가 어느새 존대로 바뀐 것을 의식하지 못하고 있었다.

"한 때의 바람? 아이까지 두고 지금까지도 계속되고 있는데 한 때의 바람이라니 뻔뻔해도 너무 뻔뻔한 것 아니오?"

다분히 빈정대는 말투였다.

"그것이 잘못된 일이라는 것은 인정하오. 그것에 대해서는 할 말이 없소. 하지만 당신은 그것을 터트리지 못할 거요."

"자신만만한 소리군. 무슨 근거라도 있소?"

"물론 있소."

"말해 보시오."

"지금까지 해온 당신의 행동을 근거라고 보면 되지 않겠소? 당신은 개인적인 일에는 관여하지 않은 걸로 알고 있소. 그런데 갑자기 사적인 약점을 잡아 협박하려는 것은 당신답지 못한 행동이오. 그러기에 당신은 결코 그것을 터트릴 수 없다고 확신하는 것이오. 틀렸소?"

"하하하. 날 많이 연구하셨구려. 그 말에도 일리는 있소. 지금까지 그래 왔으니까. 그러나 잘못 아셨소. 난 내 뜻을 이루기 위해서는 얼마든지 야비해질 수 있는 사람이오. 제안을 하기 전에 먼저 법무장관을 만나 보시오. 그럼 이만."

뭐라 대답할 틈도 없이 전화가 끊겼다. 끊긴 전화기를 바라보던 그는 다리에 힘이 쭉 빠지는 것을 느꼈다. 의자에 털썩 주저앉아 숨을 고르는 그의 뇌리로 성미가 떠올랐다.

성미. 참 좋은 여자였다. 아니, 지금도 만나고 있으니 좋은 여자라고 해야 옳은 표현이었다. 그녀는 그의 아들을 가르쳤던 아르바이트생이었다. 그녀를 처음 봤을 때는 예쁘다는 생각이 들진 않았었다. 그러나 시간이 갈수록 그녀의 모습에서는 뭔지 모를 연민을 느끼게 하는 묘한 매력이 풍겨나고 있었다. 그녀의 옷이 청바지에서 짧은 치마로 바뀌고 선머슴처럼 짧았던 머리 모양이 점점 길어져 갈 때쯤 그녀를 안고 싶다는 생각이 가슴을 파고들었다.

철부지 대학생일 뿐이야.

그녀의 모습이 성숙한 여인의 모습으로 다가오는 것에 심한 당혹감을 느끼면서 그는 애써 그런 감정들을 떨쳐버렸다. 그런데 정말 우연히도 가슴에 품었던 생각들이 실제로 벌어지는 상황이 발생했다.

그 날도 여느 때와 마찬가지로 퇴근을 한 그가 집에 돌아왔을 때 뜻밖에도 그녀가 혼자 거실을 지키고 있었다. 아무도 없으려니 생각하고 있던 그는 그녀의 모습에 깜짝 놀라며 물었다.

"얘기 안 했던가? 오늘은 오지 말라고."

분명히 아내가 아이를 데리고 친정에 간다는 말을 했었다.

"들은 것 같은데 혼동이 돼서 기다려 봤어요. 요즘 시험 때라 제 정신이 아닌가 봐요. 죄송해요. 그럼, 내일 올게요."

그녀가 인사를 하며 나가려했다.

"잠깐, 지금까지 기다렸는데 저녁이나 먹고 가지 그래."

"그래도 될까요?"

잠시 망설이던 그녀가 자리에 앉았다. 그는 그녀를 바라보며 식당으로 음식을 주문했다. 잠시 어색한 분위기가 감돌았다.

"난 샤워 좀 하고 나올 게 배달이 오면 받아 둬."

말을 마친 그가 간단한 샤워를 마치고 거실로 나왔을 땐 이미 배달되어 온 음식이 식탁 위에 가지런히 놓여 있었다.

"앉아. 같이 먹지."

그가 자리에 앉자 엉거주춤 서 있던 그녀가 어색한 표정으로 자리에 앉았다. 같이 밥을 먹겠다고 용기 있기 말하던 때와는 완전히 다른 모습이었다. 그는 숟가락을 들며 건성으로 물었다.

"술 할 줄 아나?"

"조금."

그녀가 의외로 시원스럽게 대답했다.

"그럼 한 잔 할까?"

그는 얼른 자리에서 일어나 양주를 꺼내들었다.

"철부지 애들 가르치느라 고생이 많은데 제대로 대접 한 번 못했네. 애들도 좋아하더군. 고마워. 자, 들지."

잔을 채운 그가 의례적인 말을 했다.

"아니, 애가 공부를 잘 해서 힘들지 않아요."

대답을 마친 그녀가 서슴지 않고 잔을 비웠다. 그 모습을 보자 당돌하다는 생각과 함께 묘한 호기심이 일었다. 다시 술을 권했고 그것을 계기로 간단히 한두 잔 하려던 반주가 술자리처럼 길어졌다. 그녀는 의외로 술을 잘 마셨고 술이 들어갈수록 발그스름하게 물들어가는 그녀의 얼굴은 점점 성숙한 여인으로 다가왔다. 문득 그녀를 안고 싶은 강한 충동이 일었다.

안 돼!

그는 솟구치는 충동을 누르며 간신히 입을 열었다.

"이제 그만 가야지?"

순간 괜히 말을 했다는 가벼운 후회가 들었지만 지금까지의 깨끗했던 삶을 순간적인 충동으로 망쳐버리고 싶진 않았다. 그러자 마음 한 구석으로 잘 참아냈다는 자랑스러움이 밀려들었다. 여자로 인해 자신과 가족 그리고 인생까지 망쳐버리는 것은 경찰 생활을 하면서 누구보다도 많이 보아온 그였다.

"네, 일어날게요. 잘 먹었어요. 안녕히 계세요."

인사를 하고 몸을 일으키던 그녀가 갑자기 휘청하며 탁자의 모서리를 잡았다. 중심을 잡으려 애쓰는 그녀의 모습이 안쓰러웠다. 얼른 다가가 그녀를 부축했다. 그녀가 힘없이 그의 가슴으로 쓰러졌다. 순간 뭉클한 느낌이 손끝을 타고 전신으로 퍼졌고 간신히 참았던 충동이 일시에 온몸을 휘감았다.

다음 날 그가 눈을 떴을 때 그녀는 자리에 없었다. 사방을 둘러봐도 그녀의 모습은 보이지 않았다. 그는 가만히 눈을 감고 어제의 순간들을 떠올렸다. 입가에 미소가 스쳐갔다. 참 대단한 여자였다. 아직 남자를 잘 알지 못할 나이인데도 그녀는 그를 매우 즐겁게 해 주었다. 그런 쾌락은 난생 처음이었다.

그녀에게 어떤 특별한 것이 있었나?

그는 자리에 누워 곰곰이 엊저녁의 행위를 곱씹어 갔다. 뭐 특별한 것은 없었다. 적극적인 것도 아니었다. 오히려 부끄러워하며 그가 이끄는 대로 수동적인 자세를 취하고 있었을 뿐이었다. 그런데도 그 느낌은 아직도 살아 있는 듯했다. 잘 알 수는 없지만 그녀에게는 선천적으로 남자를 즐겁게 해 주는 무엇이 있는 것 같았다.

기분 탓이겠지.

처음에는 그도 그저 기분 탓이려니 생각했다. 그러나 그녀를 계속 만나게 되면서부터 그것이 기분만은 아니라는 확신이 생겼다. 확실히 그녀에게는 특별한 무엇인가가 있었다. 그녀와 헤어지고 나면 금방 다시 그리워지곤 했다. 그것은 마력이었다. 그만 끝내야겠다는 마음은 어디까지나 생각일 뿐이었다.

휴! 그녀와의 일들을 떠올리던 그는 길게 숨을 내쉬었다. 가라앉았던 머리가 다시 지끈거리기 시작했다. 그 자를 잡는 것보다 더 큰 걱정거리가 머리를 짓눌러왔고 꿈인가 하는 착각까지 들었다.

결국 굴복해야 하나.

아무리 생각을 굴려 봐도 그 일은 절대 공개돼서는 안 되는 일이었다. 그렇다면 방법은 하나였다. 그의 제의를 수락하는 것. 그것은 선택의 문제가 아니라 필수였다. 하지만 한편으론 이렇게 쉽게 굴복해서는 안 된다는 생각도 들었다. 망가지는 한이 있더라도 굴복할 수는 없었다. 어떡하나. 갈팡거리는 뇌리 속으로 갑자기 법무장관을 만나보라는 말이 떠올랐다. 그러자 막연하게나마 뭔지 모를 희망이 보이는 것 같았다.

법무장관 우광수.

그는 대학 선배로서 그와는 매우 가까운 사이였다. 사회적으로 명망이 높아 국민 무마용(?)으로 그 자리에 앉게 된 인물로 실세 장관이었으며 그가 청장 자리에 오르는 데에는 그의 힘이 컸다.

전화를 할까?

휴대폰을 꺼내들었다. 그러나 선뜻 마음이 내키지 않았다. 뭔지 모를 찜찜함이 가슴을 파고들었다. 왜 그자가 우 장관과 자신을 연계시키려는지 이유를 알 수가 없었다.

혹시 우 장관도?

의혹이 일었지만 이내 고개를 저었다. 그의 인품으로 볼 때 부도덕한 일을 저지르지는 않았을 것이라는 확신이 있었다.

사람 속은 아무도 모르는 일이지. 나만 해도 타인들의 눈에는 흠 없는 깨끗한 사람으로 비춰지고 있는데. 아직 시간이 있으니 천천히 생각해보기로 하자.

느긋하게 맘을 먹었지만 불안함은 가시지 않았다. 한참이나 전화기를 만지작거리던 그는 밀려오는 초조감을 참지 못하고 기어이 전화를 걸고 말았다.

"청장입니다. 선배님."

"응. 잘 지냈나? 그런데 어쩐 일인가?"

"술이나 한 잔 할까 전화 드렸습니다. 시간이 어떠신지요?"

"그럴까. 잘됐군. 나도 한 잔 하고 싶던 참이었는데."

그가 쾌히 승낙을 했다. 신 총장은 전화를 끊으며 그에게도 무슨 일이 일어났다는 확신을 가졌다. 그렇다면 다행이었다. 그와 같이 간다면 의외로 고민이 쉽게 해결될 것도 같았다. 마음이 가라앉았다.

16

"늦어서 죄송합니다. 건강은 어떠세요?"

장관은 먼저 와서 그를 기다리고 있었다. 자신이 약속 시간이 늦은 것도 아닌데 괜히 미안했다. 그는 인사를 하며 조심스럽게 그의 앞에 앉았다. 장관이 그에게 술잔을 건네며 대답했다.

"나야 늘 그렇지 뭐. 그런데 어째 안 좋아 보이는군. 하긴 대통령의 질책까지 받았으니 마음이 편할 리는 없겠지."

"그것도 그것이지만 더 골치 아픈 일이 생겼습니다."

"무슨 일인데 그러나?"

신 청장은 잠시 머뭇거리며 그를 바라봤다. 자신의 치부를 상의하러 온 것이 아니라 그와 심판자라는 자와의 관계를 알고 싶어서 만나자고 한 것이었다. 때문에 굳이 그녀의 이야기를 꺼낼 필요는 없었다. 아니 끝까지 숨겨야 했다. 그는 마른 침을 삼키며 말을 돌렸다.

"혹시 심판자라는 사람을 아십니까?"

"심판자라니? 갑자기 그게 무슨 말인가?"

그가 잔을 내려놓으며 빤한 눈으로 그를 바라봤다.

잘못 짚었나? 잠시 망설임이 뒤따랐지만 직설적으로 돌파하는 것이 좋겠다는 생각이 들었다. 입술을 지그시 깨물며 입을 열었다.

"갑작스런 말씀이라 당황스럽겠습니다만 그가 자기 제안을 받아들이라며 선배님과 상의를 하라고 하더군요. 그래서 여쭙는 겁니다."

"지금 무슨 말을 하고 있는 건가?"

"죄송합니다. 그 자가 선배님을 들먹였을 땐 무척 황당했습니다. 미친놈 같기도 했고요. 그렇지만 괜히 선배님을 들먹일 리가 없다는 생각이 들었습니다."

"음, 그런가. 그렇다면 사실대로 말해 주지. 관계가 있다면 있고 없다면 없다고 할 수 있는 사이일세."

"무슨 뜻이신지?"

"말 그대로야. 그런데 무엇을 나와 상의하라고 하던가?"

"자신의 제의를 받아들일 것인지 말 것인지를."

"무슨 제의인데?"

"그건 아직 말하지 않았습니다."

"그렇다면 뭐가 문제인가? 맘에 들면 받아들이고 아니면 거절하면 그만이지."

"그렇게 단순하지가 않습니다. 협박을 받았거든요."

"협박? 자네에게도 그런 흠이 있었단 말인가?"

"죄송합니다."

"무슨 일인지 말하긴 어렵겠지?"

"밝히고 싶지 않습니다."

"음. 난처하게 됐군."

"무슨 방법이 없을까요?"

"모든 걸 포기한다면 무시해 버리고 아니면 받아들여야겠지."

"그게 어려우니까 선배님 의견을 묻는 겁니다."

"그럼 받아들이게."

"네?"

"왜 그렇게 놀라나? 내 의견을 묻기에 한 말인데."
"너무 쉽게 말씀하시는 것 같아서 좀 놀랐습니다."
"받아들인 대도 손해는 없을 것 같아서 하는 말이야."
"그걸 어떻게 장담합니까? 그럼 혹시 선배님도?"
"자네와는 다르지만 나도 제의를 받긴 받았지. 다만 제의를 해 온 상대가 그 자가 아니라는 것뿐이야."
"누군데요?"
"그건 알 것 없네. 아직은 때가 아니야."
"어떻게 하실 작정이십니까?"
"받아드릴까 생각하고 있어."
"……."
"왜 그러나?"
"너무 놀라워서요."
"놀랄 것도 많군."
"그럼 저도 선배님과 함께 가는 건가요?"
"아마, 그럴 거야. 잘되면 앞날도 보장되고."
"계속 수수께끼 같은 말씀만 하시는데 도대체 어찌된 내용인지 제가 알면 안 됩니까? 답답해 죽겠습니다."
"차차 알게 될 거야."
신 청장은 잠시 혼란 속으로 빠져들었다. 꿈을 꾸고 있는 느낌이었다. 우 장관이 그와 연결되어 있다는 것도 놀라웠고 그 뒤에 더 큰 힘이 도사리고 있다는 것은 더욱 놀라운 일이었다. 그 도사리고 있는 힘에 대한 궁금증도 커졌다. 그러나 물을 수도 없었고 묻는다 해도 대답해 줄 장관이 아니었다.
더 큰 힘이라…….
그는 조용히 뇌까리며 장관을 바라봤다. 우 장관은 조금도 흔들림이 없는 자세로 잔을 기울이고 있었다. 그 모습을 보자 그라면 망하는 한이 있더라도 함께 가고 싶은 마음이 생겼다.

"좋습니다. 저도 함께 가지요."

신 청장을 그를 믿기로 결심하고 힘차게 말했다.

"잘 됐군. 그럼 같이 가세."

"고맙습니다. 그런데 왜 저를 끌어들인 걸까요?"

"글쎄, 비교적 덜 썩었다고 생각하는 걸까? 하하하."

그가 호탕하게 웃음을 터트렸다.

"덜 썩었다? 하여튼 고마운 말이네요."

"그럼 해결이 된 건가?"

"그런 셈이지요."

"다행이군. 자축하는 의미로 한 잔 더 할까?"

"좋습니다. 그럼 일어나시지요. 제가 모시겠습니다."

그는 홀가분해진 마음으로 장관과 함께 밖으로 나섰다. 밖은 어두웠지만 거리를 밝히는 환한 불빛은 밤을 밀어내며 흥청거리기 시작했다. 역시 살아 있다는 것은 좋았다.

"어디로 갈까?"

장관이 그를 보며 물었다. 신 청장은 물끄러미 장관을 바라보았다. 취기로 붉어진 그의 얼굴이 어딘지 모르게 전과 달라진 것 같았다. 뭐라고 꼭 집어낼 수는 없지만 꽉 조이는 느낌보다는 조금은 흐트러진 모습이었다. 수십 년을 만났지만 그런 모습은 처음이었다. 갑자기 생소하기도 했고 또 친근해 보이기도 했다.

"말씀만 하십시오. 어디든 모시겠습니다."

"우리를 아는 사람이 없는 곳으로 가고 싶군. 체면 차리지 않고 남들처럼 마음 놓고 마실 수 있는."

"좋습니다. 오늘은 한 번 타락해 보지요. 철저히 사람들 속으로 들어가서. 가다가 적당한 곳이 나오면 들어가지요."
"그것도 좋겠지."
"그럼 가십시다."
신 청장은 호기롭게 걸음을 옮겼다. 홍청거리는 거리는 사람들로 인해 걷기조차 불편했지만 기분은 날 것만 같았다. 아까까지만 해도 금방 질식할 것 같던 압박감이 사라지고 그 자리로 뭔지 모를 희망이 피어오르고 있었다.
"저 집 어떻습니까?"
걸음을 옮기던 그가 술집 한 곳을 가리켰다. 호화롭지 않은 작은 간판이 마음에 들었다.
"괜찮을 것 같은데."
우 장관의 대답을 들으며 그는 성큼 안으로 들어갔다. 기다렸다는 듯 마담인 듯한 여자가 그들을 맞이했다.
"이런 곳을 룸살롱이라고 하지?"
룸으로 들어선 그가 자리에 앉으며 말했다.
"그런 것 같습니다. 이런 곳은 처음인 모양이지요?"
"그런 것 같군. 바쁘다는 핑계로 못 왔지만 사실은 체면 때문이었겠지. 체면이 밥 먹여 주는 것도 아닌데. 허허허!"
"맞는 말씀입니다."
둘이 한담을 나누는 사이에 술과 함께 여자가 들어왔다. 둘 다 막내딸보다 더 어려 보였다. 갑자기 얼굴이 화끈거렸다. 이런 아이들하고 놀아야 하나 하는 생각도 들었다. 그러나 여자들은 당연하다는 듯 거리낌 없이 그의 곁에 앉았다. 매우 자연스런 모습이었다.
"한 잔 받으세요. 오빠."
여자가 술병을 들며 말했다.
"뭐, 오빠?"

"그럼 오빠지 뭐예요?"
그녀가 당연하다는 듯이 말했다.
"오빠라고 하니 기분이 나쁘진 않군."
그는 실소를 지으며 잔을 받았다.
"너도 한 잔 받아."
"고마워요, 오빠."
그녀가 잔을 받으며 다시 '오빠'란 말을 했다. 그리고는 단숨에 잔을 들이켜고 마이크를 잡았다.
"제가 먼저 홍을 돋울 테니 다음엔 오빠가 하세요."
"아, 우린 감상이나 할 테니 노랜 너희들이나 불러."
장관이 그녀를 보며 말했다.
"알겠습니다."
그녀가 애교스럽게 말을 하며 노래를 부르기 시작했다. 그녀는 노래를 매우 잘 불렀고 그 노래 소리에 취해 술자리도 무르익어 갔다. 옛날 학창시절 생각이 났고 첫사랑의 여자가 떠오르기도 했다. 한창 홍이 무르익어 갈 무렵 갑자기 비명 소리와 함께 문이 열리며 아가씨 하나가 그들의 룸으로 뛰어 들어왔다.
"무슨 일이야?"
노래를 부르던 아가씨가 놀라며 그녀를 보고 물었다. 그러나 그녀는 얼굴을 감싸고 울기만 했다.
"왜 그래?"
"맞았어."
울고 있던 그녀가 고개를 들었다.
"어떤 놈이 손찌검을 해?"
다른 아가씨가 홍분하며 일어섰다.
"그 놈이야."

"그 놈? 그 강 형산가 뭔가라는 놈?"

"응."

"아유, 지겨워. 공짜 술이나 처먹으면 됐지 걸핏하면 이 지랄이니. 힘없는 놈은 매일 당하고만 살아야 하나?"

금방이라도 싸울 듯이 날뛰던 그녀가 한숨을 쉬며 자리에 앉았다. 신나던 분위기가 금방 썰렁해졌다. 그러나 신 청장은 형사라는 말에 귀가 번쩍 뜨였다.

요즘에도 그런 경찰이 있나?

당혹스러웠다. 자신이 욕을 먹는 것 같아 얼굴이 달아올랐다. 업소와 유착이 돼서 상납도 받고 향응도 제공받는다는 말은 들어왔지만 행패까지 부린다는 것은 생각지도 못한 일이었다. 당장 조치를 취할까 어쩔까 망설이고 있을 때 문이 벌컥 열리며 덩치가 좋은 사내가 안으로 들어섰다. 그리고는 여자를 향해 버럭 소리를 질렀다.

"야, 너 이리 안 나와!"

술이 꽤나 취한 목소리였다. 그녀가 두려운 얼굴로 신 청장을 바라보다 이내 고개를 돌렸다. 도움을 청하는 것 같았지만 이내 포기하는 눈치였다. 형사를 감당할 인물이 아니라고 판단한 듯 했다.

"뭘 그렇게 두리번거려. 빨리 안 나오고!"

사내가 인상을 쓰며 아가씨를 억지로 끌어내려 했다. 그녀는 나가지 않으려고 애를 썼다. 마담이 달려왔지만 소용이 없었다. 신 청장은 언짢아지는 마음을 달래며 선배를 보고 말했다.

"그만 나갈까요? 선배님. 스트레스 좀 풀려 했더니 오히려 더 쌓이게 생겼어요. 저런 놈들은 빨리 잘라야 하는데."

"나가긴 어딜 나가. 가더라도 해결은 해 주고 가야지."

"네?"

"한 번 멋지게 해결해 봐."

장관이 장난스럽게 말하며 웃음을 지었다.
“허, 이거 참!”
신 청장은 쓴 입맛을 다셨다. 체면상 나서기도 그렇고 그대로 보고 있기도 그랬다. 그렇다고 자신의 신분을 밝힐 수도 없었다. 잠시 생각을 하던 신 청장은 점잖게 그를 불렀다.
“이보시오. 여기 다른 손님도 있고 하니 마담하고 나가서 조용히 얘기를 하는 게 어떻겠소?”
“뭐야, 넌? 뭔데 나서! 다치고 싶지 않으면 조용히 술이나 처먹고 가. 별게 다 나서고 지랄이야.”
잔뜩 취한 사내가 화풀이 대상을 만났다는 듯 그를 향해 대들었다. 신 청장은 얼굴이 화끈 달아올랐다. 이런 모욕을 당한 것이 언제였는지 몰랐다. 아니, 난생처음인 것 같았다. 그렇다고 맞상대를 할 수도 없었다. 싸운다는 자체가 수치였다. 솟구치는 화를 억누르며 우 장관을 모시고 슬며시 밖으로 나온 그는 옆방으로 들어가 비상번호를 통해 감찰반장을 불렀다. 자신이 룸살롱에 왔다는 사실이 알려질까 봐 두렵기도 했지만 그가 가장 신임하는 사람이었기에 그런 걱정은 하지 않아도 될 것 같았다. 그러기에 심복이 필요한 것이었다.
“이것들, 어디로 도망갔어?”
잠시 후 밖에서 그들을 찾는 소리가 들려왔다. 신 청장은 초조함을 느꼈다. 감찰반이 오기 전에 그와 맞닥뜨리며 실랑이를 한다는 것은 생각만 해도 끔찍했다. 시계를 봤다. 시간이 한참 지난 것 같은데도 바늘은 항상 제자리걸음이었다.
“초조해하지 말고 느긋하게 기다리세.”
장관이 그를 보며 조용히 말했다. 얼굴엔 미소까지 띠고서. 그것을 본 그는 갑자기 외소해지는 자신을 느꼈다.
이것이 경륜인가? 아니면 그릇의 크기인가?
그는 부끄러워지는 자신을 달래며 길게 심호흡을 했다. 그러나 밖에서 떠드는 소리가 들릴 때마다 가슴은 자꾸만 철렁거렸다. 얼마가 지났을까, 소란스럽던 밖이 갑자기 조용해졌다.

"이제 일이 해결된 모양이군. 우리도 그만 일어날까?"

우 장관이 몸을 일으키려 할 때 신 청장의 전화벨이 울렸다. 감찰 반장이었다. 반가웠다. 얼른 전화를 받았다.

"어디 계십니까?"

"알 것 없고 조용히 해결하고 가게."

"알겠습니다."

전화를 끊고 난 그는 슬며시 룸을 빠져나왔다.

다음 날 아침 그는 집무실에 앉아 차를 마시고 있었다. 술 탓인지 머리는 좀 아팠지만 어제 일을 생각하면 기분이 좋았다. 미소를 지으며 스케줄을 점검해 가던 그는 비서실에서 들려오는 소란스런 소리에 고개를 돌렸다. 누군가 억지로 자신을 만나려는 것 같았다. 가만히 들어보니 어제의 그 형사 같았다. 그는 인터폰을 눌러 그를 집무실로 들어오게 했다.

"웬일인가?"

"몰라 뵙고 그런 실수를 저질렀습니다. 살려 주십시오, 제발."

그가 다짜고짜 무릎을 꿇으며 말했다.

"살려달라니, 무슨 말인가?"

"제 목이 달아나게 생겼습니다. 제 처자식을 생각해서라도 용서해 주십시오. 다시는 그런 일이 없을 겁니다."

곧 울음이라도 터트릴 것만 같았다. 커다란 덩치에 무릎까지 꿇고 있는 그를 보자 측은한 마음이 생겼다. 물론 어제 일을 생각하면 단호히 처벌하고 싶었지만 관대한 태도를 보여주는 것도 괜찮을 것 같았다. 한편으론 이자가 악한 맘을 품고 떠들고 다닐지도 모른다는 두려움도 생겼다. 그것이 무서운 것은 아니지만 귀찮은 것은 사실이었다. 물끄러미 그를 바라보던 청장은 가만히 고개를 끄덕였다. 사태를 복잡하게 만들고 싶지 않았다.

"알겠네. 앞으론 조심하게."

"정말 용서해 주시는 겁니까? 고맙습니다. 고맙습니다."

수십 번도 더 굽실거리며 밖으로 나가는 그를 바라보던 신 청장은 다시 스케줄을 점검해 나가기 시작했다. 그때 갑자기 비상 전화가 요란하게 울렸다.

"네, 청장입니다."

"권력이 좋긴 좋지요?"

어제의 그 쉰 듯한 목소리였다. 한 번만 들어도 누구나 기억할 수 있는 목소리는 거부감과 함께 두려움을 불러 일으켰다. 순간 그는 깜짝 놀랐으나 전처럼 두렵지는 않았다. 아니, 우 장관과 그가 한 패라는 것을 깨닫자 오히려 안심이 되기도 했다.

"그 말을 하려고 전화를 했소?"

"아니, 권력이 좋다는 것을 상기시켜 주려 한 것이오."

"그건 나도 잘 알고 있소."

"그렇다면 다행이오. 그럼 다시 연락하겠소. 흐흐흐."

싱겁게 전화가 끊겼다. 그러나 곰곰 생각해보면 결코 싱거운 전화가 아니었다. 협박처럼 들리기도 했고 비웃는 것처럼 들리기도 했다. 사람의 심리를 묘하게 뒤흔들려는 고약한 심보가 숨어 있는 것 같았다.

빌어먹을 놈. 갑자기 장난으로 개구리에게 돌을 던지는 소년의 우화가 떠올랐고 언제부터인지는 모르지만 자신이 개구리가 되었다는 생각이 들었다. 생각할수록 은근히 화가 났다.

17

그가 결정을 내리라고 한 시한이 다가왔다. 신 청장은 애써 시간을 의식하지 않으려 노력했지만 신경은 더욱 날카로워졌다. 이미 그의 제안을 받아들이기로 결심을 했지만 그 내용이 무엇인지 몰라 두렵기만 했다.

빌어먹을 놈! 연락이나 빨리 하지.

그는 초조함을 달래며 사무실을 서성거렸다. 그때 그의 마음을 읽기라도 하듯 전화벨이 울렸다. 그는 심호흡을 하며 수화기를 들었다.

"생각해 보셨습니까?"

딱딱하고 냉랭한 목소리였다.

"원하는 게 뭐요?"

"하하. 결정한 모양이군요. 잘 생각했소. 이번 총선에 출마하시오. 일 년 넘게 남았으니 준비할 시간은 충분할 거요."

"뭐요?"

그는 깜짝 놀랐다. 총선 출마라면 국회의원을 말하는 것인데 이건 정말 자다가 봉창 두드리는 소리였다. 국회의원이 된다는 것은 꿈에나 생각했던 일이었다.

"왜 그렇게 놀라시오?"

"지금 그걸 말이라고 하고 있소?"

"떨어질까 겁이 나오?"

"어이가 없어서 하는 말이오."

"전부터 가지고 있던 꿈 아니오?"

"꿈은 어디까지나 꿈일 뿐이오."

"그 꿈이 곧 현실이 될 테니 준비나 하고 있으시오."

"당신이 그럴 능력이 있소?"

"물론 있소."

이어 대답할 틈도 없이 전화가 끊겼다. 그는 물끄러미 끊긴 전화기를 바라보았다. 어처구니가 없었지만 결코 싫은 전화는 아니었다. 황당하다는 생각을 하던 그는 우광수 장관에게 전화를 걸었다. 그라면 뭔가 알고 있을 것 같았고 그의 대답 여하에 따라 자신의 거취를 생각해도 늦지 않을 것 같았다. 그가 말한 더 큰 힘이라는 말이 자꾸만 귓전을 맴돌았다. 우 장관 같은 거물을 움직일 수 있는 힘. 그것의 정체가 무엇인지 알 수는 없었지만 그라면 믿어도 좋았다.

"장관님, 접니다."

"아, 청장이 웬일인가?"

장관의 목소리는 매우 밝아 보였다. 그의 목소리를 듣자 그는 우 장관이 자신보다 한 수 위라는 것을 깨달았다. 심판자라는 자 때문에 골머리를 썩고 있는 자신과는 달리 그는 천하태평인 것처럼 보였다. 물론 다른 어떤 이유가 있는지는 모르겠지만 자신과 비교할 인물이 아니었다. 지금까지 선배이면서도 묘한 라이벌 의식 같은 것을 느껴왔던 자신이 부끄러워졌다.

"걱정이 돼서 전화 드렸습니다."

"무슨 일인데 그래?"

"저보고 총선에 출마하랍니다."

"잘됐군. 전부터 꿈꿔 왔던 일 아닌가?"

"그렇긴 하지만 그게 쉬운 일입니까?"

"어려울 게 뭐가 있나. 한 번 도전해 보게."
"생각은 해보겠지만 두렵습니다."
"자네답지 않군. 밀고 나가게."
"알겠습니다. 선배님은 어쩌실 작정이세요?"
"난 먼저 사표부터 내야겠지."
"네, 뭐라고요?"
자신도 모르게 목소리가 높아졌다. 우 장관이 사표를 낸다는 것은 상상도 할 수 없는 일이었다. 무슨 사연이 있는 것이 분명했다. 혹시 자신과 같은 아니 자신보다 더 큰 비리가 있을지도 모른다는 생각이 들었다. 그럴 사람이 아니라고 고개를 저었지만 순간적으로 수많은 의문들이 머리를 스쳐갔다. 그가 알지 못하는 무엇인가가 있다는 확신이 번개처럼 머릿속을 스쳐갔다.
"왜 그렇게 놀라나?"
장관의 목소리를 듣고서야 그는 제정신으로 돌아왔다.
"너무 뜻밖이라서."
"그렇기도 하겠지."
"무슨 사연이라도 있습니까?"
"사연은 무슨? 이것저것 정리해야 할 것들도 있고 또 앞으로 할 일에 대해 구상도 해야 되고. 하여튼 할 일이 많네."
"그럼 저도 사표를 내야 할까요?"
"자네는 더 버티고 있게."
"선배님은 물러나면서 저보고는 왜 버티라고 하세요?"
"그게 더 유리할 것 같아서."
"알겠습니다. 그런데 하실 일이란 게 도대체 무엇인가요?"
"그건 나중에 알게 될 거야."
"언질이라도 좀 주세요. 궁금해 죽겠습니다."

"조급해하지 말고 기다리게. 그럼, 이만 끊겠네."

전화가 끊기자 다시 의문이 밀려왔다. 분명 무엇인가가 움직이고 있었다. 좀 전에 느꼈던 힘의 실체가 무엇인지 갈수록 궁금해졌다. 언질조차 주지 않는 선배가 약속했지만 더 파고들 수도 없었다.

그 날 저녁 그는 오장수 국세청장과 마주앉아 잔을 기울이고 있었다. 오 청장은 고시에 패스한 후 바람 한 번 안 타고 잘 나가는 고향 후배였다. 집안의 배경도 있었지만 사람이 너무 성실해 모든 사람의 인정을 받는 인물이었지만 상부의 지시를 거부하지 못하는 것이 흠이었다. 부당하다고 생각하면서도 상관의 지시이기에 따를 수밖에 없다는 것이 그의 변명이었다. 퇴근 전 그로부터 급한 일이라며 전화를 받은 그는 잠시 망설였다. 그가 어떤 상황에 처해 있는지 알 수는 없었지만 만나고 싶지가 않았다. 마음이 너무 심란했다. 거절을 할까 생각했지만 그럴 처지도 아니었다.

"무슨 일인데 다 죽어가는 소린가?"

신 청장이 잔을 들며 물었다.

"이번에 공중분해 되다시피 한 '제패그룹' 있지 않습니까? 그 그룹 총수가 제 친구인데 그룹이 망하게 되자 야당에 폭로를 한 모양입니다. 은행 융자를 받지 못해 부도가 난 것이지만 그걸 정부 탓으로 돌리며 대선 자금문제를 들고 나왔습니다. 수백억 원을 강탈(?)당했다고. 돈을 줄 때는 편하게 융자를 받으려고 한 짓이겠지만 그게 안 되니까 복수라도 하겠다는 심산인 것 같습니다."

제패그룹이 공중분해 됐다는 것은 그도 이미 알고 있는 사실이었다. 무리한 사업 확장이 원인이라고 하지만 자세한 내막은 알 길이 없었고 또 관심도 없었다.

"그것과 자네가 무슨 상관인가?"

"그 그룹이 해체되기 얼마 전에 총수와 만난 적이 있습니다. 세무조사를 당할 것 같으니 빨리 손을 쓰라고 말해 줬지요. 그런데 그 자는 오히려 제가 압력을 넣어 억지로 대선자금을 냈다고 주장하고 있습니다. 어처구니가 없지만 골치 아파 죽겠어요."

"그게 무슨 큰일인가? 별 것 아닌 것 같은데. 정 뭐하면 만난 적도 없다고 발뺌을 해. 자네가 지금까지 살아온 과정을 볼 때 사람들이 자네를 믿지 그 자를 믿을 것 같은가?"

"그럴 수도 없습니다. 그 자가 내 말을 녹음했나 봐요. 친구 사이를 그렇게 이용하다니 괘씸하기도 하고 자칫 형사 문제로 번질까 두렵기도 해요. 또 지금까지 깨끗하게 살아왔다고 자부했는데 그 명예가 다 날아가는 것도 억울하고."

"흠 없는 사람이 어디 있겠나. 명예에 흠집은 나겠지만 살다보면 이런 일도 있다고 대범하게 생각하게. 내가 볼 때는 형사문제로까지 번질 것 까지는 않은데."

"그렇게 단순한 문제가 아니에요. 선배님도 아시다시피 식사 초대나 골프 접대 같은 사소한 향응을 안 받을 수도 없잖아요? 친구 사이라 스스럼없이 대한 것이 족쇄가 됐어요. 정말 돈이나 많이 먹었으면 억울하지는 않겠어요. 그런데 문제는 야당이에요. 없는 것도 있다고 만들어내는 자들인데 있는 것을 덮어 줄 그들이 아니잖아요. 때를 만난다는 듯 잔뜩 벼르고 있어요. 자칫 청문회에 불려갈지도 모르고 일이 더 크게 번지면 형사적인 문제로 비화될 수도 있어요. 망신당하고 명예는 땅에 떨어지고 자칫 감방에 갈지도 모르는 상황입니다. 그 생각만 하면 잠도 싹 달아나 버립니다."

"현 정부에서 막아주지 않겠나?"

"흥, 정치하는 놈들이라면 이제 신물이 나요. 부려먹을 때는 언제고 지금 와서는 저 하나면 희생하면 된다는 투예요."

그의 말을 들으며 신 청장은 깜짝 놀랐다. 그가 그런 식으로 정부를 비난하는 것은 처음 보았기 때문이었다.

"힘들겠군. 그러나 어쩔 수 없지 않나. 똥 밟았다고 생각하고 이겨내야지. 너무 걱정하지 마. 자넨 잘 버텨낼 수 있을 거야."

"설마 죽기야 하겠어요? 감방에 가는 것도 명예가 추락하는 것도 다 내가 감내해야 할 일이지만 지금까지 이용당한 것이 분하고 속상해서 그래요. 약자라는 사실이 억울하기도 하고."

"자네가 약자라고? 지나가는 개가 웃겠군."

"남들이 보면 정말 웃기는 소리라고 하겠지요. 그러나 올라갈수록 힘 센 놈들이 너무 많다는 것을 느껴요."

"그렇지. 우리 목쯤은 언제 날아갈지 모를 하루살이 신세지. 그렇게 생각하면 참 한심스럽기도 해."

"정말 그래요. 일개 국회의원 하나 때문에 한국을 움직이는 핵심 인물이 절절매는 꼴이 우습기도 하고요."

"국회의원을 깔보는 건가?"

"깔보다니요. 그렇게 거리낄 것 없는 자리가 어디 있습니까? 그러기에 서로 기를 쓰고 하려는 거겠지요."

"그걸 들고 나온 게 누구인가?"

"김달영이란 의원인데 한 번 물면 놓아 주지를 않아서 하이에나라는 별명까지 붙은 야당의 저격수예요."

"아, 그 사람! 골치 아프게 됐군. 그럼 이참에 자네도 다 벗어던지고 그쪽으로 나가 보지 그래."

"지금 그런 농담할 때가 아닙니다. 하기야 국회의원을 못할 것도 없지만 그것도 명예롭게 퇴진을 한 후의 일입니다."

"이거 참, 난감하군. 내가 도와줄 수도 없고."

신 청장은 안타깝다는 표정을 지었다. 도와주고 싶지만 능력이 없었다. 갑자기 자신이 초라하게 느껴지기도 했다.

"미안할 것 없어요. 선배님이라고 뾰족한 방법이 있겠어요? 하도 답답해서 하소연이나 하고 싶어 만나자고 한 거니까 너무 신경 쓰지 말고 술이나 마셔요. 저도 취하고 싶습니다."

"그래도 그렇지. 명색이 경찰청장이라는 사람이 후배 하나 못 도와주니 말이야. 권력의 끝이 어딘지 궁금해."

그가 한숨을 내쉬며 잔을 들었다. 그때 그의 전화가 울리기 시작했다. 그는 잔을 내려놓으며 전화기를 꺼내 들었다. 모르는 번호였다. 무시하려던 그는 이상한 기운을 느끼며 전화를 받았다.

"여보세요."

"술맛이 어떠시오?"

대뜸 물어오는 소리에 전화기를 놓칠 뻔했다. 도저히 잊을 수 없는 심판자라는 자의 전화였고 그는 이미 자신이 술을 마시고 있는 것까지 알고 있었다. 순간 울컥 화가 치밀었고 또 자신이 감시를 당하고 있다는 사실을 깨닫자 소름이 끼치기도 했다. 지금까지 감시를 했으면 했지 당해본 적은 없었다.

"잠깐, 전화 좀 받고 오겠네."

솟구치는 화를 누르며 황급히 밖으로 나온 신 청장은 심호흡을 하며 입을 열었다. 너무 기분이 상해 말조차 더듬거렸다.

"이게 뭐하는 짓이오, 나를 감시하는 거요?"

자신도 모르게 퉁명스러운 목소리가 새어나왔다.

"기분이 안 좋은 모양이구려. 미안하오. 그러나 그렇게 딱딱하게 굴지 마시오. 이제 같이 갈 사이인데."

"어쩔 수 없이 그렇게 되긴 했지만 사생활까지 방해받고 싶진 않소. 난 국회의원보다 내 사생활이 더 소중하오."

"알겠소. 다시 한 번 사과드리오."

"됐소. 용건이 뭐요?"

"당신을 도와주고 싶고 또 한편으론 내 능력을 불신하고 있는 당신에게 내 진짜 능력을 보여 주고 싶소."

"무슨 뜻이오?"

"지금 당신이 만나고 있는 사람에게 희망을 주시오."

그의 말에 신 청장은 다시 한 번 놀랐다. 그가 국세청장을 만나고 있는 사실은 그렇다 치더라도 오 청장이 바라는 것까지 알고 있다는 것은 더욱 놀라운 일이었다. 그러나 이내 새삼스러운 일도 아니라는 생각이 들었다. 그는 모든 걸 알고 있는 듯했다. 그의 전화를 받을 때마다 놀라지 말자고 다짐을 했지만 그것은 항상 마음뿐이었다.

"과연 당신이 그럴 능력이 있을까?"

"좀 전에 말을 했을 텐데. 불신을 해소시켜 준다고."

"좋소. 당신이 할 수 있다 칩시다. 그러면 당신이 직접 말하지 왜 나를 통하는 거요? 그를 만나지 못할 이유라도 있소?"

"아니, 내가 직접 상대해도 상관은 없지만 당신에게 은혜를 베풀 기회를 주고 싶소. 그것이 당신의 미래를 위해 도움도 될 테고. 이참에 그를 당신의 사람으로 만드시오."

이내 전화가 끊겼다. 잠시 끊어진 전화를 바라보던 그는 다시 방으로 들어왔다. 혼자 술을 마시던 오 청장이 조금은 불만스러운 표정으로 그를 바라보고 입을 열었다.

"무슨 일인데 나가서까지 전화를 받아요?"

"그럴 일이 좀 있어. 나도 골치 아픈 일이 있거든. 미안해. 그런데 어쩌면 자네 일이 잘 풀릴 것도 같아. 힘내게."

"예, 그게 무슨 말이에요?"

"자네 일은 너무 걱정하지 않아도 될 것 같다는 말이야."

그는 미소를 지어 보였다. 심판자라면 무슨 일이든 할 수 있을 것 같은 확신과 함께 이미 거래(?)가 시작된 이상 믿어야 한다는 생각이 들었다. 기호지세였다.

"무슨 말인지 너무 뜻밖이라 이해가 안 되네요."

그가 반색을 하면서도 의아스러운 눈초리를 보냈다.
"이해하려고 하지 말고 그냥 믿어 봐."
"선배님 말씀이니 믿겠습니다만 어떻게 된 일입니까? 좀 전까지만 해도 해결책이 없다고 하시더니, 혹시 그 전화가?"
"그래."
"누구 전화입니까?"
"자세한 건 묻지 말라니까. 말을 할 수도 없고 또 말을 해도 못 믿을 테니까. 나 자신조차도 황당하니까."
국세청장은 자신 있게 말을 하는 신 청장을 물끄러미 바라보며 생각에 잠겼다. 지금 이 일을 아무 일도 없었던 것처럼 처리하고 넘어간다는 것은 기적에 가까운 일이었다. 그런데도 청장은 자신 있게 말하고 있었다. 뭔가가 분명히 있었다.
도대체 어디서 온 전화인가.
높은 곳?
그러나 그는 고개를 저었다. 대통령이라도 이 일을 원점으로 되돌려 놓을 수는 없었다. 그가 나선다면 오히려 일만 복잡해질 뿐이었다. 이 일을 원점으로 되돌려 놓은 사람은 오직 하나, 사건 당사자인 김달영 의원뿐이었다. 하지만 그것도 생각해보면 불가능한 일이었다. 이미 사건은 그의 손을 떠나 여당과 야당의 싸움이 되어 버렸기 때문이었다. 다만 그가 온갖 비난을 무릅쓰고 잘못된 정보였다는 말을 한다면 사건은 덮어져 버릴 수도 있었다. 그러나 그가 자신의 정치적 생명이 끝날지도 모를 위험까지 감수하면서 말을 뒤덮을 리는 없었다.
뭐지? 분명 뭔가가 있는데.
아무리 생각해도 감이 잡히지 않았다. 그를 바라보고 있는 신 청장의 얼굴에는 득의의 미소가 번지고 있었다. 자신만만한 태도였다. 완전히 믿을 수는 없었지만 어느 정도 불안감이 가시는 느낌이었다.
"알겠습니다. 그냥 믿고 기다리겠습니다."

"그럼 이제 즐겁게 술이나 마시세."
그가 쾌활한 음성으로 잔을 들었다.
"좋습니다. 그런데 또 하나 걱정이 있어요. 내일 고위층을 만나기로 했는데 어떻게 하면 좋을까요?"
"적당히 속 좀 썩여 주게."
"네?"
"그들을 골탕 먹이란 말일세. 그리고 최후엔 자네가 모든 책임을 진다고 하게. 그래야 그들도 고마워 할 게 아닌가? 그러나 정말 책임질 일은 없을 것이니 안심하고."
신 청장은 말을 해 놓고 스스로 놀랐다. 확신할 수 없는 일을 마치 성사된 듯 떠들고 있는 자신을 이해할 수가 없었다. 자신도 모르게 점점 깊은 수렁으로 빠져드는 기분이었다.
"재미있겠군요. 그렇지 않아도 어떻게 골탕을 먹이나 했는데. 정말 통쾌할 것 같습니다. 고맙습니다, 선배님."
다음 날 출근을 한 신 청장은 고민에 빠졌다. 사실 그 고민은 엊저녁 국세청장과 헤어진 뒤부터 생긴 일이었다. 심판자라는 자의 말만 믿고 큰소리를 쳤지만 자신은 없었다. 만약 약속대로 되지 않는다면 자신만 실없는 사람이 될 것이 뻔했다. 왜 큰소리를 쳤는지 생각할수록 어이가 없었고 도깨비에게 홀린 것처럼 그의 장단에 춤을 추고 있는 자신에게 화가 났다. 오 청장은 큰 기대를 걸고 있을 것이 분명했다. 갑자기 머리가 지끈거리기 시작했다.
"똑똑."
그때 노크 소리와 함께 문이 열리며 비서가 들어왔다. 그녀의 손엔 두툼한 봉투가 들어 들려있었다.
"급하게 이걸 전해달라고 해서."
그녀가 공손하게 봉투를 내밀었다.

"누가?"

"누군지 모르겠습니다. 청장님이 부탁하신 것이라는 전화를 받고 나가 보니 물건만 있고 사람은 없었습니다."

"알겠네. 나가 봐."

그는 봉투를 받아들며 고민이 해결되고 있다는 느낌을 받았다. 분명 그가 보냈을 거라는 예감이 들었다. 비서가 나가기를 기다려 봉투를 뜯으려 할 때 전화벨 울렸다.

"봉투는 받았겠지요? 절대 개봉하지 말고 김달영 의원에게 전하시오. 그를 농락하면서. 될수록 그의 화를 돋우시오. 그 뒤의 일은 내가 처리하겠소. 생각만 해도 재미있지 않소?"

"왜 당신이 직접 전하지 않고?"

"생각이 있으니 당신을 통하는 거요. 가급적 빨리 전하시오."

일방적인 지시였다. 화난 눈으로 물끄러미 봉투를 바라보던 그는 부쩍 궁금증이 일었다. 뜯어보고 싶은 강한 유혹이 밀려왔다. 자신도 모르게 봉투에 손이 갔다. 순간 그의 말이 뇌리를 억눌렀다. 손이 멈칫했다. 무엇이 들어 있을까? 김 의원의 치부가 들어 있을 것이 분명했다. 그러자 더 큰 호기심이 밀려들었고 그의 치부가 무엇인지 궁금해 미칠 지경이었다. 호기심과 믿음 사이에서 한참을 망설이던 그는 결국 체념을 하고 말았다.

18

신 청장은 식당의 밀실에서 김 의원을 기다리고 있었다. 약속 시간보다 일찍 나온 그는 심판자로부터 받은 봉투를 만지작거리며 아침에 김 의원에게 전화를 걸었을 때의 일을 떠올렸다.

“김 의원이십니까? 경찰청장 신종호입니다.”

“아, 그러세요. 그런데 무슨 일로 이렇게 전화를 다 하셨습니까? 높으신 분이. 내가 무슨 잘못이라도 했나요?”

다분히 비웃는 말투였다. 울컥 자존심이 상하는 것을 누르며 차분히 말을 꺼냈다. 언젠가는 받은 것을 되돌려주겠다는 생각을 하면서.

“꼭 일이 있어야 전화를 하나요? 오늘은 제가 의원님을 모시고 식사를 좀 하고 싶은데 시간이 어떤지요?”

“시간이야 만드는 것 아닙니까? 있다면 있고 없다면 없다고 할 수 있지요. 그런데 갑자기 무슨 일로 식사를 하자는 거요? 언제 우리가 만난 적이 있던가요?”

거의 무시하는 말투였다.

“의원님 말씀대로라면 만나는 것도 항상 처음이 있는 것 아닙니까? 말씀드릴 것이 있어 전화를 드렸습니다.”

“그래요? 그럼 잠깐만 기다려 봐요.”

전화기 저편으로 잠시 말이 오가는 소리가 들렸다. 일정을 상의하는 듯했다. 그러더니 다시 그의 목소리가 들려왔다.

"좋아요. 모처럼 부탁이니 시간을 내지요."

마치 선심을 쓰는 듯한 태도에 배알이 꼴렸지만 어쩔 도리가 없었다. 그러면서도 경찰청장이라는 자리가 보기보다는 무척 초라하다는 것을 느꼈다. 할 수만 있다면 당장 국회로 들어가고 싶었다. 그가 생각을 갈무리할 때 인기척과 함께 김 의원이 들어섰다. 그는 얼른 자리에서 일어나 미소를 지으며 그를 맞았다.

"어서 오십시오. 청장입니다."

"김달영이오."

그가 손을 내밀었고 그 손엔 거만함이 잔뜩 담겨 있었다. 신 청장은 그의 손을 잡으며 자리에 앉았다. 간단한 인사가 오가고 술 몇 잔이 돌았을 때 김 의원이 물었다.

"무슨 할 얘기라도 있습니까?"

"예, 실은 좀 부탁드릴 게 있는데……."

신 청장은 잠시 머뭇거렸다.

"말씀하세요. 모처럼 부탁인데 웬만하면 들어드려야지요."

그가 의외로 겸손을 떨었다.

"그럼 말씀드리지요. 그런데 먼저 한 가지 약속을 해 주셨으면 합니다. 오늘 이 얘기는 의원님께서 들어주든 안 들어주든 우리만의 일로 해 주실 수 있으시겠습니까?"

"무슨 일인데 그러십니까? 그러지요. 못 들어준다면 그것도 미안한데 발설까지 해서야 되겠습니까?"

"시원해서 좋습니다. 사실은 제 후배가 김 의원님 때문에 곤경에 처해 있습니다. 억울해 죽겠다고 합니다."

"누군데요?"

"국세청장이라면 의원님도 아실 겁니다."
"아, 그 사건. 알지요. 지금 최대의 정치 현안이니까."
그가 무덤덤하게 말했다.
"어떻게 선처 좀 안될까요?"
그러자 그가 정색을 하며 말했다.
"다른 일이라면 몰라도 그 일이라면 어렵습니다. 이미 당으로 넘어간 문제라 이제는 나조차도 마음대로 할 수가 없습니다."
그는 말투는 의외로 부드러웠다. 텔레비전에 비친 투사와 같은 모습이 아니었다. 이게 정치인인가? 언제나 변신할 수 있는. 그는 새삼스럽게 김 의원을 바라보며 다시 입을 열었다.
"아직 증거를 폭로한 것도 아니고 또 그 증거라는 것도 심증에 그칠 정도의 미미한 것이 아니잖습니까?"
"미미하다니요? 그거면 충분합니다. 국세청장도 뒤가 구리니까 신 청장한테 온 것 아닙니까, 그러고 보니 청장님도 한 통속이라는 생각이 드는군요."
"의원님도 지나친 상상을 하시는군요. 저야 부탁을 받았을 뿐입니다. 그 후배도 전혀 관여하지 않았다고 하더군요."
"전혀 상관이 없다면 그렇게 신경 쓸 필요가 없을 텐데요. 뭔가 잘못이 있으니까 그러는 것 아닙니까?"
"잘못이 있건 없건 한 번 휩쓸리면 누군가는 책임을 져야하고 그렇게 되면 희생양이 나와야 되는 것 아닙니까? 그게 정치의 생리고."
그는 정치에 대해 잘 아는 사람처럼 말을 했다.
"정치에 대해 많이 연구하신 모양이군요."
"연구라기보다는 지금까지의 경험이라고 봐야겠지요."
"때론 그렇기도 하지요. 정치라는 게 어차피 정권 잡기 게임이니까. 그러니까 청장님은 이런 일에 신경 쓰지 마시고 중립이나 지키세요. 아무리 후배 일이라고 하더라도 일단 말려들면 좋을 일이 없습니다. 자칫 청장님도 다치실지 모릅니다."

그의 은근한 협박에 슬며시 겁이 나기도 했다. 아무리 오늘 만남에 대해 비밀을 지키기로 약속을 했다고 해도 언제 배신할지 모르는 것이 정치였다. 그도 궁지에 몰리면 아니 자신의 위치를 더 나타나기 위해 오늘 만남을 호재로 삼을지도 몰랐다. 그러나 심판자라는 사람을 떠올리자 힘이 생겼다.

"정말 안 되겠습니까?"

신 청장은 마지막 확인이라도 하듯 다시 물었다.

"서로 처음 만났는데 곤란하게 하지 않았으면 좋겠습니다."

그의 뜻은 분명했다. 물론 신 청장도 그가 부탁을 들어주리라고는 전혀 생각하지 않았다. 그것은 심판자라는 자도 그렇게 생각하고 있는 것 같았다. 그랬기에 봉투를 전한 것이고.

"그럼 오늘은 술이나 합시다. 이렇게 만나 주셔서 정말 고맙습니다. 그리고 이건 집에 가셔서 보시도록 하시지요."

신 청장은 준비했던 봉투를 내밀었다.

"이게 뭡니까?"

"나도 뭔지는 모릅니다. 부탁을 받았을 뿐이니까요."

"누굽니까? 혹시 국세청장인가요?"

"아닙니다. 그러나 내용을 보면 알 거라고 했습니다."

"혹시 날 매수하려는 건 아니겠지요?"

"매수요? 김 의원님을 상대로 괜한 짓을 하려다가 봉변만 당하려고요? 전 그렇게 어리석지 않습니다."

"그래요? 하하. 뭔지 궁금하지만 받지 않겠습니다."

"그건 의원님 뜻대로 하세요. 그러나 의원님이 필요 없으시다면 언론사에 보내겠습니다. 아마 언론사도 좋아할 겁니다."

말을 마친 그는 스스로도 깜짝 놀랐다. 어디서 그런 기지가 나왔는지 신기할 따름이었다. 은근한 쾌감이 밀려왔다.
"지금 날 협박을 하는 겁니까?"
그의 인상이 조금 일그러졌다.
"가당치도 않은 말씀입니다. 전 말만 전하는 겁니다."
"그가 누굽니까?"
"그건 말씀드릴 수 없습니다. 어떻게 하시겠습니까?"
"좋소. 줘 보시오."
한참을 생각하던 그가 봉투를 받아들었다. 그리고는 그 자리에서 봉투를 개봉하려 했다. 성미가 급한 것 같았다.
"여기서 개봉하면 좋지 않을 겁니다."
완전히 위압적인 말투였다. 자신도 어떻게 그런 투의 말이 나왔는지 알 수가 없었다. 그가 빤한 눈으로 그를 바라봤다. 어이가 없다는 표정이었다. 그러나 봉투를 개봉하려던 그의 손길은 슬그머니 술잔으로 향했다.

경찰청장과 헤어져 집으로 돌아온 김 의원은 부랴부랴 봉투를 뜯었다. 봉투 안에는 서류와 사진 몇 장 그리고 usb 하나가 들어 있었다. 제일 먼저 사진이 눈에 띄었다. 그가 기업으로부터 돈을 받고 있는 사진이었다. 그 사진을 보자 갑자기 가슴이 뛰기 시작했다.
어떻게 이런 일이?
불가사의한 일이었다. 사진사를 대동한 것도 아니고 밀실에서 이루어진 일이 촬영되다니. 귀신이 곡할 일이었다. 그러나 이내 평정을 되찾았다. 내용을 자세히 살펴보고 대책을 세워야만 했다. 사진은 얼마든지 변명할 수가 있었다. 그가 무엇을 받고 있는지 알 수도 없었고 봉투 하나를 받는 사진만으로 뇌물이라고 단정 지을 증거는 되지 않았다. 심증은 있을 뿐 물증은 되지 못했다.

좋아, 이건 그렇게 처리하면 되고.

그는 뛰는 가슴을 진정시키며 usb를 집어 들었다. 그러나 쉽게 컴퓨터와 연결할 수가 없었다. 어떤 내용이 들어 있는지 궁금했지만 그 내용은 사진보다 충격적일 것은 보지 않아도 짐작할 수 있었다. 잠시 심호흡을 하던 그는 입술을 꽉 깨물며 컴퓨터를 켰다.

'의원님, 잘 부탁드립니다.'

'부탁은 무슨? 서로 살자고 하는 일인데요.'

'그럼 잘 되겠습니까?'

'걱정 마시오. 이 김달영이가 누굽니까?'

화면에 뜨는 영상과 말소리를 듣던 그의 얼굴은 참혹하게 일그러졌다. 얼른 컴퓨터를 껐다. 더 이상 보고 들을 필요가 없었다. 비록 화면이 흐릿해 누구인지 식별하긴 어려웠지만 자신이 스스로 이름을 밝힌 것이 녹음되어 있으니 빠져나가려 해도 방법이 없었다.

어떡하나.

한숨을 내쉬던 그는 이내 오리발 작전을 생각해 냈다. 아무리 이름을 밝혔어도 조작된 것이라고 우기면 그만이었다. 전에도 그런 사건은 수없이 많았다. 잠시 숨을 고르며 생각을 하던 그는 호기심을 못 이기고 다시 컴퓨터를 켰다. 앞으로 무슨 내용이 나오더라도 놀라지 않겠다는 각오를 하며. 그러나 놀라지 않겠다는 생각은 멀리 달아나고 대신 무거운 신음소리가 흘러나왔다. 기업 뇌물 건은 예고편에 불과했다. 지구당을 맡으면서 시, 구의원 출마자들부터 뇌물을 받은 것은 물론 성추행을 하는 사진까지 모든 비리가 다 들어 있었다. 순간 지금까지 자신이 내세우려던 오리발 작전이 얼마나 어리석었나를 뼈저리게 느꼈다.

이거 미치겠구먼. 혼잣말을 내뱉으며 봉투 속을 뒤적이던 그의 손에 조그마한 쪽지가 잡혔다. 얼른 그것을 집어 들었다.

청장의 말에 따르시오. 그래야 의원 생활을 오래 할 것 아니오. 또 당신의 생명과 가족들도 생각해야 되지 않겠습니까? 참, 금고 속의 자료는 내가 가져가겠소. 심판자.

내용은 아주 간단했지만 충분히 위협적이었다.

이놈이 나를?

울컥 화가 치밀었다. 주먹을 움켜쥐던 그는 급히 금고를 열었다. 순간 허탈함이 밀려들었다. 그렇게 소중히 보관해온 자료가 보이지 않았다.

이럴 수가?

도저히 믿을 수가 없었다. 자신만이 알고 있는 금고를 열고 자료를 꺼내가다니. 앞길이 막막하기만 했다.

증거도 있고 총대도 내가 멘다고 큰소리를 쳤는데.

쏟아질 비난을 감수하려니 막막하기만 했다. 그러나 다음 순간 그는 오싹함을 느끼며 주위를 둘러봤다. 한 귀로 흘리고 무시했던 심판자라는 자가 자신의 옆에 있다는 생각을 하자 소름이 끼쳤다. 이건 당내 문제가 아니라 자신의 정치적 생명과 가족의 목숨이 달린 문제였다. 머리가 지끈거렸지만 글의 내용으로 보아 그의 말만 따른다면 무사할 것 같았다. 안도감이 들었다. 밤을 뜬눈으로 지새운 그는 아침 일찍 당 대표와의 면담을 신청했다. 그러나 면담은 쉽게 이루어지지 않았다. 대표의 일정상 시간을 내기 어렵다는 것이었다.

"그럼 말씀이나 전해주시오. 오늘 폭로하기로 한 대선자금 건은 사정이 여의치 않아 부득이 취소하겠다고."

말을 마치고 인터폰을 놓은 지 얼마 안 되어 대표로부터 만나자는 연락이 왔다. 대표의 연락을 받자 그는 가벼운 배신감을 느꼈다. 일정이니 뭐니 하는 말들은 모두 헛소리였고 자신은 그들에게 그렇게 중요한 존재가 아니었다는 생각이 들었다. 그들에게 충성을 다해봐야 돌아오는 건 고작 공천이라는 것뿐이었다.

"무슨 사정이라도 생겼소?"

그가 안으로 들어서자 당 대표가 놀란 표정으로 물었다.
“자료를 주겠다는 사람이 행방불명이 됐습니다.”
“그게 무슨 말이오?”
“어제 그 사람을 만나 자료를 받기로 약속했는데 소식이 없습니다. 백방으로 연락을 해봤지만 감감 무소식입니다.”
김 의원은 어제 밤새 생각한 말들을 늘어놓았다.
“그가 왜 갑자기 자취를 감췄는지 이유를 아시오?”
“모릅니다. 의심 가는 곳이 있기는 하지만 어디까지나 막연한 추측이라 뭐라 말씀드리지 못하겠습니다.”
“음, 일정에 차질이 있겠군요. 일단 의원들에게 얘기나 합시다. 어차피 알아야 서로 대응을 해야 테니까.”
대표는 그를 탓하지 않고 오늘 저격수로 동원된 의원들이 모여 있는 곳으로 향했다. 그리고는 간략하게 사정을 얘기했다. 그러자 예상했던 대로 여기저기서 비난이 쏟아졌다.
“의원 동지들께서 저를 탓하는 것을 뭐라고 할 수는 없습니다. 그러나 사정이 이렇게 됐는데 전들 어떻게 하겠습니까? 신중하지 못한 제 행동에 대해서는 아주 죄송하게 생각합니다.”
그는 사과를 했는데도 비난은 여전히 그치지가 않았다.
“그만 하세요.”
당사가 어수선해지자 대표가 그들을 제지하며 입을 열었다.
“김 의원의 일은 신중하지는 못했지만 그래도 비난할 입장은 아닌 것 같소. 제보자가 사라졌는데 어쩌겠습니까? 또 우리 당이 어려울 때 항상 총대를 멘 건 김 의원이었소. 이 문제는 일단 덮어두고 다음을 기약합시다. 자, 이번 일로 의기소침하지 말고 더욱 힘내라는 의미로 우리 김 동지에게 박수 한 번 보냅시다.”
당 대표가 먼저 박수를 쳤다. 그러자 못마땅해 하던 의원들도 어쩔 수 없다는 표정으로 박수를 보냈다. 당 대표의 수습으로 사건은 무난하게 무마되었다. 김 의원은 회의장을 빠져나오며 안도의 한숨을 내쉬었다. 식은땀이 흘렀고 가슴은 부글부글 끓어올랐다.

빌어먹을 놈.

그는 심판자라는 자를 향해 욕설을 퍼부었다.

"선배님, 어떻게 된 일입니까?"

그날 저녁 신 청장과 마주앉은 오 청장의 얼굴에는 웃음이 떠나지 않았다. 그는 하루 종일 대 정부 질문을 중계하는 TV 앞을 떠나지 않았다. 특히 김달영 의원이 단상에 섰을 땐 숨이 막혀 올 지경이었다. 언제 터질지 모르는 시한폭탄을 안고 있는 심정이었다. 그가 대 정부 질문을 시작하면서부터 끝날 때까지의 시간은 찰나가 영원 같은 느낌이었다. 김 의원의 질의가 끝났을 때 자신도 모르게 안도의 한숨을 내쉬던 그는 문득 뭔지 모를 두려움을 느꼈다. 야당이 온힘을 다 기울여 나선 공세를 단숨에 무력화시킬 수 있는 힘. 그것의 정체가 무엇인가 하는 의문이 생겼다. 국정원도 대통령도 절대 아니었다.

그럼 누가?

생각을 굴리던 그는 신 청장을 떠올렸다. 그라면 분명 알고 있을 터였다. 급히 전화를 걸어 시간이 없다는 것을 억지로 불러냈다.

"어떻게 되긴 뭐가 어떻게 돼?"

"오늘 무슨 일이 크게 터질 줄 알았는데 아무 일도 없었습니다. 야당은 신바람이 났고 여당은 조마조마 했을 텐데 너무 쉽게 끝나 오히려 싱겁다는 분위기였습니다."

"이미 알고 있었어."

"어떻게요?"

"오늘 야당 당사의 분위기가 심상치 않았지."

"그럼 미리 언질이라도 주시지. 속이나 안 타게. 그런데 대체 누구입니까? 누가 김 의원의 입을 막은 겁니까?"

"그게 무슨 말인가?"

"왜 이러세요. 서운하게. 제가 처음 상의를 드렸을 때만 해도 도와줄 수가 없어 미안하다고 하셨잖아요. 그런데 전화를 받고 잘 될 것 같다고 말씀하신 것을 분명히 기억하고 있습니다. 그 사람이 누군지 말씀해 주세요."

"어허, 이 사람. 깊이 알려고 하지 말라고 했지 않나. 오늘은 술이나 마시게. 때가 되면 자연히 알게 될 테니."

"에이, 그러지 마시고 힌트라도 좀 주세요. 저와 선배님 사이에 감출 것이 어디 있습니까?"

그가 바싹 다가앉으며 떼를 쓰다시피 말을 했다.

"나도 사실을 말해 주지 못해 안타깝네. 또 얘기를 해도 이해하지 못할 거고. 그러니 그 얘기는 이쯤해서 끝내는 것이 좋을 것 같네. 서운해 하지 말게. 안 해 주는 게 아니라 못 해 준다고 생각하게. 확신할 수는 없지만 조만간 그가 자네를 찾아갈 거야. 그때 자연스럽게 아는 것이 좋지 않겠나?"

그는 말을 마치고 입을 다물었다. 무슨 말을 해도 입을 열지 않을 사람처럼. 한동안 신 청장을 바라보던 그는 결국 포기를 하고 말았다. 무엇이 있는 것만은 분명 했지만 더 이상 캐물을 수도 없었다.

"알겠습니다. 서운하지만 참아야겠지요. 도와준 것도 고마운데 더 보챌 수도 없네요. 하지만 기회가 되면, 아니 기회를 만들어서라도 그 사람을 꼭 소개해 주셔야 합니다."

"내가 소개시켜 주기 전에 그가 자네를 찾을 거라고 분명히 말했을 텐데. 벌써 기억력이 흐려진 건가? 하하하."

신 청장이 쾌활하게 웃으며 잔을 들었다.

19

성재구 판사는 마치 신이라도 된 기분이었다. 판사로 임용된 후부터 줄곧 느껴왔던 만족감이었다. 모든 사람을 자신이 판단하고 벌을 내릴 수 있다는 것이 만족스러웠다. 가끔 튀는 판결로 국민들의 빈축을 사는 일도 있었지만 대수롭지 않게 생각했다. 여론이 아무리 시끄럽게 떠들어 봐야 자신의 판결을 뒤집을 수는 없다는 자신감이 몸에 배어 있었다. 자리에 앉아 문득 밖을 내다보던 그는 실소를 지었다. 담장 밖에서 몇 사람이 시위를 하는 모습이 눈에 들어왔다. 7명을 성폭행하고 그 중 두 명을 살해한 범죄자에게 고작 징역 15년을 선고한 사건에 대한 항의 시위였다.

해 볼 테면 해 보라지. 눈이나 하나 까딱하나.

그는 콧방귀를 뀌며 다음 사건의 심리를 준비하게 위해 서류를 펼쳐들었다. 그때 그의 전화기가 부르르 떨렸다. 무심코 전화를 받던 그의 얼굴이 점점 굳어지기 시작했다.

"당신 부인과 딸을 데리고 있으니 내 지시에 따르시오. 지시 내용이 궁금하겠지만 저녁이 되면 자연히 알게 될 것이오."

전화 내용은 짧고 간단했다. 잠시 끊어진 전화기를 바라보던 그는 미친놈의 장난인지도 모른다는 생각을 하며 혹시나 하는 마음으로 얼른 아내에게 전화를 걸었다. 몇 번의 신호음이 울리자 아내가 전화를 받았다. 그러자 잠시 두근거렸던 가슴도 진정이 됐다.

"나야! 별 일 없지?"

"무서워요. 나 좀 구해줘요!"

전화기 너머로 떨고 있는 아내의 목소리가 들려왔다. 그 소리를 듣자 진정됐던 가슴이 다시 뛰기 시작했다.

"딸도 같이 있어?"

"네. 빨리 손 좀 써 봐요."

"알았어. 어디야?"

다급히 소리쳤지만 전화는 이미 끊겨진 후였다. 마음이 조급해졌다. 금방이라도 아내와 딸이 잘못될지도 모른다는 불안감이 밀려왔다. 그는 즉시 경찰에 신고를 했고 경찰은 철저한 보안을 유지한 채 신속히 수사팀을 꾸렸다. 납치사건이라는 사건의 무게도 있었지만 현직 판사라는 지위도 크게 작용했다.

그날 저녁, 사건의 추이를 주시하며 저녁도 거른 채 텅 빈 집안을 서성거리던 성 판사는 무심코 흘러나오는 뉴스에 깜짝 놀랐다. 그토록 보안을 유지한 사건이 어느새 매스컴을 타고 있었다. 자기도 모르게 귀를 바싹 기울였다.

"오늘 낮 성재구 판사의 부인과 딸이 납치됐습니다. 납치 범인은 판사가 내일까지 사임할 것을 요구했으며 불응할 시는 가족을 살해하겠다고 알려왔습니다. 또한 판사가 판결한 범인도 반드시 응징하겠다고 합니다."

그 말을 듣자 그는 더욱 놀라움을 금할 수 없었다. 자신에게조차 하지 않은 말이 흘러나왔기 때문이었다.

"이제 심판자란 놈도 막 갈 모양이지?"

뉴스를 보며 술집에서 술을 마시던 취객 하나가 말했다.

"무슨 말이야?"

같이 술을 마시던 동료가 물었다.

"부녀자까지 납치하는 걸 보면 너무 심한 것 아닌가?"
"그게 심판자라는 걸 어떻게 단정할 수 있어?"
"그런 짓을 할 사람이 그 밖에 또 누가 있어?"
"하긴 그래. 그런데 그 판사란 자가 과연 사표를 낼까?"
"모르지. 독종이라니까.
"아무리 독종이라도 처자식이 납치됐는데 버틸 수 있을까?"
"난 버티리라고 봐. 판사의 체면이 있는데."
"체면이 밥 먹여 주나? 우리 내기 할까?"
"내기? 좋지."

다음 날 뜬눈으로 밤을 새운 성 판사는 무거운 몸을 이끌고 법원으로 차를 몰았다. 차에서 내려 평소와 같이 집무실로 향하려던 그는 당황하며 걸음을 멈추었다. 많은 기자들이 그를 둘러싸며 질문을 퍼부었기 때문이었다.
"이번 사건을 어떻게 생각하십니까?"
"어떻게 하실 생각이십니까?"
여기저기서 수없이 쏟아지는 질문에 정신을 차리지 못하고 당황스럽게 서 있던 그는 입을 굳게 다문 채 그들을 제치고 집무실로 들어왔다. 그러나 자리에 앉자 온갖 생각들이 머리를 뒤흔들기 시작했다. 사표를 낼 수도 그렇다고 버틸 수도 없었다. 휴대폰을 꺼내 아침에 전송돼 온 메시지를 확인했다.

뉴스에 보도된 대로 따르시오.

짤막한 메시지를 보자 울컥 화가 치밀었다. 협박을 당해보는 것은 처음이었다. 치미는 화를 참으며 창밖을 내다보고 있을 때 법원장으로부터 호출이 왔다. 원장실에 들어서자 그가 자리를 권하며 말했다.

"힘드시죠?"
"혼란스러울 뿐입니다."
"힘든 일을 당하신 분께 이런 말을 꺼내는 것이 어떨지 많이 망설였습니다만 어차피 해결해야 할 일이기에 이렇게 불렀습니다. 그러니 무슨 말을 하던 오해 마시길 바랍니다."
"괜찮습니다. 무슨 말씀이라도 좋으니 편히 말씀하십시오."
"그렇게 생각하니 고맙소. 그래, 어떻게 하실 작정이오?"
"그렇지 않아도 상의 드리려는 참이었습니다. 저도 어떻게 해야 좋을지 모르겠습니다. 당장 사표를 내고 싶기도 하고 한편으론 버티고 싶기도 하고. 그러나 범인이 잡히지 않는다면 사표를 내야 하지 않겠습니까?"
"뜻은 잘 알겠습니다. 모든 판단은 알아서 하시겠지만 사법부의 권위와 또 판사가 불의에 굴복한다는 것에 대해서는 깊이 생각해 봐야 할 것입니다."
"저도 그것 때문에 밤새 고민을 했습니다만 다른 방법이 없습니다. 만일 처자식에게 무슨 일이라도 일어난다면 평생 자책하며 살아가야 할 것입니다. 그건 감내할 수 없는 일입니다."
"그렇겠지요. 그러나 범인이 정말 심판자라는 사람이면 그리 걱정하지 않아도 될 겁니다."
"무슨 말씀인지요?"
"심판자라는 놈은 자신의 이미지를 무척 중요하게 생각하고 있는 자입니다. 그런 자가 섣불리 인명을 해칠까요?"
"처자식을 걸고 모험을 하란 말씀인가요?"
"그런 뜻은 아닙니다. 그러기에 처음부터 오해하지 말라고 했던 거고. 난 내 생각을 말했을 뿐이오. 좀 쉬면서 추이를 지켜보도록 하시오. 며칠 휴가를 내는 것도 좋을 것입니다."
"깊이 생각해보겠습니다."

성 판사는 가볍게 인사를 하고 원장실을 나섰다. 기분이 나빴다. 법원장의 뜻은 처자식의 위험을 담보로 하더라도 사법부의 권위를 지켜야 한다는 것이었다. 지금까지 믿었던 믿음과 자신은 선택된 인간이라는 우월감이 일시에 사라지며 회의가 밀려왔다. 공포와 두려움 속에 떨고 있을 부인과 딸의 모습이 떠올랐고 자신의 판결이 피해자들의 입장을 너무 무시했다는 생각이 들기도 했다. 모든 것을 던져버리고 달아나고 싶었다. 자리로 돌아와 한동안 고민을 하던 그는 혹시 있을지도 모를 기자들의 눈을 피해 집으로 돌아왔다.

집안은 텅 비어 있었다. 새삼 부인과 딸의 빈자리가 더욱 크게 느껴졌고 두려움에 떨던 부인과 딸의 목소리가 환청처럼 귓전을 울렸다. 소파에 앉아 머리를 쥐어뜯던 그는 양주를 꺼내 벌컥벌컥 들이켰다. 아무리 마셔도 취할 것 같지 않았다. 단숨에 병을 비워버렸다. 머리가 몽롱해지며 절로 눈이 감겨왔다.

그날 자정이 조금 넘은 시각.

깜빡 잠이 들었던 김현지 기자는 심판자의 전화를 받고 급히 몸을 일으켰다. 그리고는 최민태 반장에게 전화를 걸었다. 그도 잠이 들었었는지 짜증스런 목소리가 흘러나왔다. 그러나 그녀는 개의치 않고 그를 불러냈다.

"무슨 일인데 밤늦게 수선을 떨어?"

그가 차에 오르며 투덜거렸다.

"떨만 하니까 떨지요."

농담처럼 말을 흘린 그녀는 김 반장과 함께 심판자가 말한 공원으로 차를 몰았다. 얼마를 달려 공원에 도착하자 비상등을 켠 차가 보였다. 뒤따라온 최 반장이 급히 옆으로 다가왔다.

"저 차인 것 같아요."

그녀의 말에 최 반장은 고개를 끄덕이며 총을 꺼내들고 주차된 차로 다가갔다. 긴장한 빛이 역력해 보였다. 조심스럽게 주위를 살피며 다가가던 그가 세차게 차문을 열었다. 그리고는 잽싸게 총구를 차안으로 들이밀었다. 그러나 이내 김이 푹 빠지고 말았다. 잔뜩 긴장했던 것과는 달리 차 안에는 부인과 여자아이가 죽은 듯이 누워 있었다. 그는 모녀의 코끝으로 손을 가져갔다. 따뜻한 기운이 새어나왔다. 그는 총을 집어넣고 조심스럽게 그들을 깨웠다.

"누구지요?"

잠에서 깨어난 부인이 깜짝 놀라며 물었다.

"안심하세요. 경찰입니다."

그가 신분증을 내보이자 그녀의 얼굴이 평온을 되찾았다.

"실례지만 부인은 누구십니까?"

김 기자가 심문하듯 물었다. 최 반장이 못마땅한 듯 얼굴을 찌푸렸지만 그녀를 말리지는 않았다.

"성재구 판사 부인이에요."

"범인이 위해를 가하지는 않았나요?"

"외부와 연락을 못한 것을 제외하고는 자유로웠어요."

"혹시 그 자를 봤나요?"

"아니, 못 봤어요."

부인의 모습을 살피던 최 반장은 그녀를 안정시키려 노력했고 김 기자는 재빨리 방송국으로 연락을 취하며 스마트 폰의 TV를 켰다.

'속보. 성재구 판사 모녀 구출. 심판자, 피해자에게 사과'

잠시 후 화면 하단에 자막이 뜨는 것을 바라보던 그녀는 환한 미소를 지었다. 그 모습을 바라보던 최 반장은 속으로 혀를 찼다. 그녀의 직업정신은 높이 사줄만 했지만 이 상황과는 어울리지 않았다.

"일단 제 차에 타시지요. 댁으로 모시겠습니다."

최 반장은 두려움에 떨고 있는 부인을 보며 말했다. 그녀가 힘겹게 몸을 일으켰다. 몸은 자유로웠을지 몰라도 정신적 충격이 컸던지 그녀의 행동은 매우 부

자연스러웠다. 최 반장은 그녀를 차에 태우고 집으로 차를 몰았다.

최 반장의 부축을 받으며 집안으로 들어서던 판사의 부인은 몸을 멈칫하며 거실에 누워있는 남편을 바라보았다. 남편은 태평스럽게 소파에 누워 코를 골며 자고 있었다. 자신의 안위 따위는 안중에도 없는 듯했다. 항상 자신을 사랑하고 있다고 믿었던 남편의 그런 모습을 보자 어이가 없었다. 잠시 남편을 쏘아보던 그녀는 치미는 화를 참지 못하고 바닥에 뒹굴고 있는 술병을 집어 들고 그를 향해 달려들었다. 그러나 그녀의 행동은 최 반장의 억센 손에 의해 제지되고 말았다. 술병을 빼앗긴 그녀는 털썩 바닥에 주저앉았다.

'당신 남편은 구제불능이야.'

그녀를 풀어주며 비아냥거리던 범인의 말이 귓전을 스쳐갔다. 순간 이런 남자와는 같이 살 수 없다는 생각이 들었고 이어 '이혼'이라는 단어가 뇌리 속을 파고들었다.

한편 15년 형을 선고받은 범인은 항소를 한다고 난리였다. 형량이 많아서가 아니라 너무 적다는 것이었다. 심판자의 심판을 두려워한 것이었지만 사법 사상 초유로 형량이 적다고 항소를 하는 어처구니없는 상황이 벌어졌다.

20

신종오 경찰청장은 들어서는 최민태 반장을 바라봤다. 얼굴에 긴장한 빛이 역력했다. 똑같은 사람이지만 위치에 따라 가치가 달라진다는 것을 생각하며 그는 새삼 권력의 맛을 실감했다.

"자, 앉으시오."

그는 의자를 가리키며 자리를 권했다.

"감사합니다."

최 반장이 인사를 하며 자리에 앉았다.

"수사가 힘들지요?"

청장은 느긋한 목소리로 물었다.

"열심히 범인을 쫓고 있습니다만 성과가 없습니다."

"며칠 전에도 한 건 올린 것 같던데?"

"올린 게 아니라 농락을 당했지요. 매번 뒤처리만 하는 신세로 전락한 것 같아 한심한 생각까지 듭니다."

"그래도 힘을 내야지요. 그런데 심판자라는 자가 최 반장과 김현지라는 기자에게만 연락을 한다는데 거기에 무슨 이유가 있는지 생각해 봤습니까?"

"네, 많이 생각했습니다."

"무슨 소득이라도 있었습니까?"

"전혀 없었습니다. 처음에는 큰 단서를 잡은 줄 알았습니다. 그래서 두 사람이 공통으로 알고 있는 사람들을 집중 조사를 했지만 아무것도 찾지 못했습니다."

"음. 그래, 앞으로 어떻게 할 계획이오?"

"잡아야겠다는 생각뿐입니다."

그러나 그의 목소리는 회의적이었다.

"혹시 못 잡는 게 아니라 안 잡는 것 아니오?"

"네? 그럴 리가 있습니까?"

그가 깜짝 놀라며 청장을 바라봤다.

"하하. 농담이오. 그가 잡히지 않기를 바라는 사람들이 많다는 얘기가 들리기에 해 본 말이오. 민심이 말이 아니지요. 그건 그렇다 치고 최 반장은 그자를 어떻게 생각하시오?"

"범죄자일 뿐입니다."

"그런 상투적인 대답 말고 가슴 속으로 생각하고 있는 것을 솔직하게 것을 말해 보시오. 어떤 말도 괜찮소."

그의 말에 최 반장은 물끄러미 청장을 바라봤다. 도대체 그가 무슨 생각을 하고 있는지 알 수가 없었다. 잠시 망설이던 최 반장이 굳은 표정으로 입을 열었다. 무슨 말을 해도 상관이 없을 것 같았고 여차하면 옷을 벗어도 좋다는 생각까지 들었다. 그가 그런 배짱이 생긴 것은 어쩌면 보이지 않는 심판자의 영향 때문이기도 했지만 한편으론 그자가 자신을 보호해줄 것이라는 막연한 기대도 있었다. 그야말로 말도 안 되는 기대였지만 그의 육감은 그렇게 느끼고 있었다.

"범죄자지만 한편으론 사회를 정화시키기도 하는 사람이라는 생각도 듭니다. 그의 등장 이후로 범죄가 많이 줄어들었습니다. 수사하는 제 입장에서도 그 자를 꼭 잡아야 한다는 생각과 함께 한편으론 그가 잡히지 않았으면 좋겠다는 생각이 들 때가 있으니까요."

“허, 이거 큰일이군.”

“죄송합니다. 그러나 솔직한 심정입니다.”

“아니, 최 반장을 탓하려는 게 아니라 그에 대한 인식이 그렇게까지 퍼져 있다는 문제점을 말하는 것이오. 하긴 나도 가끔 그런 생각이 들 때가 있으니 누굴 탓하겠소. 솔직하게 말해줘서 오히려 고맙소. 하도 답답해서 최 반장을 부른 것이오. 잘 알았으니 어쨌든 열심히 해 주시오.”

“알겠습니다.”

인사를 하고 밖으로 나가는 최 반장의 뒷모습을 바라보던 그는 밖으로 눈을 돌리며 심판자라는 인물을 떠올렸다. 아무리 생각해도 수수께끼 같은 자였다. 탈세자나 탈법을 하는 자들을 징치하는 것을 보면 정의감이 강한 것 같기도 했지만 그들을 처리하는 과정을 보면 너무 폭력적이었다. 정의로운 자인지 잔혹한 자인지 구분하기가 힘들었다. 그러나 확실한 것은 그가 막강한 힘을 가지고 있다는 것이었다. 그것은 오장수 국세청장의 일을 봐도 쉽게 알 수 있었다.

도대체 어떤 자이기에 그런 능력이 있나?

생각할수록 머리가 아팠지만 그런 힘을 가진 자가 자신에게 호의를 가지고 있다는 것은 다행이었다. 하지만 자신도 모르게 그의 하수인이 되어가고 있다는 생각을 하면 은근히 화가 나기도 했다. 경찰청장이라는 사람이 잡아넣어야 할 사람의 하수인이라니! 말도 안 되는 일이었다. 그는 잊을 만하면 인물들의 비리를 수집해 그에게 확인을 요청했다. 그 방대한 자료를 어디서 구했는지 의문이 생겼지만 도무지 출처를 알 수 없었다.

생각하지 말자. 내일 일은 내일로 미루자.

그가 생각을 마치고 몸을 돌이키려 할 때 벨이 울렸다. 메시지 창을 보자 우광수 법무장관의 이름이 떠 있었다.

“네, 선배님. 그 동안 안녕하셨습니까?”

그는 반갑게 전화를 받았다.

"목소리가 좋아 보이는군. 허허허."
"선배님 덕분에 잘 지내서 그런 모양이죠."
"다행이군. 이따 저녁에 시간 좀 낼 수 있나?"
"없으면 만들어야죠. 선배님의 부름인데."
"고맙군. 그럼 저녁에 보세."
전화를 끊고 나자 야릇한 흥분과 긴장이 밀려오며 왠지 좋은 일이 일어날 것 같은 막연한 생각이 들었다. 그는 시간이 되기를 기다려 약속 장소로 향했다. 우 장관은 먼저 와 혼자 잔을 기울이고 있었다. 방안의 분위기가 좀 무겁게 느껴졌다. 신 청장이 들어서자 그가 손을 내밀며 악수를 청했다.
"오래간만일세."
"그간 잘 지내셨습니까? 연락도 못 드려 죄송합니다. 그런데 혼자 무슨 맛입니까? 아가씨라도 부르시지."
신 청장도 그의 손을 잡으며 말했다.
"가끔은 혼자가 좋을 때도 있지. 자, 한 잔 받게."
그가 자리에 앉기가 무섭게 잔을 내밀었다. 신 청장은 잔을 받아 단숨에 들이켰다. 공복이어서인지 싸늘한 액체가 목젖을 타고 넘어가는 느낌이 신선했다. 술이 몇 잔 돌고 분위기가 익어갈 무렵 그가 지나가는 듯한 말투로 입을 열었다.
"엊그제는 고생 좀 했지?"
그 말에 신 청장은 며칠 전 국정감사를 떠올렸다.
"애 좀 먹었죠. 새파랗게 젊은 놈이 국회의원이랍시고 어린아이 혼내듯 소리치는 통에 배알이 꼴려 죽을 뻔 했습니다. 간신히 참긴 했지만 옷을 벗을 각오를 하고 맞서고 싶은 마음이 굴뚝같았습니다."
"허어, 그 자리가 어떤 자린데 그런 말을 하나."
"오르기 어려운 자리긴 하지만 어차피 언젠가는 물러날 자리 아닙니까? 그것도 윗사람의 비위를 건드리지 말아야 가능하지요."

"임기가 얼마나 남았지?"
"일 년 조금 더 남았습니다."
"그럼 이쯤에서 물러나 다음 행보를 준비하면 어떻겠나?"
"다음 행보라니요?"
"알면서 왜 묻나? 일전에 그 자가 한 말이 있을 텐데."
순간 심판자가 총선에 출마하라는 말이 떠올랐다.
"알고는 있지만 그게 말처럼 쉬운 일이 아니잖습니까? 경찰청장이라는 이력만 있지 기반이 있어야지요."
"그런 건 생각하지 말고 자네 생각만 말해 보게."
"생각이야 굴뚝같죠."
"솔직해서 좋군. 그럼 나도 단도직입적으로 말하겠네. 기반이니 뭐니 하는 걱정은 하지 말고 무조건 출마하게."
"참, 선배님도. 출마하는 건 어려울 게 하나도 없지요. 그러나 과연 당선 될 수 있을까요? 아무래도 무리예요. 낙선할 걸 뻔히 알면서 출마하는 바보가 어디 있습니까?"
"그런 것은 걱정하지 말라고 들었을 텐데?"
"그 자도 그런 말을 했지만 전 믿을 수가 없습니다."
"무조건 믿게."
우 장관이 단정하듯 잘라 말했다.
"선배님이 그와 연관이 있다는 것은 이미 말씀하셨지만 그 정도로 믿고 있는 줄은 몰랐습니다. 그럼 저도 믿을 수 있게 자세한 내막을 알려 주시면 고맙겠습니다."
"꼭 그래야만 믿겠는가?"
"꼭 그런 건 아니지만 믿음이 가지 않아서 드리는 말씀입니다. 그 사람이 아무리 능력이 있다 해도 한두 사람도 아닌 수많은 유권자를 움직일 수는 없지 않습니까?"

"자네의 믿음을 얻기 위해선 어쩔 수 없이 말해 줘야겠군. 사실 나도 그의 사람이 됐다는 게 믿어지지가 않네. 전혀 생각하지도 않은 일이었거든. 그런데 그 역할을 맡게 된 이유는 어떤 한 사람 때문이었지. 내가 가장 존경하고 있는 분이야. 어느 날 그가 날 찾아와 자기를 도와달라고 하더군. 난 두말 않고 그를 따르기로 했네. 존경하는 사람이라는 사실은 제쳐두고라도 덕망과 경험이 많은 그가 나서야만 나라가 살 것 같았거든. 그런데 알고 보니 그는 이미 심판자의 도움을 받고 있더군. 그와 심판자가 어떤 관계로 어떻게 만났는지 알 수는 없지만 사회를 바로잡고 나라를 부강하게 만들고 싶다는 것만은 그분과 뜻이 맞은 것 같네. 내가 할 수 있는 말은 이것뿐이네."

말을 마친 그가 다시 목이 타는지 잔을 들이켰다. 그는 우 장관의 말을 들으며 오싹한, 뭔지 알 수 없는 거대한 힘이 자신을 목 졸라 오는 느낌이었다.

"그분이 누굽니까?"

그는 궁금증을 참지 못하고 다시 입을 열었다.

"곧 알게 될 걸세. 얼굴을 내밀 날이 멀지 않았으니까."

"지금 알면 안 됩니까?"

"아직은 아니야. 자네에게 득이 될 것도 없고 자칫 괜한 풍파를 일으킬 수도 있으니까. 모르는 게 약이라는 말도 있잖나?"

"그럼, 성함만이라도 알고 싶습니다."

"참으라고 했지 않나. 알고 나면 제약이 심할 거야."

"그래도 알고 싶은데요."

"고집 부리지 말라니까 자꾸 그러네. 자네가 정 그렇게 나간다면 안타깝지만 이 일에서 자넬 제외시킬 수밖에 없네."

그의 표정은 단호했다. 그의 표정을 보자 갑자기 몸이 움츠려들었다. 더 이상 파고든다는 것은 자살행위나 마찬가지였다. 무엇보다도 자신이 그 커다란 힘에서 제외되는 것이 두려웠다. 그는 미소를 지으며 얼른 말을 돌렸다.
"아, 죄송합니다. 그럼 궁금증은 일단 접어두죠. 그런데 선배님이 거기서 하시는 역할은 무엇입니까?"
"역할이라, 글쎄. 핵심이라고 봐도 좋을 거야."
"규모는 어느 정도입니까?"
"그건 말해줄 수 없네. 하지만 목적은 뚜렷하지. 정권을 창출해서 세상을 살기 좋은 사회로 만드는 것. 됐나?"
말을 마친 그가 미소를 지었다. 그러나 입은 굳게 닫혀 있었다. 그의 말을 들으며 신 청장은 이제 결심을 굳힐 때가 된 것을 깨달았다. 그러나 그 전에 한 가지 확인을 하고 싶었다.
"좋습니다. 거기에 대해선 더 여쭙지 않겠습니다. 그렇지만 이번 질문은 꼭 대답해 주셔야 합니다. 제 인생이 걸린 문제니까요. 제가 출마하면 당선 가능성은 얼마나 됩니까?"
가장 절실하고 궁금한 문제였다.
"자꾸 같은 말을 되풀이하게 만드는군."
우 장관의 얼굴에 약간 짜증스러운 기운이 스쳐갔다. 자신에 대해 실망하고 있는 눈치가 역력했다. 신 청장은 그의 표정을 보며 다시 전율을 느꼈다. 여차하면 자신 같은 것은 언제든 내칠 수도 있다는 표정이었다. 그가 속해 있는 조직이 무엇인지 점점 더 궁금해졌고 또 그런 거대한 조직이 어떻게 철저한 베일 속에 가려져 있을 수 있는지도 미스터리였다. 그러나 분명한 것은 자신도 그 거대한 수레바퀴의 톱니바퀴가 되어가고 있다는 사실이었다.
"그와 자주 연락을 하십니까?"
그는 분위기를 바꾸려 얼른 화제를 돌렸다.
"아니, 난 기다리고 있을 뿐이야."
"선배님도 출마하십니까?"

“그럴 작정이네.”

”그럼 저도 긍정적으로 심각하게 생각해 보겠습니다.”

“가능한 빨리 대답해 주게.”

그와 헤어져 집으로 돌아온 신 청장은 밤새 잠을 이룰 수가 없었다. 사회 혼란만 일으키는 사람으로만 여겼던 심판자라는 인물이 단순한 인물이 아닌 무엇인가를 크게 계획하고 있는 신비한 사람으로 비쳐졌고 이어 우 장관이 존경하고 있다는 인물에 대해서도 호기심이 부쩍 일었다. 그들은 지금 정권 획득을 위해 뭔지 모를 혁명을 꿈꾸고 있는 것 같았다.

그게 무엇일까?

지금의 국민 수준으로 보아 분명 군사혁명은 아니었다. 그런 생각이 들자 그 실체는 점점 더 안개 속으로 사라져 갔고 이어 이런 도깨비 같은 조직에 참여해야 하나 하는 회의가 밀려왔다. 잘되면 모든 것을 얻을 수 있지만 안 되면 모든 걸 다 잃는 카드 판의 올인 작전과 같은 느낌이 들었다. 뜬눈으로 밤을 지새우며 생각에 잠기던 그는 동이 터 올 무렵에야 결심을 굳혔다.

그래, 한 번 해보는 거야. 지금까지 살아온 것만 해도 태어난 값은 했어. 나머지는 여분이라 생각하고 뛰어들어 보는 거야.

그는 주먹을 불끈 쥐었다. 밤새 고민을 하며 얻은 결론이어서인지 힘이 새롭게 솟아나는 느낌이었다. 그러나 다음 순간 고개를 저었다. 도저히 승산이 없는 게임이었다. 애써 내린 결론이 다시 제자리를 맴도는 것에 은근히 짜증이 나기도 했다. 심판자의 능력을 생각하면 가능할 것 같다가도 아무리 심판자라 할지라도 수많은 일반 대중을 움직일 수는 없을 것 같았다. 그 생각은 출근을 해서도 마찬가지였다. 하루 종일 같은 생각으로 씨름을 하고 집으로 돌아온 신 청장은 가족들을 불러 놓고 가족회의를 열었다. 아무래도 가족들의 의견을 듣고 결정을 내리는 것이 좋을 것 같았다.

“오늘 이렇게 모이라고 한 건 내 거취 때문이야. 나 혼자 많이 고민한 일인데 너희 생각이 어떤지 알고 싶다."

그는 둘러앉은 가족들을 바라보며 심각하게 말했다.

"무슨 일인데 그러세요?"

대학에 다니는 딸이 눈치를 살피며 물었다.

"내년 국회의원 선거에 출마할까 생각 중인데 너희들 생각을 듣고 싶구나. 그러니 조금도 숨기거나 망설이지 말고 자신의 생각을 기탄없이 말해주길 바란다. 가족의 일이잖니?"

그가 말을 마치기가 무섭게 부인이 먼저 입을 열었다.

"지금 그 자리가 어때서요?"

"좋은 자리지. 그러나 이제 물러날 때가 됐잖아."

"그만큼 했으면 됐어요. 이제 우리 편하게 살아요."

"편하게 살다니, 언제는 고생했소?"

"그런 뜻이 아니라 당신이 출세를 위해 조바심할 때마다 내 가슴은 얼마나 탔는지 알아요? 당신만큼은 아니지만 나도 가슴을 많이 졸였어요. 그러니 더 이상 딴 짓을 벌이지 맙시다."

"나도 알아요. 그래서 선출직으로 나가겠다는 거요."

"거기는 속 편한 자립니까?"

"거긴 여기와는 아주 다르지. 물론 유권자를 의식해야 하는 구속이 따르긴 하지만 언제 날아갈지 몰라 전전긍긍하지 않아도 되는 자리라는 건 당신이 더 잘 알잖소?"

"그렇긴 하지만 선거가 그리 쉬운 일인가요? 다행히 당선이 된다면 참 좋지만 그런 보장이 없잖아요."

"물론 쉬운 일은 아니지만 도전해 볼 가치는 있지."

"정치판에 끼어들었다가 패가망신한 사람이 한두 사람인가요? 우리 그냥 이대로 물러나 조용히 살아요."

아내가 기를 쓰고 반대를 했다.

"당신은 왜 항상 부정적으로만 생각하는 거요?"

그가 약간 언성을 높이자 분위기가 이상하게 돌아갔다. 의견을 들으려는 가족회의가 출마를 통보하는 분위기로 바꾸어가는 느낌이었다. 자신의 의도와는 다르게 흘러가는 분위기를 보자 당혹스러웠다.

"어머니, 꼭 그렇게 생각할 것만은 아니에요. 아버지라면 한 번 도전해 볼만해요. 아버진 이름이 있으니까 웬만하면 당선될 거예요. 평생 윗사람 눈치를 보며 제대로 뜻을 펴지 못한 아버지께도 어떤 한이 있을 거예요."

큰아들이 분위기를 수습하며 그를 두둔하고 나섰다.

"아버지 뜻대로 하세요. 저희들도 열심히 뛸게요."

큰 아들에 이어 둘째와 막내 계집애도 그를 거들었다.

"고맙다. 그러나 아직 결정된 건 아니야."

"그럼 더 생각해 보시고 결정하세요. 어떡하든 당선이 첫째니까 그것부터 따져보시고요. 그런데 왜 갑자기 정치판에 뛰어드실 생각을 하셨어요? 무슨 일이라도 있었나요?"

막내가 예기치 못한 질문을 했다.

"무슨 일이 있었던 것도 아니고 또 갑자기도 아니야. 오래 전부터 생각해 왔던 것을 이제 말하는 것뿐이지. 공직 생활을 하면서도 언젠가는 꼭 한 번 해보고 싶었던 꿈이었어."

"하긴 아버지 능력을 생각하면 은퇴해서 집에만 계시기에는 너무 아까워요. 그런데 어느 지역에서 어느 당으로 출마하실 거예요? 당과 지역이 당선에 결정적 영향을 미치잖아요."

"생각 중이야."

"그럼 당도 지역도, 공천도 정해진 게 아니에요?"

"현재는 그래."

"그럼 무작정 출마하신다는 말씀인가요?"
"이 애비가 그렇게 무모해 보이니?"
"그건 아니지만 너무 막막하니까 여쭙는 거예요. 그러니까 아버지가 생각하고 계신 것을 말씀해 주세요. 그래야 저희도 판단을 내릴 수 있잖아요."
"좋아. 그럼 궁금한 것이 무엇인지 물어 보거라."
"음, 공천 가능성은 있어요?"
"충분히. 어느 당이냐가 문제지."
"그런 어디서 출마하실 작정이세요?"
"일단은 고향을 염두에 두고 있다."
"네, 고향에서요?"
아들과 딸의 입에서 동시에 놀라는 소리가 튀어나왔다.
"왜 그렇게 놀라니?"
"거긴 김진석 의원이 버티고 있잖아요. 벌써 몇 번을 해 먹은 사람인데. 다른 거물들이 그와 몇 번을 붙었지만 다 낙선했어요. 그 사람과 맞붙는다는 건 아무래도 무리예요."
"그러기에 거길 택한 거란다."
"무슨 말씀이세요?"
"그런 사람을 쓰러트려야 대번에 클 수 있지."
"그건 그렇지만 당선이 먼저예요. 아버지가 아무리 지명도가 높더라도 거긴 김 의원 텃밭이에요"
아들이 고개를 저으며 어렵다는 표정을 지었다.
"나도 안다. 그러나 정치는 움직이는 생명체와 같다. 충분히 승산이 있으니까 해보려는 거다."
"무슨 히든카드라도 있어요?"
"당연히 있지. 그런 것도 없이 나선다고 하겠니?"

"그게 뭔데요?"

"지금은 밝힐 수 없지만 차차 알게 될 거다."

"그렇다면 한 번 해 보세요."

"알았다. 모든 것은 아비한테 맡기고 너희들은 열심히 뛸 준비나 하고 있어라. 당신도 그렇게 알고 있고."

가족회의가 출마선언장이 된 것 같아 찜찜했지만 어쩔 수 없었다. 그는 자꾸만 불안해하는 부인의 등을 다독거리며 서재로 들어갔다.

잘 될 거야.

그는 미지의 심판자라는 인물이 자신을 돕고 있다는 생각을 하며 나약해지려는 자신을 꾸짖었다.

21

국회 법사위원회는 긴장감이 감돌았다. 정당법 개정을 앞두고 여야가 팽팽하게 맞선 가운데 법사위원장은 오늘 내로 처리를 해야 한다는 각오로 회의를 시작했다. 그러나 야당인 공민당의 반대가 너무 거셌다. 처음부터 시작된 기세 싸움은 육박전까지 갈 상황에까지 다다랐다. 그러나 위원장은 야당의 반대를 무릅쓰고 표결을 강행하려 했다. 그러자 지금까지 말로만 강력하게 반대를 하던 야당 의원 한 명이 몸을 일으켜 의사봉을 빼앗으려 했다. 그의 행동을 지켜보던 여당 의원들이 그를 제지하고 나섰고 그것은 서로 밀고 밀리는 싸움으로 비화되었다. 그러나 수적 열세인 야당은 여당에게 밀리기 시작했다. 그것을 바라보고 있던 야당의 강구민 의원은 주머니를 손에 넣은 채 입술을 지그시 깨물었다. 성민수 당 대표가 한 말이 떠올랐다.

'어떻게든 통과를 막으시오.'

그것은 절대적인 명령이었다. 자신을 정계로 이끌어준 사람이었기에 그의 말을 거역할 수 없었고 한편으론 그에게 잘 보일 수 절호의 기회이기도 했다. 입술을 깨물던 그는 벌떡 몸을 일으키며 버럭 소리를 질렀다. 그러자 밀고 밀리던 싸움이 잠시 중단되었다. 그는 기회를 놓치지 않고 전자충격기를 꺼내 스위치를 켜고 마이크에 갖다 댔다. 순간 치직하는 소리가 나며 불꽃이 튀었다. 그는 그것을 휘두르며 의원들 사이로 뛰어들었다. 의원들은 자신도 모르게 주춤거리며 몸을 뒤로 뺐다. 그는 그 틈을 이용해 재빨리 의사봉을 빼앗았다.

"정말 기발한 생각이오. 고생했소."

위원회가 파장이 되는 것을 보고 당사로 돌아온 강구민 의원은 성 대표의 칭찬을 들으며 흐뭇한 미소를 지었다. 그로서는 대만족이었고 차기에 그가 대통령이 된다면 앞날은 보장된 거나 다름없었다.

그러나 다음 날 여당은 야당을 배제한 채 법안을 통과시켜 본회의에 넘겼다. 야당은 결사반대를 외치며 장외투쟁을 전개해 나갔지만 별 효과가 없었다. 여야의 대치 속에 파행을 거듭하던 국회는 여당이 단독 처리 방침을 내세우며 더욱 급박하게 돌아가고 있었다.

"국회통과를 막을 방법이 없겠습니까?"

성민수 대표가 중진들을 둘러보며 말했다.

"수적으로 워낙 달리다보니 뾰족한 방법이 없습니다."

"강구민 의원 같은 사람이 없을까요?"

"그런 수법이 또 먹히겠습니까? 여론도 좋지 않은데."

"그래도 막아야 하지 않겠습니까? 이 법이 통과되면 우리의 다음 정권창출에 지장이 많습니다."

"정 그럴 생각이시라면 마땅한 사람이 있긴 합니다."

비서실장이 대표를 보며 말했다.

"누구요?"

"김석두 의원."

"아! 그 사람이라면 해낼 수 있겠군요."

성 대표가 미소를 지으며 말했다.

"그럼 제가 조치를 취하겠습니다."

"좋습니다. 그 사람에게 단단히 일러두시오. 수단과 방법을 가리지 말고 반드시 저지를 하라고. 보상도 언질을 주고.”
“물론입니다.”
대답을 하고 밖으로 나온 비서실장은 김석두 의원을 떠올리며 비릿한 미소를 지었다. 그가 처음 찾아왔던 때를 생각하면 조소 밖에 나오지 않았다. 그는 대단한 부자였지만 주변 사람들에게는 늘 무시를 당했다. 모두들 그 앞에서는 웃으며 떠받들었지만 돌아서면 흉을 보곤 했다. 그도 그것을 잘 알고 있었기에 어떡하든 한을 풀고 싶었던 모양이었다. 그랬기에 거액을 싸들고 성 대표를 찾았고 그것을 본 비서실장은 그를 당 대표에게 소개를 했다. 그것을 계기로 그가 지금의 자리까지 올 수 있었다. 그러나 그의 꿈은 거기가 끝이 아닌 모양이었다. 어떡하든 장관 자리 하나는 꿰차고 싶어 하는 눈치였다. 주제도 모르고 날뛰는 그가 우습게 보였지만 지금은 그를 이용해야 할 때였다. 그는 다시 조소를 지으며 그를 불러들였다.
“해낼 수 있습니까?”
비서실장은 자리에 앉는 김 의원을 바라보며 물었다.
“대표님을 위해서라면 어떡하든 꼭 해내겠습니다.”
자신 있는 대답이었다. 씨름선수 같은 큰 덩치에 맹목적으로 돌진하는 괴력을 가진 그를 바라보던 비서실장은 가만히 고개를 끄덕였다.
다음 날 개원한 국회는 예상했던 대로 힘겨루기가 시작되었다. 의장석을 점거한 여당과 그것을 탈환하려는 야당의 싸움은 전쟁의 육박전을 연상시켰다. 그러나 역시 여당이 우세였다. 야당의원들은 여당에 밀려 점차 의장석에서 쫓겨나기 시작했다. 김석두 의원은 회심의 미소를 지으며 의사당 쪽으로 최루탄을 던졌다. 퍽 하는 소리와 함께 매캐한 연기가 의사당 안을 덮었다. 한창 밀고 당기며 싸움을 하던 의원들이 눈물을 흘리며 물러나기 시작했다. 그 사이를 비집고 의장석을 점거한 김석두 의원은 어디서 났는지 긴 장검을 뽑아들고 의원들을 위협하기 시작했다. 눈물을 흘리며 수건으로 코를 막고 있던 의장은 얼른 정신을 수습하며 경호권을 발동하였고 곧바로 들이닥친 경위들은 총을 겨누며 김 의원을 압박해 들어갔다.

그날 저녁 여론은 야당과 국회를 싸잡아 비난하기 시작했다. 깡패 사회에서도 일어나기 어려운 일이 일어나는 국회를 바라보는 국민들의 시각도 매우 차가웠다. 그러나 여당과 야당은 서로 잘했다고 서로를 비방하기에 열을 올렸고 경찰은 그런 정치권의 눈치만 살피며 수수방관하고 있었다. 국민들이 정치권과 경찰을 딱한 눈으로 바라보고 있을 때 '정의사랑' 카페에 짤막한 경고가 떠올랐다.

전자충격기와 최루탄, 장검을 휘두른 두 의원은 3일 내로 의원직을 사퇴하고 국민 앞에 정중하게 사죄할 것. 불응할 시에는 10일 안에 혹독한 응징을 받게 될 것임.

심판자라는 자의 명의로 된 경고를 본 국민들은 두 의원의 거취를 호기심 어린 눈으로 지켜보고 있었고 항상 그랬듯 술좌석에서는 그 사건이 안주거리로 올라오곤 했다.

경찰은 즉각 두 의원에 대한 경호에 들어갔다. 두 의원이 요청했다는 소문도 있고 정치권의 압력 때문이라는 소문도 돌았지만 두 의원이 경호를 거절하지 않은 것만은 분명했다. 그들은 가급적 외출을 자제했다. 하늘 무서운 줄 모르고 날뛰던 때와는 전혀 달랐다. 법을 무시하는, 아니 법 자체를 부인하는 심판자에 대한 두려움 때문인지도 몰랐다.

김석두 의원은 거실을 통해 밖을 내다봤다. 어둠 속에 대낮처럼 환하게 밝혀진 불빛 아래로 총을 든 경찰들이 담 밖을 철통같이 지키고 있었다. 그것을 보자 조금 안심이 됐다. 아무리 심판자라 할지라도 저런 경비를 뚫고 들어올 수는 없었다. 그러나 왠지 불안했다. 지금까지 보아온 바에 의하면 그자의 능력에는 한계가 없었다. 자신이 한 행동이 후회되기도 했다. 정말 애국심에서 우러나온 것이라면 후회할 것도 없겠지만 어디까지나 당에 잘 보이기 위한 행동에 불과했기 때문이었다.

설마 무슨 일이야 일어나겠어? 저렇게 경찰들이 지키고 있는데. 열흘만 버티면 돼. 약속을 지키는 놈이니까.

스스로를 위로했지만 맘은 편치 않았다. 그는 자꾸만 불안해지는 마음을 추스르며 집안을 둘러보았다. 문이란 문은 굳게 잠가 놓았고 경보기도 다시 시험을 했다. 모두가 정상이었다. 심판자가 아니라 그보다 더한 놈이라도 침입할 수 없는 철옹성 같았다. 그는 안심을 하며 잠자리에 누웠다. 그리고 깜박 잠이 들었을까, 무엇에 쫓기는 악몽을 꾸던 그는 깜짝 놀라며 벌떡 몸을 일으켰다. 그리고는 무의식적으로 주위를 둘러보았다. 아무 이상이 없었다. 안도의 한숨을 내쉬던 그는 이마에 뭔가가 매달려 있는 것 같은 느낌을 받았다. 자신도 모르게 손이 갔다. 손가락 끝으로 작은 물방울이 묻어 나왔다. 땀인가, 그러나 분명 땀은 아니었다. 의아함을 느끼며 주위를 살피던 그는 숨이 멎는 듯한 충격을 받았다. 벽에 걸려 있는 자신의 커다란 사진에 국회에서 휘둘렀던 그 검이 깊숙이 꽂혀 있는 것을 발견했기 때문이었다.

이 검이 네 심장에 박히기를 원하진 않겠지?

꽂혀 있는 검도 검이지만 그 아래로 금방이라도 흘러내릴 것 같은 핏빛 글씨는 그를 더욱 큰 공포 속으로 몰아넣었다. 온몸이 부들부들 떨렸다. 금방이라도 그가 나타나 자신의 심장을 후벼 팔 것만 같았다. 다시 주위를 둘러봤다. 그러나 사방은 깊은 정적에 싸여 있었다. 정신을 추스르며 조심스럽게 밖을 살폈다. 경찰들은 여전히 집을 에워싸고 있었다. 안에서 벌어진 일은 전혀 눈치를 못 챈 듯 태연한 표정들이었고 심지에는 시시덕거리며 잡담까지 하고 있었다.

저러고도 경찰이라고 할 수 있나?

경비를 서는 건지 놀고 있는 건지 모를 한심한 행동들을 보자 울컥 화가 치밀었다. 즉시 책임자를 불러 문책을 하고 싶었다. 그러나 그들도 모르게 방안으로 침입해 들어온 심판자라는 놈의 신출귀몰한 능력을 생각하자 그런 생각은 저 멀리 달아나 버리고 말았다. 경찰들은 지금까지도 안에서 무슨 일이 일어났는지 낌새조차 못 채고 있는 듯했다. 경찰도 믿을 수 없다는 생각이 들자 두려움은 점점 커져갔다.

그의 말에 따라야 하나.

침대 가장자리에 걸터앉아 생각에 잠기던 그의 뇌리로 문득 강구민 의원이 떠올랐다. 그도 무사하지는 못할 것 같았다. 확인을 위해 급히 전화를 걸려던 그는 손을 멈칫했다. 늦은 시간이기도 했지만 허둥대는 모습을 보이고 싶지 않았다.

그래, 내일 아침에 해도 늦지 않겠지.

조급해지는 마음을 달래며 다시 침대에 누웠다. 그러나 도통 잠을 이룰 수가 없었다. 온갖 생각들이 머릿속을 휘젓고 다녔다. 한 가지 생각에 이어 다른 생각이 뒤따랐고 그 생각은 다시 꼬리에 꼬리를 물며 그를 괴롭혔다. 생각 같아서는 당장 사퇴를 하고 싶었지만 그렇게 되면 그것으로 자신의 정치생명이 끝난다는 사실이 그를 망설이게 만들었다.

그럴 순 없어.

두려웠지만 주먹을 꽉 움켜쥐었다. 문득 성재구 판사의 일이 떠올랐다. 그도 퇴진을 하지 않으면 응분의 대가를 치를 것이라고 경고를 받았지만 끝까지 버텼고 별 탈이 없었다. 부인과 이혼을 한 것 외에는.

그래, 버텨보는 거야. 어떻게 올라온 자린데.

그는 다시 한 번 결의를 다지며 잠을 청했다. 그러나 찜찜한 무엇이 무겁게 머리를 눌러왔고 때로는 검이 자신의 심장에 꽂히는 상상에 도저히 잠을 이룰 수가 없었다. 몸을 뒤척이며 악몽에 시달리던 그가 눈을 떴을 땐 동이 훤하게 밝아오고 있었다. 머리가 너무 무거웠다. 가볍게 몸을 풀며 습관적으로 TV를 켰다.

그러자 기다렸다는 듯 강구민 의원의 입원 소식이 들려왔다.

그렇게 건강한 사람이 입원이라니?

분명 무슨 이유가 있고 그 이유도 짐작이 갔다. 그는 뉴스에 귀를 기울이며 그에게 전화를 걸었다.

"김석두 의원입니다."

"아, 네. 그렇지 않아도 전화를 하려던 참이었습니다."

전혀 환자 같은 목소리가 아니었다. 도피를 위한 입원이라는 생각이 들자 갑자기 쥐새끼가 떠올랐다. 그러나 아무런 내색도 하지 않고 천천히 입을 열었다.

"도대체 어떻게 된 일입니까?"

"전화로 말할 순 없고 미안하지만 이리로 와 주시겠습니까?"

"무슨 일인데 그래요?"

"상의드릴 게 있습니다."

"알겠습니다. 곧 가죠."

전화를 끊은 그는 그도 자신처럼 당했다는 직감이 들었다. 빨리 만나 자세한 내용을 듣고 싶었다. 그러나 서두르지는 않았다. 이럴 때일수록 침착해야 한다는 생각을 하며 억지로 여유를 부렸다. 세수를 하고 천천히 식사를 마친 그는 느긋하게 밖으로 나섰다. 그러나 행동과는 달리 마음은 조급하기만 했다. 자칫 기자들이 눈치라도 채면 큰 낭패였다. 주위를 살피며 잽싸게 차에 오른 그는 급히 병원으로 차를 몰았다. 그리고는 사방을 둘러보며 조심스럽게 병실 안으로 들어섰다. 누워 있던 강 의원이 몸을 일으켰다. 겉으로 봐선 아무 이상도 없어 보였다. 아무래도 꾀병 같아 보였다.

"많이 편찮으십니까?"

"좀 좋지 않습니다."

예상과는 달리 그가 몸을 움츠렸다.

"무슨 일이 있었나요?"

그는 강 의원의 손을 잡으며 조심스럽게 물었다.
"김 의원은 아무 일도 없었습니까?"
그가 대답 대신 되물었다.
이런 여우같은 놈. 물음에 답하기만 하면 될 것을.
그의 되물음에 속으로 투덜대던 그는 이내 마음을 정했다. 사실대로 말하고 대책을 의논하기로.
"된통 당했습니다."
"어떻게 당했는데요?"
김 의원은 어제 있었던 일을 사실대로 털어놓았다.
"그랬군요. 김 의원은 칼이지만 난 전자충격기로 당했습니다. 충격기로 내 몸을 지지다시피 했어요."
"놈을 봤습니까?"
"아니 내가 깨어났을 땐 이미 제압을 당한 상태였습니다. 눈을 가려 볼 수는 없었지만 일부러 나를 깨운 것 같았습니다. 내가 깬 것을 알자 그가 전자충격기로 온몸을 지져대기 시작했습니다. 약하게 때론 강하게. 전자충격기가 몸에 닿을 때마다 발버둥을 치며 비명을 질렀지만 막힌 입에서는 아무 소리도 나오지 않았어요. 한참이나 나를 괴롭히던 놈이 이상한 소리를 내며 갑자기 충격의 강도를 높였습니다. 그 뒤로 정신을 잃었고 깨어보니 병원이었습니다."
그가 생각만 해도 끔찍하다는 듯 몸서리를 쳤다.
"빌어먹을 놈 같으니!"
김 의원도 엊저녁 일을 떠올리며 치를 떨었다.
"그래, 어떻게 하실 작정입니까?"
강 의원이 평정을 찾으며 물었다.
"김 의원님은요?"
이놈은 왜 이렇게 되묻기를 좋아하는 거야. 내심 화가 치밀었지만 지금은 그런 일로 화를 낼 때가 아니었다.
"밤새 고민을 했지만 뾰족한 방법이 없더군요. 물러나거나 버티는 것밖에 없는데 좀체 결정을 내리기 어렵습니다."
"그렇다고 언제까지 버티고 있을 수는 없잖습니까?"
"그렇긴 하지요. 좀 더 생각해 봐야겠지만 지금 같아서는 끝까지 버틸 작정입니다. 10일만 버티면 되는 것 아닙니까?"
"네?"
강 의원이 의외라는 듯 눈을 크게 뜨고 그를 바라봤다.
"왜 그렇게 놀라십니까?"
"음. 나와는 생각이 달라서. 난 물러나기로 했어요. 의원직도 좋고 명예나 권력도 좋지만 목숨만 하겠습니까? 지금 내 몸을 보면 그 충격의 자국이 그대로 남아 있어요. 생각만 해도 끔찍합니다."
"그럼 각자 행동할 수밖에 없군요. 빨리 쾌차하세요."
김 의원은 그를 비웃으며 병실을 나섰다.
다음 날 강 의원의 사퇴 기자회견이 있었다. 그는 굳은 표정으로 미리 준비한 사퇴 성명서를 낭독했다. 신성한 국회에서 해서는 안 될 일을 한 것에 대해 깊이 반성하며 의원직을 사퇴한다는 뻔한 내용이었다. 그의 사퇴 성명이 끝나기가 무섭게 기자 하나가 짓궂은 질문을 했다.
"정말로 잘못을 인정하고 사죄하는 겁니까, 아니면 심판자라는 자가 무서워 사직하는 겁니까?"
그 질문이 떨어지자 여기저기서 야유 같은 웃음소리가 터져 나왔다. 그러나 그는 잠시 기자를 노려봤을 뿐 급히 몸을 돌려 회견장을 빠져나갔다.
그 시각 다른 장소에서는 김 의원이 기자회견을 하고 있었다. 당당한 모습으로 기자들 앞에서 선 그는 큰 목소리로 성명서를 읽어 내려갔다.
"제가 한 행동은 방법 면에서만 본다면 분명 잘못한 것이지만 국가의 장래를 생각하면 결코 잘못된 것이라고 생각하지 않습니다. 수적 열세를 극복하기 위해 취한 부득이한 행동이었습니다. 양심과 소신에 따라 한 행동이기에 어떤 압력에도 굴복하지 않고 떳떳하게 나가겠습니다."

대단한 애국자요, 투사 같은 모습을 본 국민들은 뻔뻔하다고도 했고 한편으론 그래도 당당하다고도 했다. 한편 그의 성명 발표와 함께 그에 대한 경호는 더욱 강화되었다. 어떻게든 그자가 제시한 시한까지 김 의원을 보호하려는 공권력과 심판자와의 시간 싸움은 그렇게 시작되었다.

22

"이번에는 실패하지 않도록 계획을 철저히 수립해서 보호하시오."

신 청장은 최 반장을 직접 불러 특별 지시를 내렸다. 국회의원을 보호하려는 생각에서가 아니라 심판자라는 자의 능력을 다시 시험해보고 싶어서였다. 그가 성공하면 자신의 출마에 도움이 될 수 있을 것이고 만약 실패한다면 출마를 다시 고려해봐야겠다는 얄팍한 계산도 깔려 있었다.

최민태 반장은 경호팀을 총지휘하라는 청장의 특별명령을 받고 얼굴을 잔뜩 찌푸렸다. 애초부터 승산 없는 싸움이었기에 뛰어들기가 꺼림칙했는데 거기에 더해 심판자를 가장 잘 알고 있다는 이유로 그런 책임을 맡게 되었다는 사실이 더 신경에 거슬렸다. 사실 그나 다른 사람이나 심판자에 대해 아는 것은 별 차이가 없었다. 그런데도 사람들은 그가 심판자와 특별한 관계가 있다고 믿고 있는 것 같았다. 못마땅하고 부담스러웠지만 이미 주어진 일이었다. 최 반장은 쓴 입맛을 다시며 김 의원의 집 주변을 둘러보았다. 결코 경호하기가 쉽지 않은 구조였다. 확 트인 공간에 사방으로 아파트와 대형 빌딩이 들어서 있었다. 지난 번같이 아파트나 빌딩의 옥상에서 저격을 한다면 막을 도리가 없어 보였다.

좋은 방법이 없을까.

머리를 쥐어짰지만 뾰족한 방법이 없었다. 그는 지금까지 살해당한 사람들을 떠올렸다. 유달수는 너무 나대서 죽었고 이만구 장관이나 강찬호 회장은 폐쇄된 공간에서 아무도 모르게 살해당했다. 그렇다면 폐쇄된 공간에 모습을 드러내지 않고 숨어 있으면 열흘 정도는 버틸 수 있을 것 같았다. 그는 즉시 청장에게 도움을 청했다.

"아, 아주 좋은 생각이오. 그럼 안가를 이용하시오."

청장이 흡족한 태도로 그를 칭찬했다. 그러나 그는 하나도 기쁘지 않았다. 모든 일이 심드렁하게 여겨졌다. 이번에도 실패할 것이라는 패배감이 가슴을 짓눌렀다. 그러나 청장이 마련해 준 안가를 보자 승부를 걸어보고 싶은 의욕이 생겼다. 안가는 호수 가운데 있었고 배를 이용하지 않고는 누구도 접근할 수 없을 만큼 폐쇄적이었다. 자신도 몰랐던 그런 곳이 있다는 사실이 놀라울 따름이었다.

좋아, 다시 해보는 거야!

모든 준비를 마친 최 반장은 김 의원이 집안에 있는 것처럼 경호원들을 배치하고 아무도 몰래 김 의원을 안가로 피신시켰다. 그러나 그것만으로는 안심이 되지 않았다. 그는 잘 훈련된 개들과 보이지 않는 저격수들을 호수 주변에 배치시켰다. 이제 열흘이라는 시간만 버티면 끝이었다. 기한이 정해져 있다는 것은 최 반장에게는 행운이었고 심판자에게는 불운이었다. 처음부터 끝까지 완벽하게 계획을 진행시킨 최 반장은 안가를 둘러보며 만족한 미소를 지었다.

심판자, 이놈! 이번에는 네가 당해 봐라.

처음 팀을 맡았을 때의 찜찜한 기분과는 달리 괜히 흥분이 됐다. 생각할수록 통쾌한 기분이 들었다.

하루하루 시간이 흘러가고 있었다. 방안에만 처박혀 있던 김 의원은 처음과는 달리 가끔 밖으로 나와 산책을 하기도 했다. 제법 여유로워 보이는 행동이었다. 그것을 바라보는 최 반장은 보호할 가치조차 없는 자를 보호해야 하는 국가적 낭비에 차라리 그가 당했으면 좋겠다는 마음까지 일었다.

이건 이 자를 보호하는 것이 아니라 나와 그 놈과의 승부야. 이번에는 꼭 꺾고 말겠어. 그는 김 의원을 보호해야 한다는 사명감보다 심판자라는 놈과의 대결이라 생각하며 전의를 불태웠다.

하루, 또 하루.

보이지 않는 싸움 속에 드디어 마지막 날이 다가왔다. 해는 이미 서산으로 넘어갔고 주위는 점점 짙은 어둠속으로 빠져들고 있었다.

됐어. 이제 조금만 더 버티면 이길 수 있어.

그는 속으로 쾌재를 부르면서도 밀려오는 초조감만은 감출 수가 없었다. 워낙 기발한 행동을 하는 놈이기에 무슨 일을 벌일지 상상조차 힘들었다.

어느덧 자정이 가까워지고 있었다. 그는 시계를 바라보며 시간이 빨리 지나가기만을 기다렸다. 이제 30분 정도만 지나면 게임은 끝이었다. 미소가 절로 나왔다. 그때 주머니 속의 전화기가 부르르 떨렸다. 화면에는 발신번호가 없었지만 왠지 그 자일 것이라는 예감이 들었다. 최 반장은 자신만만하게 전화를 받았다. 예상대로 예의 그 쉰 목소리가 들려왔다.

"이번엔 나도 애 좀 먹었소. 그런 방법을 생각해 내다니 당신도 제법 훌륭하오. 박수를 보내는 바이오."

"고맙소. 그럼 포기하는 거요?"

"내 사전에 포기란 없소. 당신의 방법은 훌륭했지만 그것이 오히려 나를 도와준 꼴이 됐으니 어찌하면 좋겠소?"

완전히 조롱하는 말투였다.

"그게 무슨 말이오?"

"이해하기 어려우면 안가를 보시오."

그 소리에 최 반장은 자신도 모르게 눈을 돌렸다. 어둠 속에 흐릿하게 비치는 안가는 아무런 이상도 없어 보였다.

"보고 있소. 아주 맑고 깨끗한 호수가 수영을 하기에는 안성맞춤인 것 같소."

최 반장은 조롱하는 말투로 그의 비위를 건드렸다. 기분이 좋았다. 지금까지 당한 것에 비하면 조족지혈이었지만 그래도 가슴이 시원해지는 느낌이었다.

"수영이라. 그것도 재미있지만 시간이 없는 게 좀 아쉽구려."

최 반장의 조롱에도 그자는 아무런 동요도 보이지 않았다.

"그럼 이제 포기하시오. 내 소원이 뭔지 아시오? 당신을 한 번 이겨 봤으면 하는 것이오. 난 지금 매우 기쁩니다. 모처럼 당신을 이길 수 있을 것 같소."

"흐흐. 나도 당신의 소원을 이뤄줄 수 있으면 좋겠지만 아직은 아닌 것 같소. 아직도 당신이 이겼다고 생각하시오?"

"그럼 아니란 말이오? 당신이 아무리 날고뛴다 해도 시간이 없을 텐데. 이런 날이 오리라고 나도 생각하지 못했소. 하하하."

"마음껏 웃어 보시구려. 바로 그 웃음이 감탄으로 바뀔 테니까."

"큰소리는 여전하시군."

"당신과 이렇게 오래 통화를 하긴 처음이지만 꽤나 재미난 사람 같소. 만날 수 있으면 술이라도 한 잔 하고 싶지만 그럴 수 없는 처지가 안타깝구려. 자, 이제 재미난 구경이나 하시오."

전화가 끊겼다. 그는 어둠 속에 비쳐드는 호수를 바라보며 코웃음을 쳤다. 누가 뭐래도 이번에는 자신의 승리였다. 그는 승리의 미소를 지으며 담배를 꺼내 물었다. 그때였다. 건너편 산 중턱에서 불꽃 하나가 맹렬한 기세로 안가를 향해 날아가는 것이 보였다.

맙소사, 박격포!

그가 미처 놀라기도 전에 안가는 요란한 폭음소리와 함께 화염에 휩싸였다. 그 폭음 속으로 심판자의 통쾌한 웃음소리가 드려오는 듯했다.

23

대통령 선거가 다가오고 있었다. 각 당은 대선 태세에 돌입했고 그것을 시작으로 온 나라는 선거열풍 속으로 빠져들었다.

제일 먼저 대통령 선거의 포문을 열고 후보를 선출한 곳은 여당인 민국당이었다. 민국당은 지역 경선을 통한 민주적 후보를 뽑는다는 명분 아래 전국 투어를 시작했다. 이에 질세라 야당인 공민당도 맞불을 놓으며 대통령 후보 경선을 시작했다. 그러나 국민들의 시선은 무덤덤하기만 했다. 그것은 정치에 대한 혐오도 있었지만 여야를 막론하고 후보가 이미 정해져 있는 것이나 마찬가지였기 때문이었다. 경선은 그야말로 구색 갖추기나 마찬가지였다. 여야 모두가 현 당 대표와 경쟁할 사람이 없었다. 특히 사당화 되다시피 한 야당인 공민당의 경우는 더욱 그랬다. 야당의 대표인 성민수는 누구도 넘보지 못한 막강한 힘을 가지고 있었다. 그의 눈 밖에 나면 국회의원 공천조차 따낼 수 없었다. 상황은 여당도 비슷했다. 그렇기에 모두들 경선에 나오기를 꺼려했다. 괜히 들러리만 서는 꼴이 될 것이 분명했다. 그런데도 경선이 치러진 것은 국민들의 관심을 끌고 민주화라 명분을 내세우기 위해 억지로 꼭두각시 같은 들러리를 내세웠기 때문이었다. 예상대로 여당은 정태국 현 대표가 후보로 결정되었고 야당인 공민당도 현 대표인 성민수가 선출됐다. 모두가 예상했던 일이기에 특별한 이슈는 없었다.

후보 선출이 끝나자 두 당은 대통령 자리를 놓고 사활을 건 공방전을 펼쳤다. 정책보다는 서로를 헐뜯고 흠집 내며 한 치도 지지 않으려는 기세 싸움을 벌였다.

"둘이 붙으면 누가 이길까?"

오랜만에 조민국과 만나 술을 마시던 최민태 반장이 지나가는 말로 물었다. 그의 곁에는 민국의 연인 김현지 기자가 찰떡처럼 붙어 앉아 두 사람의 대화를 엿듣고 있었다. 가끔 민국의 얼굴을 바라보며 행복한 미소를 짓고 있는 그녀는 여느 때와는 달리 정치에 대해 아무런 관심도 없는 듯 보였다.

사랑에 빠지면 그렇게 되는 거지.

최 반장은 젊었을 때를 떠올리며 부러운 눈길을 보냈다. 하지만 관심은 민국에게 쏠려있었다.

"그걸 누가 알겠어요?"

"정보 전문가가 그것 하나도 예측 못 해?"

"예측이야 할 수 있지만 워낙 변수가 많아서. 요샌 바람이 한 번 불면 아무리 잘 나가던 사람도 한방에 나가떨어지는 세상이잖아요. 그 바람을 잡는 자가 이기는 거지요."

"하긴 그래. 그러니까 그 바람을 예측해보라는 거야."

"제가 신이에요? 선배님 생각은 어떠세요?"

"글쎄, 지금으로 봐서는 성 대표가 이기지 않을까?"

"그렇지요. 아직까진 성 대표가 유리한 건 사실이지요. 그러나 신당이 창당된다는 소문도 들리고……."

"신당이야 선거철만 되면 으레 나타나는 현상 아닌가?"

"그렇긴 하지만 이번에는 좀 달라 보여요."

"다르다니, 뭐가?"

"강치성 박사가 나온다는 말이 있어요."

"뭐, 강치성 박사?"

최 반장은 멈칫하며 민국을 뚫어지게 바라보았다. 그도 그럴 것이 강치성 박사는 인도의 간디나 태국의 국왕과 같이 온 국민의 추앙을 받는 국가의 정신적인 지주였다. 민족주의자이면서 국가가 어려울 때나 국론 분열이 일어날 때는 항상 중재에 나섰고 사람들은 그 중재에 따르곤 했다. 하지만 그는 사상가였지 정치가는 아니었다. 그런 그가 정치에 참여한다는 것은 생각하지도 못한 일이었다.

"정말이야?"

그가 들었던 잔을 마시며 호기심 어린 눈빛을 보였다.

"확실하진 않아요. 거기에 심판자라는 인물이 발기인으로 참여한다는 얘기도 있어요. 정말 놀랄 일이죠."

"뭐라고? 정말 놀랄 만한 얘기만 하는군. 사실이야?"

그가 앞으로 바싹 다가앉으며 물었다. 그로서는 당연한 반응인지도 몰랐다. 심판자라는 소리만 들어도 노이로제에 걸릴 만큼 예민해 있던 그였기에 민국의 말은 모두 쇼크에 가까웠다.

"왜 그렇게 놀라세요?"

"자네 그 말 어디서 들었나?"

"그런 곳에 있다 보면 자신도 모르게 알게 될 때가 있어요. 그렇지만 어디까지나 소문일 뿐 확인 된 건 없어요."

"아니 땐 굴뚝에 연기 날까마는 헛소문일 때도 있지. 그렇지만 난 그가 발기인으로 참여했으면 좋겠네."

"하하, 특별한 이유라도 있어요?"

"그가 참여만 한다면 쉽게 잡을 수 있지 않을까?"

"하하하. 선배님도 이럴 땐 어린애 같아요. 너무 순진해 보여 웃음이 나와요. 그가 그렇게 어리석은 짓을 할 것 같아요?"

"그런가?"

최 반장은 머리를 긁적이며 겸연쩍게 웃었다.

그들이 얘기를 나눈 지 얼마 되지 않아 정말 강치성 박사의 신당 창당이 현실로 나타났다. 여태까지 무관심하던 국민들의 시선이 갑작스럽게 그쪽으로 쏠리기 시작했다. 강치성이라는 이름이 주는 신선함과 심판자라는 사람이 과연 신당에 참여하느냐가 호기심을 끌었기 때문이었다. 그런 가운데 녹색 평화당이라는 신당이 출현했고 참여 인물들이 속속 밝혀졌다. 모두가 예상을 뛰어넘는 쟁쟁한 인물들이었다. 그런 가운데 대통령 후보 지명 대회를 개최한다는 대변인의 발표가 나왔다.

"이번에도 김 기자가 가나?"

취재 준비를 하는 김 기자를 보며 동료인 장 기자가 물었다.

"예. 왜, 부러우세요?"

"조금은. 그런데 강 박사가 정말 후보로 나서는 건가?"

"이미 발표된 것이잖아요?"

"그렇긴 하지만 난 아무래도 믿어지지가 않아."

"알다가도 모르는 게 사람이고 세상이잖아요. 그래서 세상은 요지경이라는 말도 있고요. 호호호."

"젊은 아가씨가 말하는 걸 보니 늙은이 다 됐군."

"이 바닥에서 살아남으려면 어쩔 수 없잖아요. 때론 순진하게, 때론 능구렁이처럼 살아야지요. 그럼 다녀와서 뵐게요."

그녀는 말을 마치고 카메라맨을 앞세운 채 시민회관으로 향했다. 강당은 이미 만원이었고 발 디딜 틈조차 없었다. 준비를 하는 종사자들은 축제 분위기에 고무된 듯 연신 미소를 띠며 분주하게 움직이고 있었다. 김 기자는 다른 기자들 사이를 뚫고 앞자리로 나가 시간이 되기를 기다렸다.

이윽고 벽에 걸린 큰 시계가 12시를 가리켰다. 갑자기 귀를 흔드는 밴드소리와 함께 와- 하는 함성이 터졌고 이어 단상 위로 강치성 박사가 등장했다. 그 속에는 우광수 전 장관의 모습도 보였다. 그들이 자리에 앉자 곧 식이 시작되었다.

국민의례가 끝나자 마이크를 잡은 사회자가 잠시 뜸을 들이며 장내를 둘러봤다. 순간 장내는 물을 끼얹은 듯 조용해졌다. 잠시 장내를 둘러보며 사람들의 주위를 끌던 사회자가 입을 열었다.

"대통령 후보를 발표하기에 앞서 그 간의 경과를 우광수 선거대책본부장께서 말씀해 주시겠습니다."

사회자의 말이 끝나자 우광수 전 장관이 단상에 올라섰다. 요란한 박수가 터져 나왔다. 박수가 그치기를 기다리던 그가 흥분에 들뜬 그러면서도 비장한 목소리로 말을 하기 시작했다.

"우리 당에서는 그 동안 난국에 처한 이 나라와 민족을 구원하기 위한 큰 인물을 찾기에 심혈을 기울여 왔습니다. 그 결과 다행히 위대한 인물을 찾았습니다만 본인의 고사로 인해 지명대회가 늦어지게 되었습니다. 다행히 그분께서는 저희의 삼고초려 심정을 받아들여 후보를 승낙하셨습니다. 이제 우리는 이 나라와 민족을 위해 모든 일에 최선을 다해 나가겠습니다. 그럼 후보를 모시도록 하겠습니다."

그가 말을 마치며 사회자를 바라보았다. 그의 눈길을 받은 사회자가 목소리를 가다듬으며 크게 외쳤다.

"녹색평화당 대통령 후보 강치성 박사를 소개합니다!"

외침과 함께 다시 밴드가 울려 퍼졌고 그 소리에 맞춰 강치성 박사가 환한 미소를 지으며 모습을 드러냈다. 그의 미소는 무척 온화해 보였지만 그 미소 속에는 뭔지 모를 강력한 의지가 숨겨져 있었다. 잠시 청중을 둘러보던 그가 무겁게 입을 열었다.

"대통령 후보직을 수락하기에 앞서 많은 고민을 했습니다. 그러나 국가와 민족의 장래를 위해 받아들이지 않을 수 없었습니다. 지금 대한민국은 모든 면에서 중병을 앓고 있는 환자와 같습니다. 그 중병을 치유하고 건전한 국가를 만들기 위해서 어쩔 수 없이 제가 나서게 되었습니다. 저의 목표는 단 한 가지, '건전한 상식이 통하는 국가건설'입니다. 이 목표를 달성하기 위해 후보직을 수락했고 당선이 된다면 이 목표 달성을 위해 온 몸을 바치겠습니다."

그의 후보 수락 연설은 싱거울 정도로 짧았고 간단했다. 마치 종교적 선문답을 하는 것 같았다. 잔뜩 긴장을 했던 매스컴들도 황당하다는 표정을 지었다. 그러나 그는 아무렇지도 않다는 듯 단상 뒤의 의자에 앉아 식의 진행을 지켜보고 있었다. 이윽고 창당 대회가 끝나고 기자회견이 이어졌다. 우광수 선대위원장이 마이크를 잡고 기자들 앞에 섰다.

"이번 대선의 슬로건은 무엇입니까?"

"아까 후보께서 말씀하신 '건전한 상식이 통하는 국가 건설'입니다. 불법과 불의, 탈법이 아닌 상식이 통하는 사회를 만드는 것이 우리가 추구하는 궁극적인 목표입니다."

"전국적인 조직은 갖추어져 있습니까?"

"당선 가능성은 어떻게 보십니까?"

여기저기서 쏟아지는 질문에 능수능란하게 대답을 하던 그가 기자회견을 끝내려 할 때였다.

"심판자가 발기인으로 참여했다는 소문이 사실입니까?"

한 기자가 짓궂은 질문을 던졌다. 그 질문에 모든 기자들의 시선이 우 본부장에게로 향했다. 모두가 호기심 어린 표정이었다. 긴장과 기대가 가득 찬 기자들을 바라보던 그가 잔잔한 미소를 지으며 천천히 입을 열었다.

"저희 당은 우리의 '건전한 상식이 통하는 국가건설'이라는 이상과 뜻을 같이 하는 사람이라면 누구든 환영합니다."

긍정도 부정도 아닌 애매한 답변이었다.

"소문을 사실로 받아들여도 된다는 뜻인가요?"

"해석은 자유입니다."

말을 마친 그는 서둘러 회견장을 빠져나갔다. 그의 퇴장을 바라보던 김 기자도 서둘러 밖으로 나섰다. 그때 안면이 있는 신문사 기자가 다가오며 말을 붙였다.
"심판자라는 사람이 정말 참여했을까요?"
"그걸 왜 나한테 물어요?"
"김 기자한테는 연락을 자주 한다니까 물어 본 말이오."
"그건 사실이지만 그 자는 일을 터트린 다음에 연락을 하지 사전에 상의 같은 건 안 해요. 나도 항상 뒤만 쫓아다니며 흘리는 것만 주워 먹는 신세예요."
"난 그런 거라도 있었으면 좋겠어요. 특종기자라는 소리 좀 듣게요. 그런데 강치성 박사의 당선이 가능할까요?"
"그거야 뚜껑을 열어봐야 알지요."
"그런 뻔한 대답 말고 김 기자의 예상을 말해 봐요.
"내가 무슨 예언가라도 되나요?"
"그게 아니라 예감 같은 게 있을 것 아닙니까?"
"굳이 내 생각을 말한다면 좀 어려울 거라는 생각이 들어요. 존경 받는 것과 정치는 전혀 별개거든요. 과거 존경받던 사람들이 정치계로 나섰다가 얼마나 개망신을 당했는지는 알잖아요."
"그러나 이번엔 좀 다르지 않을까요?"
"항상 그랬지요. 처음에는 모두가 국민들의 환영을 받으며 화려하게 등장했지만 결국은 초라하게 물러났어요. 난 그게 정치라는 생각이 들어요. 그래서 강 박사도 어려울 것 같다고 보는 겁니다. 혹시 변수가 있다면 모르지만."
"변수라니요?"
"말 그대로 변수예요. 심판자라는 자의 동향도 문제고."
"그가 선거에 영향을 줄 수 있을까요?"
"글쎄요. 워낙 극단적인 행동을 하는 사람이니까."
"극단? 극단이라면 어디까지 말하는 거요?"
"암살?"

"암살이라니? 설마 그렇게까지?"
그의 눈이 휘둥그레졌다.
"그냥 해 본 말이에요. 호호."
그녀는 말을 마치며 방송국으로 발길을 돌렸다.

강 박사의 출현은 양당 구도로 갈 것 같던 선거를 3파전의 양상을 바꾸어 놓았고 무관심하던 국민들도 큰 관심을 갖으며 열띤 토론을 벌였다.

민국당 정태국 후보는 여당의 프리미엄을 바탕으로 뛰기 시작했고 공화당 성민수 후보는 탄탄한 조직과 함께 야당 시절 독재와 싸워 민주주의를 이루어낸 경력과 청렴을 무기로 국민들을 설득했다. 한편 강치성 후보는 그간 쌓아온 명망과 존경 그리고 참신성을 내세워 표몰이를 하고 있었다. 3파전이었던 선거는 시간이 흐름에 따라 2강 1약의 추세로 바뀌어가고 있었다. 야당인 공민당의 성민수 후보와 녹색혁명당의 강치성 후보가 각축을 벌이는 가운데 여당인 민국당의 정태국 후보가 뒤따라오는 형국이었다. 국민들은 두 후보의 접전을 보며 여론조사에 촉각을 곤두세웠다.

"아무래도 성 대표가 좀 유리한 것 같지?"
장 기자가 김현지 기자를 보며 지나가는 투로 물었다.
"그런 것 같아요."
그녀는 가볍게 대답했다. 여론조사에서는 오차 범위 내에서 선두를 주고받으며 엎치락뒤치락 했지만 기자로서 느낄 수 있는 감각은 성 대표 쪽으로 기울고 있었다.

이번에도 틀린 건가. 바뀌길 바랐는데.

그녀가 답답함을 느끼며 취재에 임하고 있을 때 어디선가 성민수 후보의 재산이 이천억 원이 넘는다는 소문이 돌았다. 그러나 소문은 소문으로 그칠 가능성이 컸다. 국민들 대부분이 선거 때면 으레 나도는 모략이나 음모로 생각하고 있었고 실제로도 여자관계나 논문의혹, 부동산 등 문제가 불거질 때만다 큰 범죄자나 되는 듯 떠들다가 결국에는 흐지부지 되기가 일쑤였기 때문이었다. 그런 이유에서인지 성민수 후보는 물론 여당의 정태국 후보도 그 문제에 대해서는 별말을 하지 않았다. 그냥 가볍게 지나갈 미풍에 불과했다. 대통령 후보자들의 토론장에서 사회자가 성 후보에게 던진 질문도 그렇게 가볍게 넘어가는 듯 했다.

"성 후보께 여쭙겠습니다. 이 질문에는 답변하지 않으셔도 됩니다. 성 후보의 재산이 상상할 수 없을 정도로 많다는 소문이 나돌고 있는데 이 소문에 대해 혹시 하실 말씀이 있습니까?"

의도적인지 아니면 해명할 기회를 주려는 것인지 모를 사회자의 질문에 성 후보는 잘되었다는 표정으로 미소를 지으며 입을 열었다.

"얘기할 가치도 없지만 이 자리를 빌려 한 마디 하겠습니다. 본인이 청렴하다는 것은 국민 대다수가 인정하고 있습니다. 만약 소문이 사실이라면 성민수라는 사람은 오늘 이 자리에 앉아 있지도 못했을 겁니다. 누군가 본인을 음해하려는 수작이 아닌가 생각됩니다."

그가 자신 있는 어투로 단호하게 대답했다.

"잘 알겠습니다. 오해하지 마시기 바랍니다. 이런 소문이 선거에 나쁜 영향을 끼칠 수도 있을 것 같아 여쭤본 것입니다."

"아니, 오히려 잘 됐습니다. 제가 고맙다고 해야지요."

"그렇다면 다행입니다."

사회자는 순서에 따라 토론을 이어갔고 재산 문제는 그렇게 수면 아래로 가라앉는 듯 했다. 그러나 성 후보의 해명을 기다리기라도 한 듯 다음 날 인터넷 '정의사랑' 카페에 성민수 후보의 재산 내역이 공개됐다.

성민수 후보가 밝힌 내용은 모두 국민을 기만하는 행위이다. 그의 재산은 스위스 은행에 천만 달러가 예금돼 있으며 무기명 채권도 500억 원 이상 가지고 있는 것으로 파악됐다. 또 그 외의 재산은 현재 추적 중에 있다. 외국에 도피시켜 놓은 예금의 통장 사본은 본인이 가지고 있으며 성 후보가 사퇴하지 않을 시에는 적절한 시기에 공개하겠다. 심판자

'정의사랑' 카페에 공개된 그의 재산 내역은 소문에 소문을 타고 퍼져나갔고 급기야는 서버가 다운될 정도로 많은 사람들이 접속을 시도했다. 그러나 성 후보 측에서는 그에 대해 한 마디 변명도 없었다. 그러자 설마 하던 국민들도 의혹의 눈길을 보냈고 언론에서는 성 후보가 진실을 밝힐 것을 요구하고 나섰다. 말 같지도 않다며 침묵을 지키던 공민당에서는 반독재 투쟁으로 평생을 몸 바친 사람에 대한 모독이며 청렴의 표본인 성 대표에 대한 음해라고 주장하며 그것을 게재한 사람의 처벌을 요구하고 나섰다. 그러나 정작 성 대표 본인은 한 마디 부정만 했을 뿐 더 이상 언급을 피했고 통장 사본의 공개도 요구하지 못했다. 작은 의혹이 사실처럼 굳어졌고 성 후보의 인기는 한없이 추락하기 시작했다. 그것은 그의 인품에 심한 타격을 주었고 그를 따르던 사람들도 하나 둘씩 떠나가기 시작했다. 이제 선거는 뒷전이었다. 국민들의 관심은 성민수 후보에게로 쏠렸다. 그건 애정이 아니라 분노였다.

"어떻게 그런 돈을 모을 수 있었지?"

"우린 그가 깨끗하다고 믿었는데."

"낮에는 투사, 밤에는 장사꾼 아니야?"

"그런 사람을 여태 믿고 따랐으니……."

그에 대한 국민들의 분노는 자칫 도덕적 공황을 몰고 올 상황으로까지 번졌다.

"빨리 해명을 하셔야 하지 않겠습니까?"

참모가 성 후보에게 건의를 했지만 아무런 대답도 들을 수가 없었다. 그런 침묵은 사실을 인정하는 꼴이 됐고 성 후보의 지지율은 시간이 갈수록 떨어져 급기야는 한 자리 숫자로까지 추락하고 말았다. 선거는 뒷전이었고 성 후보를 규

탄하는 목소리만 점점 높아졌다. 그런 분노와 국민들의 정신적 공황을 수습하고 나선 것은 강치성 후보였다.

"과거는 묻어버리고 새롭게 해봅시다. 밤이 지나면 새벽이 오듯이 우리나라는 희망이 있고 밝은 미래가 있습니다."

강치성 후보는 국민들을 달래며 유세를 했고 국민들은 그런 강 후보를 환호하기 시작했다. 3파전 양상을 띠던 선거는 갑자기 한쪽으로 기울기 시작했고 선거가 막을 내리고 개표가 완료되었을 때 녹색평화당은 환호의 도가니에 빠졌다. 투표자의 70%라는 기록적인 득표를 얻으며 강치성 후보가 당선됐기 때문이었다. 투표자의 30~40% 정도로 대통령에 당선됐던 지금까지의 후보들과는 비교할 수 없는 현저한 차이였다.

24

대승을 거둔 강치성 박사는 선관위로부터 당선증을 받은 후 정권 인수 본부를 차렸다.

"우 본부장, 수고했습니다."

"수고는 각하께서 하셨지요. 다시 한 번 축하드립니다."

"고맙소. 지금까지 고생이 많았는데 앞으로도 더 고생을 해주셔야겠어요. 나를 위해서가 아니라 나라를 위해서."

"알겠습니다. 무엇이든 말씀하십시오."

"인수본부장을 맡아주시오."

"알겠습니다."

"그리고 총리도."

"네? 그건 다른 사람을……."

"아니오. 아무 말 말고 맡으시오. 그리고 모든 것은 우 본부장이 알아서 하시오. 단 인사 문제만은 깨끗한 사람을 고르시오. 언론을 통하든 경찰이나 국세청의 협조를 구하든 흠잡을 수 없는 사람이어야 합니다. 공식적이진 않더라도 청문회 형식을 거치는 것도 한 방법이 될 것이오."

"뜻은 알겠습니다만 그런 사람이 있을까요? 그리고 선거에 공헌한 사람에 대한 보상도 있어야 합니다."

음. 그는 눈을 감고 생각에 잠겼다. 그랬다. 선거에 관계한 사람들을 무시할 수 없었다. 그들이 무엇 때문에 그토록 자신을 도왔겠는가. 이유는 한 가지였다. 출세. 그것이 그들의 목표였고 그것을 위해서라면 어떤 배신도 서슴지 않을 사람들이었다. 그들 대다수는 국가나 국민보다 자신이 우선이었다. 그렇다고 무턱대고 그들을 끌어안을 수도 없었고 그렇다고 함부로 버릴 수 없었다. 한참을 생각에 잠기던 그가 눈을 떴다.

"어쩔 수 없소. 장관이나 국정원장, 국무위원들은 혁명을 한다는 마음으로 깨끗하고 참신한 사람들을 골라야 합니다. 처음부터 혁신하지 않으면 과거와 다를 게 없습니다. 한 번 인선을 하게 되면 내 임기 동안 같이 갈 겁니다. 과거처럼 돌려먹기 식 인사를 해서는 안 됩니다. 선거를 도와준 사람들은 다른 용도로 활용할 방법을 찾아봅시다. 우리는 국가를 위해 일어선 것 아닙니까?"

그가 열정이 담긴 눈으로 우 본부장을 바라봤다.

"좋습니다. 뜻대로 따르겠습니다."

우 본부장이 무겁게 고개를 끄덕였다.

"고맙소. 그런데 인선보다 더 중요한 일이 있습니다."

"그게 무엇입니까?"

"정말 모르시는 겁니까?"

"글쎄요. 제가 아둔해서……."

우 본부장은 머리를 갸우뚱했다.

"겸손하시긴. 그런 게 아니고 개혁을 해 나가려면 힘이 있어야 하오. 그게 뭔지 생각해 봤소?"

"국회?"

잠시 생각을 하던 우 본부장이 대답을 했다.

"그렇소. 국회를 장악해야 하오."

"그게 우리 마음대로 될까요?"

"되도록 해야 합니다. 어떡하든. 지금처럼 야당에게 질질 끌려 다니다간 아무 것도 할 수 없습니다. 다행히 공민당이 공중 분해되고 있으니 그들을 잡읍시다."

"합당을 말씀하시는 겁니까?"

"합당은 안 되고 그 중에 참된 인물들만 끌어옵시다."

"그건 좀 어렵습니다. 그들이 오려고 할까요?"

"해 보다가 안 되면 합당도 고려해 봅시다. 그러나 합당은 자칫 잘못하면 오히려 해가 될 수도 있으니 최후의 수단으로 남겨 놓고 우선은 각개격파로 깨끗한 인물들을 끌어들입시다. 지금은 우리가 바람을 타고 있으니 그 바람을 최대한 이용합시다. 가능할 겁니다. 사람도 모으고 그의 힘도 빌리고."

"그라니요?"

우 본부장은 그라는 말에 깜짝 놀라며 되물었다.

"왜, 모르시오?"

순간 그는 심판자라는 인물을 떠올렸다. 이번 선거에서 성 후보의 비리를 파헤친 자가 바로 그였다.

"아니, 알고는 있습니다만 그의 힘으로 가능할까요?"

"꽤 도움이 될 거요."

강 박사가 단언하듯 말했다. 그의 말을 들으며 그는 의아한 느낌을 받았다. 그가 심판자라는 사람과 깊은 관련이 있다는 것을 알고는 있었지만 어느 정도인지는 몰랐다. 그러나 말하는 것으로 보아서는 공생관계가 아닐까 할 정도로 깊어 보였다.

"그와 연락을 하고 계십니까?"

"그렇소. 본부장만 알고 계시오."

대통령이 소리를 죽이며 조심스럽게 대답했다.

"그가 얼마나 할 수 있답니까?"

우 본부장의 목소리도 자연히 잦아들었다.

"정확한 대답은 없었고 잘될 거라는 말만 했소."

"이제 그에게 의지해서는 안 됩니다. 그는 한 사건의 해결사이지 정치가는 아닙니다. 그가 어떤 수단을 사용할진 모르지만 지금처럼 과격한 수단은 국민들로부터 지탄을 받을 것이 뻔합니다. 불의, 부정, 부패를 처단하는 것처럼 입후보자를 몰아세운다면 오히려 역풍을 맞게 됩니다. 우리가 바람으로 이겼듯 자칫 역풍으로 망할 수도 있습니다. 이 점을 심각하게 생각하셔야 합니다. 꼭 필요한 사람을 위한 몇 석 정도는 모르지만 많은 기대는 하지 마시기 바랍니다."

"나도 그의 말을 전적으로 믿지는 않고 있소. 다만 그가 좋은 바람을 일으키길 바랄 뿐이오. 그러니까 그는 그대로, 우린 우리대로 최선을 다하고 천명을 기다려 봅시다."

"물론 그래야겠지요. 지금 우리당은 국민들의 희망으로 떠오르고 있습니다. 정치를 하려는 사람들도 밀려들고 있고요. 모르긴 해도 과반수는 될 겁니다."

"그것 가지고는 안 돼요."

"네?"

그는 놀란 눈으로 강 박사를 바라봤다. 그가 얼마까지 생각하고 있는지 의중을 가늠할 수가 없었다.

"3분의 2는 돼야 하지 않겠소?"

"너무 무리한 목표라 생각됩니다."

우 본부장은 고개를 저으며 말했다.

"뜻이 있으면 길이 있다고 했소. 물론 쉽지 않지만 목표만은 높게 잡자는 것이오. 우리 한 번 멋지게 이 나라를 살려봅시다."

강 박사가 그의 손을 굳게 잡고는 몸을 돌려 밖으로 나갔다. 우 본부장은 그의 뒷모습을 바라보며 생각에 잠겼다. 왜 국회의원 3분의 2를 고집하는지 이유를 알 수가 없었다.

그가 바라는 것이 무엇인가.

그는 강 박사의 심중을 헤아리려 애를 썼다. 그러나 아무리 생각해도 의중을 알 수가 없었다. 정상적인 국가 운영이라면 과반수로도 충분했다. 골똘히 생각에 잠기던 그의 뇌리로 퍼뜩 생각이 스쳐갔다.

개헌을 통한 이상 국가? 맙소사!

그건 꿈이었다. 현실에서는 도저히 이루어질 수 없는 이상에 불과했다. 문득 그 불가능한 것을 이루기 위해 그가 심판자라는 인물과 거래를 한 것인지도 모른다는 생각이 들었다. 그러자 갑자기 두려운 생각이 들었고 과연 그와 끝까지 같이 갈 수 있을 것인가에 대한 회의가 밀려왔다. 그러나 이미 엎질러진 물이었다. 벌써 한 배를 타지 않았는가.

내일 일은 내일 생각하자.

머리를 흔들며 인수위원회 사무실을 나와 당사로 향하던 그는 이내 방향을 바꾸었다. 인수위원회 구성에 신종오 전 경찰청장을 포함시켜야 한다는 생각이 들었기 때문이었다. 이미 사표를 내고 지구당에 내려가 있던 그는 이번 대선에도 큰 공을 세웠다. 지금쯤은 그가 부르기를 고대하며 원망을 하고 있을지도 몰랐다. 전화를 걸자 예상했던 대로 그가 반갑게 그를 맞았다.

"나 좀 만나세."

"알겠습니다. 바로 올라가겠습니다."

그날 저녁 그는 사무실에서 신 청장을 만났다.

"인수팀으로 들어와서 국가정보원 인수 업무를 맡게."

우 위원장은 단도직입적으로 말을 했다.

"네?"

신 청장이 깜짝 놀란 표정을 지으며 그를 바라봤다.

"왜, 어려운가?"

"아, 아닙니다. 너무 급작스러워서."

"그럴 거야. 하지만 바삐 움직여야 하네."

"알겠습니다."

말을 마친 그는 바로 자리에서 일어났다. 아까 강 박사에게서 느꼈던 회의는 어느새 멀리 달아났고 우선은 일을 추진해야 한다는 생각이 앞섰다. 그것이 독재든 혁명이든 모든 것은 그 다음의 일이었다.

25

총선이 바싹 코앞으로 다가왔다. 국회의원 출마를 준비하는 사람들은 물밑 작업에 열을 올렸고 그에 따라 선거 분위기도 뜨겁게 달아오르기 시작했다.

신종호 청장도 녹색평화당의 공천을 받아 그 판에 뛰어들었다. 참모를 뽑고 선거자금을 마련하는 등 모든 준비를 마친 그는 선거운동 개시일이 다가오기만을 기다리고 있었다. 그러나 그것은 어디까지나 표면적인 것일 뿐 실질적인 선거운동은 벌써부터 시작되고 있었다. 그의 상대는 예상대로 그 지역의 토박이이며 몇 번이나 국회의원에 당선된 김진석 의원이었다. 그는 오래 전부터 출사표를 던졌고 당선을 당연한 것으로 여겼다. 낙선은 꿈에도 생각하고 있는 것 같지 않았다. 그런데도 처음 출마를 한 사람처럼 무섭게 선거 운동을 하고 다녔다. 신 청장은 김 의원의 활동을 보며 기가 죽었다. 거기에 비하면 자신은 어린아이와 같았다. 비로소 선거가 뭔지 어렴풋이나마 알 것 같았다. 막연한 희망으로 선거판에 뛰어든 자신이 부끄러웠고 당장 포기하고도 싶었다. 그러나 이미 던져진 주사위였다. 질 때 지더라도 최선은 다해야 했다.

초조함 속에 선거전의 막이 올랐고 그는 기다렸다는 듯 선거운동에 매달렸다. 매일 유력인사들을 만나며 시장바닥을 훑고 길바닥에서 명함을 돌리는 하루하루가 시작되었다. 시간이 어떻게 흘러가는지 알 수가 없었다. 힘이 드는 것은 이미 각오한 터였기에 얼마든지 감내할 수가 있었지만 정말 감당하기 어려운 것이 있었다. 바로 돈이었다. 운동원들 대부분이 돈을 요구했다. 돈, 돈. 눈만 뜨면 돈 타령이었다.

3당2락.

30억 원을 쓰면 당선되고 20억 원을 쓰면 낙선한다는 말이 실감났다. 아무리 참모를 잘 두고 관리를 잘한다 해도 돈은 끝도 없이 들어갔다. 뿌린 돈의 이 할도 제대로 쓰이지 못하고 운동원들의 주머니로 들어간다는 선배들의 말이 사실 같았다. 심지어 선거 때 한철 벌어 4년을 생활한다는 선거 브로커가 있다는 풍문을 듣고 설마 했는데 그것이 완전한 거짓은 아닌 듯했다. 선거가 시작되지도 않았는데 몇 표를 몰아줄 테니 얼마를 달라고 노골적인 흥정을 해오기도 했다. 참모들의 말을 들으면 그들은 이쪽에서 거절을 당하면 저쪽으로 가서 이쪽의 악담을 해대는 통에 울며 겨자 먹기로 돈을 줘야 한다는 것이었다.

'깨끗한 선거, 돈 안 드는 선거'라는 구호와 법정 선거자금 한도 내에서 돈을 써야한다는 규정이 있지만 그것은 어디까지나 구호와 규정일 뿐 입후보자들이나 유권자들은 그런 것에 전혀 신경을 쓰지 않았다. 우선 당선만 되면 그만이었다. 가끔 선거법 위반으로 법정에 서기도 했지만 당선 무효 판정을 받는 경우는 극히 드물었고 설혹 당선 무효가 되는 형을 받는다 해도 그때는 이미 임기의 대부분이 지나간 뒤였다. 어쨌든 당선이 되어야 했고 부정과 불법의 얘기는 차후의 일이었다.

돈이 문제였다. 도저히 그들이 요구하는 돈을 댈 수가 없었다. 그는 턱없이 요구하는 돈들은 거절하기로 마음먹었다. 돈도 없었지만 그렇게까지 하면서 국회의원을 하고 싶지는 않았다. 비록 낙선을 하는 한이 있더라도 깨끗한 선거를 치르는 것이 좋을 것 같았다. 후일이나 이미지를 위해서라도.

녹색평화당의 바람은 거셌고 그는 그 바람을 타고 밤낮을 가리지 않고 몸으로 뛰었지만 김진석 의원과의 표 차이는 좀처럼 줄어들지 않았다. 여론조사를 해봐도 마찬가지였다. 가능할 것처럼 보였던 당선이 점점 멀어져가는 느낌이었고 김 의원의 두꺼운 벽을 새삼 실감하지 않을 수 없었다.

심판자라는 사람의 말을 너무 믿은 것은 아닌가.

회의가 들며 당장 집어치우고 서울로 올라가고 싶기도 했고 또 심판자의 연락이 간절히 기다려지기도 했다. 그러나 그에게서는 아무런 연락이 없었다. 자신을 구렁텅이로 빠트리려는 계략이 아니었나 하는 의구심이 생겼지만 결코 그런 것은 아니라는 확신이 있었다. 그가 자신을 그렇게 만들 이유가 하나도 없었다.

빌어먹을 놈. 왜 이렇게 소식이 없어.

자신의 열세가 그의 탓인 것 같아 절로 욕이 나왔다. 답답했다. 중도 하차를 할 수도 없었고 계속 밀고 갈 수도 없는 상황이었다. 그가 고민을 하고 있을 때 오장수 전 국세청장에게서 전화가 왔다. 망설이는 그를 선거판으로 끌어들인 것이 바로 자신이었다.

"그 쪽은 어떻습니까?"

그가 전화를 받기가 무섭게 다짜고짜 상황부터 물었다.

"어렵네. 자넨 어떤가?"

"말도 마십시오. 당장 집어던지고 싶습니다. 돈도 부족하고 사람도 부족해요. 정말 도움이 오긴 오는 건가요?"

말문이 막혔다. 자신으로 인해 출마를 한 그였기에 낙선한다면 그를 볼 면목이 없었다. 희망적인 대답을 주고 싶었지만 지금 이 상황에선 어떤 대답도 할 수가 없었다.

"조급하게 굴지 마. 아직 시간이 있잖나. 조금만 기다려 봐."

말은 그렇게 했지만 자신이 없었다.

"조금이 언제입니까? 당장 발등에 불이 떨어졌는데."

"그렇게 조바심 하지 말라니까. 믿고 기다려. 그리고 도움이 안 오면 어쩌겠나? 이젠 가는 데까진 가 봐야지."

그는 막연한 대답을 하고 전화를 끊었다. 보지 않아도 투덜거리며 화를 내고 있을 그의 모습이 훤히 비쳐졌다.

괜한 짓을. 아내 말대로 욕심을 부리는 게 아니었어. 그냥 그대로, 송충이는 솔잎을 먹어야 하는 건데.

자책과 함께 한숨만 새어나왔다.

선거는 종반전으로 치닫고 있었지만 당선 가능성은 점점 희박해졌고 패배는 불을 보듯 뻔했다. 이제는 어쩔 수 없는 일이고 모든 책임은 자신이 감당해야 한다고 생각하면서도 아쉬움이 남았다. 그러나 후회나 미련은 없었다. 그렇다고 포기를 한 것은 아니었다. 이것도 하나의 경험이었고 끝까지 최선을 다해야겠다는 마음뿐이었다.

그 날도 밤늦게 집으로 돌아온 신 청장은 쓰러질 듯 피곤한 몸을 가누며 서재에 앉아 앞으로의 작전에 골몰하고 있었다. 그러나 새로운 생각이 떠오르지 않았다. 긴 한숨을 내쉬며 생각을 접었다. 내일을 위해서는 잠시라도 눈을 붙여야 했다. 그 때 휴대폰이 울렸다.

이 늦은 시각에 누가?

당연히 사무장이려니 생각하며 전화를 받았다.

"신 청장이오? 나 김진석 의원이오."

그는 김 의원이라는 말에 화들짝 놀랐다. 인간적으로는 적이 아니지만 이 판에서는 가장 큰 적이었다. 그리고 그는 강자였다. 그렇기에 그의 전화가 놀라울 수밖에 없었다.

"아, 김 의원님!"

뭔지 꺼림칙했지만 반가운 말투로 전화를 받았다.

"잠깐 밖으로 나올 수 있겠소? 아무에게도 알리지 말고."

그 말을 듣자 가슴이 뛰기 시작했다. 왜 만나자고 하는지 알 수가 없었다. 더구나 이 늦은 시간에 아무에게도 알리지 말라니?

혹시 테러?

그러나 이내 고개를 저었다. 테러는 약자가 강자에게 하는 것이었다. 지금은 그가 강자였다. 자신의 유리한 싸움을 앞두고 자신에게 불리한 행동을 할 만큼 어리석은 그가 아니었다. 부쩍 궁금증이 일었다.

"그러지요. 지금 나가겠습니다."

대답을 마친 그는 평상복 차림으로 집을 나섰다.

"이 늦은 시각에 어딜 가요?"

거실에 앉아 있던 아내가 그를 바라보며 물었다.

"잠깐 나갔다 오겠소. 기다리지 말고 먼저 자요."

이상하다는 눈길로 바라보는 아내를 뒤로 하고 밖으로 나온 그는 주위를 둘러봤다. 희미한 가로등만이 힘겹게 어둠을 지키고 있을 뿐 아무도 보이지 않았다. 사방을 두리번거릴 때 앞에서 자동차 불빛이 번쩍 비쳤다 사라졌다. 그 때서야 그는 저 만치에 허름한 차 한 대가 서 있는 것을 발견할 수 있었다. 잠시 차를 바라보던 그는 천천히 그곳으로 다가갔다. 차안에는 모자를 깊이 눌러 쓴 사내가 담배를 피우고 있었다. 영화에서나 봄직한 영락없는 건달 모습이었지만 김 의원이 분명했다.

"타시오."

그가 담뱃불을 비벼 끄며 말했다. 목소리가 매우 메말라 있다는 인상을 받았다. 순간 뭔가 심상치 않다는 느낌이 들었다. 그가 처음 만나자고 했을 때도 이상했지만 그에 어울리지 않는 허름한 차에 수행원 하나 없이 자신이 직접 운전을 하고 나온 것이 예사롭지 않아 보였다. 이상하다는 생각을 뒤로 하며 그는 말없이 차에 올랐다. 요란한 소리를 내며 출발한 차는 어느새 시내를 벗어나 외곽으로 빠지고 있었다.

"어디로 가는 거요?"

한참이 지나도록 말 한마디 없이 운전만 하는 그를 보며 신 청장이 불쑥 물었다. 궁금하기도 했지만 두려움도 밀려들었다.
"좀 더 갑시다."
그 한마디 뿐 그는 더 이상 입을 열지 않았다. 신 청장은 운전하는 그의 모습만 지켜봤다. 얼마를 달렸는지 몰랐다. 마치 지구 끝까지라도 달릴 것 같던 그가 차를 세우며 낮게 말했다.
"내립시다."
시동을 끄며 차에서 내리는 그를 바라보던 신 청장은 묵묵히 그의 뒤를 따랐다. 문득 어디선가 물소리가 들렸다. 주위를 둘러보던 그는 그 곳이 고향에서 꽤 멀리 떨어진 강가라는 것을 알았다. 김 의원은 그의 존재를 잊은 듯 혼자서 앞으로 걸음을 옮겼다. 신 청장은 말없이 뒤를 따랐다. 뭔가를 묻고 싶었지만 이미 포기한 지 오래였다. 한참을 걷던 그가 강가의 평평한 바위 위로 올라갔다. 평평하고 넓은 바위였지만 밑에서 올려다보면 꽤 가팔라 보이는 곳이었다. 바위로 올라 선 그가 자리에 앉으며 담배를 빼서 그에게 건넸다. 그는 담배를 받아들고 한 모금 빨아들였다. 마른기침이 터져 나왔다. 담배를 끊은 지가 언제인지 몰랐다. 그러나 김 의원은 그런 그를 무시한 채 말없이 담배를 피웠다. 빨간 불빛이 강물과 바람, 어둠과 어울려 서정적인 분위기를 자아냈다. 그의 머리카락이 바람에 날리고 있었고 그것을 바라보던 신 청장은 그가 매우 낭만적인 사람일지도 모른다는 느낌을 받았다. 이런 자리가 아니라면 그와 어울려 술이라도 한 잔 나누고 싶은 심정이 들기도 했다.
"난 어려운 일이 생길 때면 이곳을 찾아오곤 했소. 내가 처음 국회의원에 출마해 아깝게 낙선했을 때도 이곳을 찾았었고 실세에서 밀려나 파락호 신세가 되었을 때도 이곳을 찾았소. 그런데 최근 수년 간 이곳을 찾은 적이 없었고 앞으로도 찾을 일이 없을 거라는 생각을 했소. 그런데 이렇게 다시 이곳을 찾게 될 줄은 정말 몰랐소."
그의 독백 같은 소리를 들으며 신 청장은 뭔지 모를 중대한 일이 벌어지고 있음을 짐작했다. 그것도 자신과 관련해서. 그러나 신 청장은 자신과는 아무런 상관이 없다는 듯 발밑으로 흐르는 강물만 바라보고 있었다. 어둠 속으로 시커먼 강물이 소리 없이 흐르는 것으로 보아 강물이 꽤 깊고 여기서 떨어진다면 살아나기가 어려울 것이라는 쓸데없는 생각만 들었다.

"신 청장, 왜 정치를 하려 하시오?"

독백 같은 대사를 외던 그가 신 청장을 바라보며 물었다. 그의 갑작스런 물음에 그는 선뜻 대답을 할 수가 없었다. 국민을 위해 봉사하느니, 나라를 위해 일한다느니 하는 것들은 선거나 대외용일 뿐 이 자리에는 적합하지 않은 말이었다. 그는 프로이고 자신도 선거는 처음이지만 정치에 대해 알 만큼은 다 알고 있는 처지였기 때문이었다. 그가 잠시 머뭇거리자 김 의원이 다시 입을 열었다.

"정치란 마약과 같은 것이오. 죽을 줄 뻔히 알면서도 불을 향해 달려드는 부나비처럼 한 번 들여놓으면 뺄 수 없는 것이 정치입니다. 그러나 부나비는 자신이 죽을 줄 모르고 달려들지만 정치인은 뻔히 죽는 길인 줄 알면서도 달려들지요. 그러기에 그것을 쟁취하기 위해서는 진흙탕의 개싸움도 마다하지 않게 되는 것이오. 내가 말이 너무 많았군. 이번 한 번만으로 정치를 그만 둘 수 있소? 그렇다면 내가 도와주리다."

그의 말을 들으며 진부하다는 생각을 하고 있던 신 청장은 그의 마지막 소리에 정신이 번쩍 들었다. 잘못 듣지 않았나, 자신의 귀를 의심하며 물끄러미 그를 바라보았다. 그의 얼굴은 매우 경직되어 있었다. 헛소리를 하고 있지는 않는 것 같았다. 일이 어떻게 돌아가고 있는지 감조차 잡을 수 없었지만 입을 열지 않을 수 없었다.

"무슨 뜻입니까?"

"말 그대로요."

"이해를 못 하겠으니 자세히 말씀해 주시오. 도대체 어떻게 나를 도와준다는 말이오?"

"내가 출마를 포기하면 어떻겠소?"
"그게 말이나 되는 소립니까?"
"물론 말도 안 되는 일이지만 그렇게 할 생각이오."
"이유를 물어도 되겠습니까?"
"설마 몰라서 묻는 건 아닐 테지요?"

말은 조용했지만 그의 마음은 매우 격해 있고 솟구치는 분노를 억지로 삼키고 있는 것이 분명했다.

"난 지금 김 의원께서 무슨 말씀을 하시는지 전혀 이해할 수가 없습니다. 내가 지금 꿈을 꾸고 있는 것이 아닌가 하는 착각이 들기도 합니다. 자세히 말씀해 주십시오."

그는 혼란스러워지는 자신을 느끼며 그를 바라보았다.

"정말 모르신다면 할 수 없죠. 열심히 하시고 절대 누구도 믿지 마시오. 심지어 자식까지도. 잘 가시오. 아니, 태워다 드릴까요?"
"괜찮습니다. 혼자 가겠습니다. 생각할 것도 있고."
"그럼, 잘 가시오."

말을 마친 그가 다시 담배를 피워 물며 도도히 흐르는 강물 쪽으로 눈을 돌렸다. 그의 모습이 아까보다도 더 경직돼 있었다. 그의 모습은 대답을 기다리는 태도가 아니었다. 그도 신 청장이 정치를 그만 둔다는 대답을 하지 않을 것이라는 것을 알고 있는 듯 했다. 누구보다도 정치는 마약보다 더 큰 중독성을 가지고 있다는 것을 잘 알고 있는 그였기 때문이었다. 그의 모습을 바라보던 신 청장은 '한 번만'이라는 말을 하고 싶은 충동을 참으며 조용히 발길을 돌렸다. 한참을 걷던 그는 무심코 뒤를 돌아봤다. 그의 자세는 그가 떠나기 전의 모습 그대로였다. 석상처럼 굳어진 그의 모습을 보며 그는 그가 자살을 생각하고 있을지도 모른다는 두려움을 느꼈다. 그러나 자신이 나설 일은 못되었다. 그는 떨어지지 않는 발걸음으로 집을 향했다. 차를 부르고 싶었지만 갈 수 있는 데까지 걷고 싶었다.

무엇이 그를 포기하도록 만들었나?

답은 하나뿐이었다. 심판자. 바로 그자의 소행이라는 확신과 함께 이 진흙탕 싸움에 끼어든 자신이 어리석었다는 후회가 밀려왔다. 아무리 정치판이라지만 한 사람을 이렇게 짓밟게 될 줄은 정말 상상도 못했다. 걷고 또 걸었지만 다리가 아픈 줄도 몰랐다. 얼마를 걸었는지 동이 훤하게 터 오고 있었다.

좀 있으면 밝은 태양이 떠오르겠지. 동녘 하늘을 바라보며 가만히 뇌까리던 그는 길가의 작은 언덕에 올라 태양이 떠오르기를 기다렸다. 잠시 후 어둠을 뚫고 붉은 빛이 서서히 솟아오르기 시작했다. 그는 실눈을 뜨고 그 빛을 쏘아봤다. 붉은 빛은 구름을 헤치며 점점 밝게 타올랐다. 그것을 쏘아보던 그는 갑자기 부끄러움을 느꼈다. 왜, 무엇이 부끄러운지는 알 수가 없었다. 다만 막연히 밝은 태양을 마주한다는 것이 두려웠다. 할 수만 있다면 자신을 감추고 싶었다.

이것이 정치인가.

겨우 마음을 추스르고 집으로 돌아온 그는 피곤한 몸을 달래며 소파에 몸을 눕혔다. 그러나 잠이 오지 않았다. 하얗게 빈 머릿속으로 김진석 의원이 한 말이 계속 귓전을 맴돌았고 정치를 시작하기도 전에 회의가 밀려왔다. 심판자라는 사람이 고맙게 생각되지도 않았고 선거 운동도 하기 싫어졌다. 회의와 현실과 양심 사이에서 고민을 하던 그는 자신도 모르게 깊은 수면 속으로 빠져들었고 그가 잠에서 깨어났을 땐 이미 정오가 지나 있었다. 푹 잔 것 같은데도 몸은 무겁기만 했다. 천천히 기지개를 켜며 몸을 일으킬 때 사무장으로부터 전화가 왔다.

"왜 여태 안 나오십니까?"

"그렇게 됐네. 곧 나갈 테니까 기다리고 있게."

"알았습니다. 그런데 큰 일이 벌어졌습니다."

"큰 일?"

"네. 김진석 의원이 유세를 하다 쓰러졌습니다. 자세한 건 아직 알 수 없지만 회복이 어렵다는 풍문이 돌고 있습니다."

"음, 알았네. 바로 나가지."

전화를 끊은 그는 허공을 바라보며 중얼거렸다.

질병을 가장한 사퇴?

너무 가혹한 현실이 두렵기만 했다.

26

텔레비전에서는 자막과 함께 국회의원 후보자의 사망 소식이 전해지고 있었다. 볼륨을 높이며 그 후보의 지역구를 살펴보던 그는 부르르 몸을 떨었다. 사망자는 오장수 국세청장이 후보로 뛰고 있는 지역구의 현 의원으로 재선이 유력시되는 서지상 의원이었다.

우연인가?

사망원인이 심장마비라는 보도를 들으며 고개를 갸웃거리던 그는 문득 타살이라는 단어를 떠올렸다. 물증은 없었지만 심증만은 확실했다. 과연 그렇게까지 했어야 하나 하는 생각과 함께 심판자라는 자의 목표를 향한 집념과 수단과 방법을 가리지 않는 행동에 울컥 반발이 일었다. 그는 솟구치는 반발을 억누르며 오장수 국세청장에게 전화를 걸었다.

"선배님, 접니다."

그의 목소리는 의외로 밝았다.

"어떻게 된 일인가?"

"잘 모르겠습니다. 저도 깜짝 놀랐어요."

"혹시 자네가 의심을 받는 건 아닐 테지?"

"무슨 말씀이세요? 분명 심장마비라고 했는데. 그리고 제가 어떻게 그런 짓을 하겠어요? 서운합니다."

"아, 그런 뜻이 아니라 그의 죽음으로 가장 이득을 볼 사람이 자네잖아? 염려스러워서 해본 말이니 오해하지는 말게."

"우리 사이에 오해할 게 어디 있습니까? 그런데 김진석 의원은 어떻게 된 일이에요? 갑자기 쓰러졌다니?"

"나도 황당해. 건강한 사람이었는데."

신 청장은 대답을 하면서도 얼굴이 화끈거렸다. 속 시원하게 말하고 싶었지만 결코 입 밖에 낼 수 없는 말이었다.

"혹시 도와준다는 사람이 한 짓이 아닐까요?"

"비약이 너무 심하군."

"하긴 그가 누군지는 몰라도 설마 그렇게까지 하겠어요? 어쨌든 한 시름 덜었어요. 당선 가능성도 보이고."

"그렇다고 너무 자만하지 말고 열심히 뛰게."

그는 말끝을 흐리며 전화를 끊었다. 아무것도 모른 채 굴러온 행운이라고 생각하고 있는 오 청장이 부러웠다. 그러나 과정을 알고 있는 그는 괴롭기만 했다. 김진석 의원은 그 자의 말을 들었기에 살았고, 서지상 의원은 말을 듣지 않았기 때문에 죽임을 당했을 것이라는 추측은 생각만으로도 몸서리쳐졌다.

김현지 기자는 모처럼 한가한 기분으로 최민태 반장과 식사를 하며 술잔을 나누고 있었다.

"이제 특종이 없어진 건가?"

"글쎄, 요즈음은 사건이 안 터지네요. 반장님도 한가하시죠?"

"나야 항상 하는 일이지만 김 기자는 자칫 쫓겨나는 것 아니야?"

최 반장이 농담을 하며 잔을 건넸다.

"제 걱정은 붙들어 매세요. 지금까지의 업적만 해도 승진은 따 논 당상이에요.

그런데 좀 이상하지 않아요?"
"또 뭐가?"
"총선에 출마한 사람들의 사고가 너무 많아요. 예년의 선거와는 달리 갑자기 쓰러지거나 사망하기도 하고 심지어 일신상의 사유로 사퇴하는 사람들이 십여 명이나 된단 말이에요."
"응? 그렇게 생각해보면 이상하기도 하네."
"보이지 않는 무엇인가가 분명 있어요?"
"또 심판자 얘길 하려고 하는 거야? 아니면 기자의 촉이야?"
"둘 다예요. 우연이라고 보기에는 찜찜한 구석이 있어요. 한 번 파헤쳐 봐야겠어요. 기자들도 모이기만 하면 그런 말들을 해요."
"그 정신이 좋아. 하지만 몸조심하라고."
"취재하다 죽으면 영광이죠."
"시집도 못 가고 죽으면 원통하지. 그 민국인가 하는 애인은 슬퍼하는 척만 하다가 금방 다른 여잘 찾아갈 걸. 하하하."
"아주 악담을 하세요, 악담을! 호호호."

최 반장과 헤어져 돌아온 김 기자는 아까 술자리에서 한 말이 머리를 떠나지 않았다. 정말 파헤쳐 봐야겠다는 생각이 들었다. 그러나 어디서부터 어떻게 접근해야 할지 감을 잡을 수 없었다.
혹시 그라면?
국정원에 근무하는 애인 민국이라면 무슨 단서를 얻을 수 있을지도 몰랐다. 잠시 고민을 하던 그녀는 그를 불러냈다.
"자기는 아는 것 없어? 국정원이라는 데가 뭐하는 덴지 알 수가 없어. 이건 선거가 아니라 폭력이야, 폭력."
그녀는 그를 향해 투정을 부리기 시작했다.

“후보들 스스로가 사퇴하는 걸 왜 나한테 투정을 부려?”

“정말 그게 자연적으로 일어날 수 있는 현상이라고 생각해?”

“이상하긴 하지만 어쩔 수 없잖아.”

“아냐! 이건 과거 소련에서 일어났던 일과 조금도 다르지 않아. 어쩌면 심판자라는 자의 소행일 수도 있어. 이번에 사퇴한 사람들을 보면 전부 당선이 유력했던 사람들이야. 더구나 상대 후보는 모두 녹색평화당 후보들이고.”

“우리도 그런 것쯤은 알고 있어.”

“그런데 왜 팔짱만 끼고 있는 거야?”

“방법이 없으니까 그렇지.

“방법이 왜 없어? 소환해서 조사를 하면 되지.”

“누구를 소환해?”

“사퇴한 사람들.”

“무슨 죄목으로?”

“왜 사퇴했냐고 물으면 되잖아?”

“기자 맞아? 어린애 같은 소릴 하게?”

“조사가 어려우면 정보라도 수집해야 하는 것 아냐?”

“많이 파봤어. 그런데 말처럼 쉽지가 않아. 국회의원 자리를 포기할 정도의 압력이나 위협이라면 쉽게 입을 벌리겠어?”

“그렇다고 아무것도 건지지 못 했다는 건 말이 안 돼!”

갑자기 그녀가 목소리를 높였다.

“왜 갑자기 흥분하고 그래?”

“열 받으니까 그렇지.”

“흥분하지 마. 우리도 놀고 있는 게 아냐. 아주 작지만 조그마한 단서는 있었어. 주목할 만한 것이 아니라 묵살했지만.”

“단서? 그게 뭔데?”

그녀를 귀를 쫑긋하며 물었다.
"말할 수 없어. 기밀이야."
"정말 그러기야?"
"뭘?"
"딴청 피우지 말고 말해줘. 자기하고 나 사이가 그것 밖에 안 돼? 말 안하면 나 삐진다. 그럼, 어떻게 되는지 알지?"
김 기자는 장난스럽게 화를 내는 척 했다.
"화내니까 더 귀엽다. 그렇지만 말하기가 두려워."
"왜?"
"말해 주면 자기 성격에 당연히 그 내막을 파고들 테고. 그러면 배후로 지목받고 있는 심판자라는 사람이 가만히 있겠어?"
"언론의 생명은 진실이야. 어떻게 되는 내가 알아서 할 테니 빨리 말해 줘. 그렇다고 위험에 빠질 짓은 안 할게."
그녀가 어리광을 부리며 그를 재촉했다. 민국은 그런 그녀를 보며 어쩔 수 없다는 표정으로 입을 열었다.
"알았어. 그럼 얘기해 주지. 경기도 한 지역에서 유력한 후보였던 사람이 위협에 의해 사퇴했다는 정보를 입수한 적이 있어. 술좌석에서 그 지역 신문기자와 한 말이래."
"그래서?"
"당장 사람을 보내 조사를 벌였지. 그런데 그런 말을 한 적 없다는 거야. 술에 취해 기억이 없다면서."
"그럼 그 기자를 조사해보면 되잖아?"
"당연히 했지. 그러나 그 자도 마찬가지였어. 자기도 취중에 들은 말이라 확실하지 않다는 거지."
"어쨌든 기자가 말을 퍼트렸으니 확실한 것 아냐?"

"그렇지 않아. 그 기자가 그런 말을 한 것도 술좌석이거든. 다른 사람들이 이번 선거에 뭔가 석연치 않은 것이 작용하고 있다고 하니까 술김에 자신도 모르게 나온 소리라고 하더군. 사실감을 더하기 위해 그 지역 후보의 이름을 팔았고. 그러나 정보 계통에서는 그 후보가 분명히 그런 말을 했고 기자도 똑똑히 그 말을 들었다고 생각하고 있어."

"냄새가 나기 시작하는 군. 내가 탐문을 해봐야겠어."

"그만 둬. 우롱거리가 되지 말고."

"우롱거리가 되든 말든 한 번 파 볼 거야."

"그가 대답을 하겠어?"

"하도록 노력해 봐야지. 쉽진 않겠지만 시도해볼 거야."

그녀가 단호한 눈빛을 보이며 잔을 털어 넣었다.

다음 날 김현지 기자는 민국으로부터 얻은 정보에 따라 후보를 사퇴한 홍찬현 국회의원과 이성민 기자를 찾아 경기도롤 차를 몰았다.

그들이 살고 있는 곳은 그다지 크지 않은 도농복합도시였다. 아직도 시골 냄새가 풍기는 작은 시에 여장을 푼 그녀는 막막함을 느꼈다. 흥분된 마음으로 무작정 차를 몰았지만 막상 도착하고 나니 방법이 없었다. 홍 의원을 찾아가는 건 어렵지 않았으나 어떻게 접근하느냐 하는 것이 문제였다. 그가 취중에 그런 말을 했다가 후에 그런 기억이 없다고 발뺌을 하는 것으로 보아 아직도 두려움에 떨고 있을 것이 분명했다. 국회의원까지 포기할 정도의 압력이나 협박을 받았다면 당연한 일이었다. 그런 사람을 무작정 찾아갔다가는 문전박대를 당할 것이 뻔했다. 한참을 고민하던 그녀는 이성민 기자를 먼저 만나보기로 했다. 같은 언론인 입장에서 어쩌면 통할 수도 있다는 생각이 들었다. 결심이 서자 곧바로 전화를 걸었다.

"이성민 기자십니까? 전 kbc에 있는 김현지 기잡니다."

"아, 그러십니까? 그런데 무슨 일이십니까?"
말투는 상냥했으나 경계하는 기색이 역력했다.
"취재 차 왔다가 한 번 뵐까 해서 전화했어요."
"나를 어떻게 알았는지 몰라도 지금은 만나기가 곤란하군요. 다음에 좋은 기회가 있으면 만납시다."
그는 더 이상 말을 하기도 싫다는 듯 급히 전화를 끊었다. 아마 감찰기관으로부터도 단단히 곤혹을 치른 모양이었다. 잠시 끊어진 전화를 바라보던 김 기자는 홍찬현 국회의원과 전화를 시도했다. 그도 이 기자와 마찬가지일 거라는 생각을 하면서. 그러나 그는 김 기자가 자신의 신분을 밝혔음에도 불구하고 조금도 망설이지 않고 그녀의 방문을 허락했다.
"무슨 일로 오셨습니까?"
김 기자가 안으로 들어서자 그가 방문한 이유부터 캐물었다. 기분이 언짢은 표정이었다. 조금은 당황스러웠지만 취재를 하다보면 이런 일은 양반에 속하는 편이었다. 그녀는 마음을 다잡고 본격적으로 취재를 시작했다.
"그렇게 물으시니 본론부터 말하지요. 갑자기 국회의원 후보를 사퇴한 것에 대해 알고 싶은 것이 있어서 찾아왔습니다."
"알고 싶은 게 뭐요?"
역시 달갑지 않은 퉁명스런 대답이었다.
"소문에 듣자니 협박을 받았다고 하던데 사실인가요?"
"잠깐. 이거 녹음이나 촬영이 되는 건 아니지요?"
"아니에요. 그런 건 없어요."
"그래요? 난 아무도 안 믿어요. 내 솔직한 대답을 듣고 싶으면 내 조건에 따르시고 아니면 돌아가시고요."
"조건? 뭔지는 모르지만 따르지요."
잠시 후 그녀는 그의 부인이 준 옷으로 갈아입었다. 부인의 감시를 받으며. 심지어 속옷까지 벗을 때에는 창피하기도 했지만 솔직한 답변을 들을 수 있는 호기심이 그런 수치감을 눌러 버렸다.

"보도하지 않는 것이 확실하지요?"

"네, 그렇습니다."

"하긴 보도를 한다 해도 증거가 없으니 내가 부인하면 김 기자만 우스운 꼴이 되겠지요. 자, 그럼 물어보시오."

"그럼 다시 여쭙겠습니다. 소문에 듣자니 심판자라는 자의 협박을 받았다고 하던데 사실인가요?"

"그렇소."

"네?"

그의 대답을 들으며 김 기자는 깜짝 놀랐다. 정보기관에서조차 어떤 대답도 듣지 못했다고 했는데 비해 자신은 너무 쉽게 그의 대답을 들었다.

"어떤 협박을 받았습니까?"

"나와 처자식의 목숨."

"그건 굴복하지 않을 수 있었을 텐데요?"

"결혼도 안 한 당신이 무얼 안다고 그렇게 말하시오?"

"오해하셨군요. 그런 뜻이 아니라 일전에 어느 판사도 비슷한 일이 있었잖습니까. 처자식을 납치해 위협했지만 끝까지 굴복하지 않자 결국 풀어준 사건 말입니다. 전 심판자라는 사람이 가족에게까지 위해를 가하지는 않을 거라는 생각이 듭니다."

"나도 그 생각을 하며 끝까지 버티려고 마음먹었지요. 그런데 서지상 의원을 보며 마음을 바꿨습니다."

"아, 미안합니다. 그런데 무슨 일로 협박을 받았나요?"

"그런 것까지 말하고 싶지 않으니 이만 가주시오. 사람마다 말 못할 비밀이 한두 개 정도는 있게 마련이오."

그가 노골적으로 축객 명령을 내렸다.

"알겠습니다. 그러데 한 가지만 더 물어보지요. 왜 여태 숨긴 사실을 저한테 사실을 털어놓는 거지요?"

"당신이 유명한 기자이기도 하지만 언젠가는 진실이 밝혀지기를 바라는 마음이오. 너무 억울합니다."

"제가 알아도 증거가 없지 않나요?"

"당신이 끈기를 가지고 기다린다면 어디선가 증거가 당신을 찾아갈 거요. 나도 그 정도 조처는 취해 놓고 있으니까요. 언제가 될지 모르지만 당신의 용기라면 진실을 밝힐 수 있을 거요."

"저를 그렇게 봐 주시니 고맙습니다. 증거가 있다면 진실을 밝힐 것을 확실하게 약속드립니다."

말을 마친 김 기자는 더 머뭇거리지 않고 그의 집을 나섰다. 그러나 의아한 생각이 들었다. 아무리 진실을 밝히기 위해서라지만 정보기관에서 그렇게 캐물어도 대답을 하지 않았던 그가 의외로 협박을 받았다는 말을 쉽게 털어놓은 것을 이해하기가 어려웠다. 자포자기 했을 수도 있지만 그렇게 해석하기엔 무언지 석연치 않았다. 그녀는 고개를 갸웃거리며 방송국으로 차를 몰았다. 취재에 성공했다고는 하지만 보도도 못할 취재는 실패나 마찬가지였다. 홍 의원의 처지가 딱해 보였다. 그를 생각하자 기분이 울적해졌다. 이건 정상적인 선거가 아니라 테러였다. 지금까지 막연하게 동경하던 심판자라는 인물이 괴물로 비쳐지기도 했다. 머릿속이 복잡하기만 했다. 한참 생각을 하며 차를 몰던 그녀는 들려오는 휴대폰 소리에 깜짝 놀라며 전화기를 꺼내들었다.

"취재는 잘 했소?"

순간 그녀는 하마터면 핸들을 놓칠 뻔했다. 그것은 심판자의 목소리 때문이 아니라 그녀가 홍 의원을 만난 사실을 그가 벌써 알고 있었기 때문이었다. 그녀는 놀란 가슴을 진정시키며 빈정거리듯 입을 열었다.

"놀랍군요. 그걸 벌써 알고 있다니. 그런데 왜 묻죠?"

"궁금해서."

"궁금할 것도 많네요."

"할 일이 없으니까. 그런데 보도할 거요?"

"해야겠지만 아쉽게도 증거가 없네요."

자신도 모르게 목소리가 날카로워졌다.

"당신을 위해 다행이군요.

"그래도 보도한다면 나도 죽일 건가요?"

"흐흐. 천만에. 난 당신의 털끝 하나 건드리지 않을 거요. 다만 당신이 망신을 당하지 않길 바랄 뿐이오."

"고맙군요. 그런데 그가 나를 만난 것도 당신 작품인가요?"

"글쎄요. 그건 상상에 맡기겠소."

"좋아요. 홍 의원의 일을 떠나서 한 가지만 묻죠. 당신이 이렇게 나라를 혼란에 빠트리는 의도가 무엇이지요?"

"국가와 민족의 번영."

"흥, 뻔한 소리. 지금의 대통령이 아무리 도덕군자라 해도 썩지 않을 것 같아요? 절대 권력은 절대 부패한다고요."

"알고 있소. 대통령이 부패했다고 느낄 때는 그 분도 온전치 못할 거요. 그래서 내가 있는 것이오. 난 어디까지나 심판자로 남을 것이니까. 그럼, 이만. 흐흐흐."

"아니, 이런……."

너무 무모하고 어처구니없는 말에 뭐라고 쏘아붙이려던 그녀는 나머지 말을 뱉지 못했다. 전화가 이미 끊어져 있었다. 끊어진 전화기를 바라보던 그녀는 오싹한 기분을 느꼈다. 그자는 정말 대통령까지도 해칠지 모른다는 생각이 들었다. 그건 상상조차 할 수 없는 무서운 일이었다. 한 사람으로 인해 국가가 혼란에 빠질 생각을 하니 울컥 화가 치밀었다. 완전히 그의 농간에 놀아난 기분이었다. 길 가에 차를 세우고 화를 가라앉히던 그녀는 문득 이상한 생각이 들었다. 취재를 나선다는 사실을 알고 있는 사람은 애인인 민국과 자신뿐이었다. 방송국에서조차 모르는 일이었다. 그런데 심판자라는 자가 알고 있다니!

혹시 애인인 민국이 심판자?

문득 그런 생각을 하던 그녀는 소스라치게 놀랐다. 손이 부들부들 떨리면서도 한편으론 전혀 가능성이 없는 상황을 상상하고 있는 자신이 우스꽝스럽게 여겨졌다. 그러나 무조건 아니라고 부정하기도 어려웠다. 키나 몸집 등 다른 목격자들이 본 상황을 종합해보면 비슷한 면도 있었다. 문득 언젠가 최 반장이 했던 말도 떠올랐다.

정말 그 사람인가. 생각할수록 자꾸 의심이 갔다.

아니야! 그녀는 강하게 자신을 부정했다. 한 번 의심하면 아닌 일도 그렇게 여겨진다는 생각을 하며.

27

강치성 대통령은 앉아 있는 사람들을 둘러보았다. 우광수 총리를 중심으로 비서실장, 당대표, 원내대표, 국회의장과 국정원장이 배석하고 있었다.

이른바 실세 중의 실세들로 앞으로 국정 전반을 이끌어갈 핵심 인물들이었다. 그는 앉아있는 사람들을 둘러보며 천천히 입을 열었다.

"여러분들을 뵈니 마음이 든든합니다. 앞으로 국가를 이끌어가는 데 있어 모두가 내 일이라 생각하고 책임감과 소신을 갖고 자신 있게 일해 주시기 바랍니다. 우리 정부가 먼저 해야 할 일은 개헌을 하는 것입니다. 이것이 먼저 이루어져야만 개혁을 추진해 나갈 수 있습니다."

모인 사람들이 고개를 끄덕였다. 선거 전부터 공약으로 내세우며 계획하고 있던 일이었다.

"어떤 방향으로 가야 할 것인지 생각하고 계신 것을 말씀하시면 저희가 초안을 작성하겠습니다."

우 총리가 조심스럽게 대답했다.

"초안 작성에 참고가 될까 해서 미리 제 생각을 메모해 봤습니다. 읽어보시고 기탄없는 의견을 말씀해 주시기 바랍니다."

대통령의 말이 끝나자 비서실장이 복사한 종이를 돌렸다. 그것을 받아본 사람들 사이로 무거운 침묵이 흘렀다.

0. 대통령 중임제.
0. 국회의원 수 감축(비례대표제 폐지)
0. 지방자치의 광역화.
0. 예산의 세금 징수 내 편성(균형재정)
0. 기업의 자율성 보장

간단했지만 너무 민감한 사안이었고 자칫 크나큰 정국 혼란을 불러올 우려마저 있는 내용이었다. 국회의원들의 협조를 구하기도 어려웠다. 자기 밥그릇을 빼앗는데 동의할 사람은 아무도 없었다.

"거의 모두가 헌법을 개정해야할 사항입니다. 어려운 일입니다. 어떤 반작용이 따라 올지도 모르는 일이고요."

총리가 고개를 저으며 말했다. 그러자 한참동안 무엇인가를 생각하고 있던 이정근 당 대표가 무겁게 입을 열었다.

"저 역시 쉽지 않다고 생각합니다."

"알고 있습니다. 그러나 꼭 해야 할 일이기에 여러분들의 협조를 구하는 것입니다. 지금은 어렵더라도 국가발전과 후손을 위해서 욕을 먹을지라도 한 번 추진해 봅시다."

청와대 회동이 있고 며칠 뒤 이정근 당대표가 직접 개헌안을 들고 나왔다. 개헌이라는 말에 처음에는 여당이나 야당도 어느 정도 수긍하는 편이었다. 그러나 개헌안의 내용이 밝혀지자 야당을 비롯한 정치단체는 물론 지방에서조차 벌집을 쑤신 듯 들고 일어났다. 특히 지방의 단체장들과 지방의회 의원들의 반발은 상상을 초월했다. 독재라느니 유신으로의 회귀라느니 하며 대통령을 탄핵해야 한다는 말까지 나돌았다.

"이대로 밀고 나가기는 좀 어렵겠지요?"

이 대표가 우 총리를 보며 말했다.

"그렇습니다. 나는 대통령 중임제나 국회의원 감축이 문제 될 줄 알았지 지방자치축소 문제가 반발이 더 클 줄은 예상치 못했어요."

"다른 것이야 국민들도 어느 정도 공감을 하고 있기에 뭐라 할 말이 없겠지만 지방자치 축소는 민주주의에 역행한다는 좋은 구실이 있잖습니까?"

"그렇지요. 그러나 그건 겉으로 내세우는 구실에 불과하고 사실은 자신들 잇속 때문에 그러는 겁니다. 기초자치단체장이나 소속 의원들은 자신들이 쥐고 있던 공천권이 없어지면 당장 돈줄이 막히게 되니 반발은 당연한 것이지요. 그게 세상인심 아닙니까?"

"아무리 그래도 너무 한심하다는 생각이 들어요. 차라리 국가와 국민을 위한다는 말이나 안 했으면 좋겠습니다."

"하하. 이럴 때 보면 총리께서도 무척 순진해 보이십니다."

"그런가요? 그런데 이 문제를 어떻게 해결했으면 좋겠습니까. 각하께서는 요지부동이시니 답답하기만 합니다."

"그건 나도 마찬가지입니다. 언론이나 야당을 설득해야 되는데 그게 말처럼 쉬워야지요. 하긴 제 것을 빼앗아 가는데 좋아할 사람이 어디 있겠습니까? 나 같아도 반대했을 거예요."

"그들을 설득해보면 어떨까요?"

"그게 최선의 방법이지만 쉽지 않습니다. 자기들의 기득권 지키기에 급급해 시비 거리를 찾고 있던 자들입니다. 이번 일은 이 정부를 비판할 기가 막히게 좋은 호재이지요."

"그럼 여론조사를 한 번 해 봅시다."

우 총리가 뜬금없는 제안을 들고 나왔다.

"여론조사요? 이길 것 같습니까?"

"어쩌면 가능할 것 같아요. 사실 주민들의 지방자치에 대한 인상은 그렇게 좋은 편이 아니거든요."

"글쎄요. 나는 회의적입니다. 주민들의 생각은 잘 모르겠지만 여론을 주도하는 것은 주민들이 아니니까요."

"내 생각과는 다르군요. 난 우리가 이길 수 있다고 생각합니다. 먼저 우리에게 호의적인 언론을 이용해 분위기를 잡고 여론조사를 해 봅시다. 만약 지게 되면 각하의 생각을 돌릴 수도 있고 정 안되면 양보를 해도 되는 일이니까요."

"우리가 이기게 되면 어떻게 하실 생각이십니까?

"그땐 힘으로라도 밀어 붙여야지요. 국민이 원하는데 저들도 반대할 명분이 없을 겁니다."

"하지만 우리 당내에서도 반발하는 의원들이 많을 텐데요?"

"그건 민의를 내세워 설득하면 됩니다."

우 총리와 이 대표가 만나 정국을 논의하고 얼마 되지 않아 언론에서는 지방자치의 폐해에 대한 보도가 흘러나오기 시작했다. 공무원 보수도 지급하기 어려운 판국에 호화 청사를 짓고 다음 선거를 겨냥해 전시성 행정으로 예산을 낭비하는 것은 예사이고 일부 의원들은 자신의 사업체 물품을 납품하기에 바빠 지방자치의 일은 뒷전이라는 내용을 구체적인 사례를 들며 비판하고 나섰다.

한편 야당으로 처지가 바뀐 정태국 대표는 최고위원들을 모아 놓고 비밀 회동을 하고 있었다. 선거에 지고 모두가 힘이 빠진 상태였지만 정치의 세계를 아는 그들이었기에 그리 큰 충격을 받은 것 같지는 않았다.

"이대로 밀려나야겠습니까?"

정 대표가 위원들을 돌아보며 물었다. 그의 물음으로 보아 어떤 기대를 하는 것 같지는 않았다.

"저들이 여론을 통해 국민을 선동하고 있는데 마땅한 대책이 없습니다. 여론정치를 그만두라고 아무리 성명을 발표해도 씨가 먹혀들어가야 말이지요."

한 위원이 답답하다는 표정을 지으며 울분을 토했다.

"사실 장기적으로 득실을 따져보면 우리가 그다지 손해 볼 것도 없습니다. 지금 저들이 제 세상 만난 듯 설치고 있지만 그게 얼마나 가겠습니까? 권불십년이라 했습니다. 우리가 정권을 잡게 되면 그 이익을 바로 우리에게 돌아옵니다. 못 이기는 체 따르는 것도 괜찮을 것 같습니다."

야당의 원내 대표인 오종식이 조심스럽게 입을 열었다.

"언제 올지도 모를 일인데 그걸 기다리고 있자는 말입니까? 그 때가 오기 전에 우리 조직이 먼저 무너집니다. 그들은 돈 걱정은 안 해도 되지만 우리는 사정이 다릅니다. 만약 지역 단체장이나 지역 의원들의 공천권까지 빼앗긴다면 누가 우리에게 붙어 있겠습니까? 더구나 비례대표까지 없어지는 마당에."

"지금은 멀리 내다봐야 할 때입니다. 국민들은 지금 저들 편입니다. 소나기는 일단 피하는 게 좋습니다. 우리를 떠났던 사람들도 우리에게 힘이 생기면 다시 돌아올 겁니다. 그게 정치의 생리 아닙니까? 그러니까 지금은 등원 거부나 장외 투쟁으로 맞서고 그게 안 되면 어쩔 수 없다는 식으로 물러나면서 다음을 기약합시다."

"물리적인 저지는 어떻겠습니까?"

"그것도 국민들이 너무 식상해 합니다. 또 전에 있었던 강구민 의원이나 김석두 의원 같은 꼴이 되지 않을까 두려워 앞으로 나서려는 의원들도 없습니다."

"음, 그럼 일단 오 원내대표의 말대로 합시다. 지금 상황에서는 그게 최선의 방법인 것 같습니다."

눈을 감고 한참을 생각하던 정 대표가 선언하듯 말을 하며 몸을 일으켰고 다음날부터 여야의 치열한 힘겨루기가 시작됐다. 여당은 여론조사를 빌미로 야당을 압박했고 야당은 신독재를 내세우며 개헌을 저지하려 했다. 그러나 야당의 반대는 여론조사와 언론의 힘에 밀려 힘을 쓰지 못했고 정치권을 태풍으로 몰고 갈 것 같던 개헌안은 너무도 쉽게 국회를 통과했다.

28

"국법질서 확립을 위한 지시를 내렸는데 아직도 치안이 제대로 잡히지 않는 것 같습니다. 개헌을 한 후 정부가 가장 힘쓰는 부분이 민생질서 확립이라는 것을 잘 아시지 않습니까? 질서가 잡히지 않고는 우리가 추진하려는 개혁이 모두 물거품이 되고 맙니다. 질서 확립이야말로 가장 기초적이면서도 가장 큰 일입니다. 기본조차 해결하지 못하고 무슨 일을 하겠습니까?"

우광수 총리가 신임 경찰청장을 앞에 놓고 질책하듯 물었다. 마치 어린아이를 나무라는 투였다. 과거의 총리라면 이렇게까지 말할 수는 없었을 것이었다. 하지만 지금 그는 말 그대로 제이인자였고 실세 중의 실세였다. 대통령은 국정 전반에 관한 조정만 할 뿐 국정은 총리의 뜻대로 움직이고 있었다. 움찔하며 잠시 총리를 바라보던 경찰청장이 어렵게 입을 열었다.

"지금 치안은 어느 때보다도 잘 유지되고 있는 것으로 알고 있습니다만 무슨 잘못된 부분이라도 있는지요?"

"치안이 잘되고 있다는 것이 이 모양이오?"

총리가 신문을 내밀었다. 거기에는 강도가 경찰을 살해한 사건이 실려 있었다. 그도 이미 알고 있는 일이었다. 크다면 큰 사건이라 할 수 있지만 얼마든지 있을 수도 있는 일이었다. 그런 일을 가지고 자신을 부른 총리를 보며 그는 총리가 너무 소심하고 틀이 좁다는 생각을 했다. 그러나 대답을 안 할 수도 없었다.

"범인들이 날로 흉포해져가고 있습니다."

"그러면 거기에 대한 대책이 있어야 할 것 아니오. 경찰의 강도 진압 능력이 부족한 것 아닙니까?"

"아닙니다. 아주 열심히 하고 있습니다."

"그런데 왜 이런 일이 일어납니까?"

"진압봉만으론 한계가 있습니다."

"그럼 총기는 어디에 쓰려고 가지고 다닙니까?"

"지금도 총기 사용은 허락하고 있습니다. 다만 제약이 좀 심해서 함부로 사용하지 못하고 있을 뿐이지요."

"그 제한을 완화하시오."

"그건 여러 번 시도했지만 여론의 비난 때문에 번번이 실패하고 말았습니다. 모두 인권을 먼저 내세우고 있지 않습니까?"

"나도 이미 알고 있소. 이번에도 그런 비난이 일어날 겁니다. 그러나 밀리지 마시오. 지금은 본보기를 보여줘야 할 때입니다. 민주화니 인권이니 하면서 그들에게 밀리니까 법이 질서를 잡지 못하고 있는 거요. 강도 한 사람의 인권이 선량한 많은 사람의 인권보다 중요하다는 말인가요? 지금 우리 사회는 강도 뿐 아니라 음주 운전, 성폭력, 불법 시위 등 뿌리 뽑아야 할 것이 너무 많습니다. 이런 것들 모두가 법을 제대로 집행하지 않은 데서 오는 것입니다. 총기를 사용해서라도 범법자들을 엄히 다스린다면 질서가 잡히고 경찰의 위상도 높아질 겁니다. 치안지구대가 술 취한 사람들의 술주정 장소가 되고 경찰이 주정뱅이에게 얻어맞는 나라가 어디 있습니까?"

"말씀하시는 뜻은 알겠습니다만 너무 강력하게 나가면 어떤 반발이 올까 그것이 걱정됩니다."

"걱정하지 마시오. 모든 책임은 내가 책임지겠습니다. 청장님이나 경찰들의 신상에 조금도 해가 없도록 하겠습니다. 다만 무사안일로 제 몸만 사리려는 경찰에 대해서는 일벌백계로 엄단하겠습니다. 그러니 청장께서도 소신을 가지고 임해주세요."

그는 단호하게 지시를 했다. 총리의 지시가 있고 난 후 얼마 되지 않아 기다렸다는 듯 흉기를 들고 대항하던 강도가 경찰의 총에 사망하는 사건이 발생했다. 그러자 예상했던 대로 언론의 질책이 쏟아졌다. 그러나 정부는 오히려 그 경찰에게 상을 수여하고 일 계급 특진을 시켰다. 그것에 고무된 듯 경찰들의 총기 사용 빈도가 늘어나기 시작했고 그에 비례해 강력범들의 반항도 줄어들었다. 그러나 총기 사용이 너무 잦아지자 언론은 총기 사용을 엄격히 제한해야 한다고 주장하고 나섰고 정치권은 책임자를 추궁해야 한다며 대 정부 질문을 벌였다.

"총리가 총기사용 지시를 했다는데 맞습니까?"

야당의원이 눈을 번뜩이며 날카롭게 질문했다.

"그렇습니다."

우 총리가 짤막하게 대답했다.

"그 지시가 잘못됐다고 생각하지 않으십니까?"

"아니, 아주 잘했다고 생각합니다."

예상을 뒤엎는 대답이었다. 변명을 하리라 생각했던 의원은 순간 당황했다. 그러나 그는 목청을 가다듬으며 다시 물었다.

"총리는 인권을 무시해도 된다고 생각하십니까?"

"흉악범을 잡기 위해선 어쩔 수 없습니다."

"아무리 흉악범이라 해도 인권이 있습니다."

"그건 초등학생도 다 알고 있는 사실입니다."

다분히 도전적이며 의도적으로 시비를 거는 듯한 답변이었다. 그의 답변 태도에 질문을 하던 의원의 얼굴이 붉게 물들었다. 그러나 지지 않고 총리를 몰아 세웠다.

"아, 그래요? 그럼 총리는 더 잘 알겠군요. 그런 분이 인명을 그렇게 함부로 다루라는 지시를 내릴 수 있습니까?"

비아냥거리는 듯 했지만 어느새 그의 목소리가 높아졌다.

"법에 불복하는 자를 법대로 다스리라고 한 적은 있지만 인명을 함부로 다루라고 한 적은 없습니다."

"총기로 인해 사람이 죽었는데도 그런 말을 하십니까?"

"범인이 경찰의 체포에 순순히 응했다면 이런 일은 일어나지 않았을 겁니다. 선량한 시민의 보호가 경찰의 최우선 임무입니다. 흉악범에게 당한 시민을 생각한다면 그런 말은 나오지 않으리라 봅니다. 또 만일 경찰이 범인에게 찔려 사망했다고 가정해 봅시다. 그때도 범인의 인권을 내세우시겠습니까?"

"총리는 지금 억지를 부리고 있습니다. 궤변으로 총기 사용을 합리화시키고 있다는 말입니다. 반성을 해도 모자랄 판에 변명만 하는 총리는 당장 사퇴해야 할 것입니다. 반성이 없는 것으로 보아 앞으로도 총기 사용을 허락하겠군요?"

"반성은 잘못이 있을 때 하는 겁니다."

"총리는 아직 본 의원의 질문에 대답하지 않았습니다. 다시 한 번 묻겠습니다. 앞으로도 총기 사용을 지시하시겠습니까?"

"답변은 이미 했습니다. 여기가 유치원입니까? 그런 말도 못 알아들으신다니 한심합니다. 다시 한 번 말씀드리지요. 경찰의 총기 사용에 대한 제 소신은 변함이 없습니다."

분위기에 맞지 않게 웃음이 터졌고 여기저기서 웅성거리는 소리가 들렸다. 질문자로 나선 의원은 얼굴이 홍당무가 되었다. 그는 본연의 임무를 잊어버린 듯 엉뚱한 질문을 했다.

"국회를 그렇게 무시해도 됩니까?"

"저는 의원님의 질문에 성실히 대답했을 뿐입니다."

"태도가 너무 불손하지 않습니까?"

"아니, 오히려 공손하다고 생각합니다."

"뭐요? 지금 그 태도가 공손한 겁니까?"

"그럼 엎드려 절이라도 해야 합니까? 지금 제 태도가 불손하다면 의원님의 태도는 오만에 가깝습니다."

"이보시오, 총리. 그런 식으로 하고서 그 자리에 오래 버틸 수 있다고 생각하십니까?"

"저는 자리에 연연하지 않습니다. 해임안이 가결된다면 언제든 그만두겠습니다. 그러나 이 나라의 국법 질서는 반드시 바로잡아야 한다는 것이 평소의 제 소신입니다."

총리가 강한 어조로 잘라 말했다. 간간이 웃음이 터지던 회의장이 갑자기 경직된 분위기로 바뀌었다.

"지금 여당의 다수를 믿고 횡포를 부리는 겁니까?"

의원은 겨우 그 말을 하고 나서 총리를 노려보았다.

"그렇게 비쳤나요? 저는 의원님께서 의원이라는 직위를 이용해 옳은 것을 잘못됐다고 하는 것 같은데요."

"뭐요? 그게 지금 의원 앞에서 할 소리요?"

"저는 지금 질문에 답변을 하고 있을 뿐입니다."

총리의 말과 태도는 완전히 의원을 농락하고 있었다. 그의 그런 태도는 일부 여당 의원들까지 고개를 내젓게 만들었지만 잠시 소란만 있었을 뿐 총기 사용에 대한 정부 질문은 흐지부지 끝을 맺었다. 그렇다고 문제가 완전히 해결된 것은 아니었다. 무력 사용 문제가 엉뚱한 곳에서 불거졌기 때문이었다.

진구현 노동부장관은 총리와 마주 앉아 우주자동차의 파업 사태에 대책을 논의하고 있었다.

"현재 상황은 어떻습니까?"

"심각합니다. 노조원들이 현장을 점거하고 있어 비노조원들이 출근을 못하고 있고 따라서 조업이 불가능한 상태입니다."

"그건 불법 아니오?"

"그렇습니다."

"노조원들이 현장을 점거하는 것도 불법이지요?"

"그렇지요. 단체 행동권은 있지만 회사 점거는 불법입니다."

"그럼 해산시키시오."

"워낙 강경하게 반발을 하고 있고 분신자살까지 준비하고 있다는 소문이 나돌고 있습니다."

"도대체 뭐가 문제인 겁니까?"

"당연히 임금인상이지요. 회사가 제시한 안과 그들이 요구하는 안이 너무 차이가 많습니다."

"거기는 보수가 꽤 많은 걸로 알고 있는데?"

"그렇습니다. 소위 귀족 노조로 불리는 사람들이지요."

"그런데도 턱없이 임금 인상을 요구한단 말이오?"

"그들도 할 얘기는 있습니다. 언제 퇴직 당할지 모르는데 있을 때 벌어놔야 한다는 거지요. 그러나 그것보다는 경영에 참여하려고 하는 것이 더 문제입니다."

"참, 갈수록 태산이군. 빨리 해산시키고 조속히 회사를 정상화 시키시오. 그리고 불법 집회에 가담한 사람은 무조건 모두 구속시키세요. 백 명이든 천 명이든 상관없어요."

"괜찮을까요?"

"겁먹을 것 없습니다. 누군가는 해야 할 일이라면 우리가 합시다. 법이 아니라 물리적으로 해결하려고 덤비는 행위는 이 기회에 아주 뿌리를 뽑읍시다. 안 되는 것은 아무리 떼를 써도 안 되고, 되는 것은 가만히 있어도 된다는 것을 뇌리에 인식시킵시다. 헌법 위에 떼법이 있다는 비웃음은 이번 기회에 잘라 버립시다. 이번 일이 앞으로 있을 향방의 잣대라고 생각하세요."

힘을 주어 말하는 그의 태도는 단호했다.

"알겠습니다."

간단하게 대답을 하고 총리실을 나온 진 장관은 머리가 아파오는 것을 느꼈다. 어제 노조위원장을 만나 타협을 시도했으나 전혀 먹혀들지가 않았다. 장관실로 돌아온 그는 잠시 고민에 빠졌다. 강제 진압을 하다보면 분명 부상자가 나올 것이고 분신자살도 배제할 수가 없었다. 그 뒷감당을 할 자신이 없었다. 그런데도 총리는 이번 기회를 통해 노조가 아닌 사회의 비정상적인 요구를 일시에 해결할 계기로 삼으려 하고 있었다.

내가 총대를 메야 되는가?

가급적이면 그런 역할은 하고 싶지 않았다. 그러나 그 역할에 충실할 수밖에 없었다. 문득 취임 초에 총리가 한 말이 떠올랐다.

'우리는 이 정권과 운명을 같이 할 겁니다.'

그 말을 떠올리자 이번 일로 자신이 옷을 벗을 일은 없다는 확신이 들었다. 은근히 힘이 솟았다.

그래, 해보는 거야.

그는 주먹을 움켜쥐고 시위 현장으로 차를 몰았다. 현장에는 수천 명의 전투경찰이 그들과 대치하고 있었다. 진 장관은 마지막으로 협상을 하기 위해 노사 관계자들을 한 자리에 모았다. 그 회의를 주선하는 데만도 몇 시간이 걸렸는지 모른다. 우 총리 같으면 절대 이런 짓은 하지 않았을 거라는 생각을 하며 그는 회의를 주재했다.

"서로 한 발씩 양보하는 게 어떻겠습니까?"

"무엇을 어떻게 양보하란 말이오?"

노조 위원장이 싸울 듯이 말했다.

"먼저 봉급 인상이 문젠데 그것은 공무원들의 임금 인상에 맞춥시다. 금년뿐만 아니라 매년. 지금 이 회사의 임금이 공무원보다 높지 않습니까?"
"계속 말씀해 보시지요."
노조 위원장이 비웃는 투로 말했다. 진 장관은 울컥 비위가 상하는 것을 참으며 계속 말을 이어갔다.
"또 노조의 회사 경영 참여는 말이 되지 않습니다. 어느 나라에서도 노조의 경영권 참여는 인정하지 않고 있소."
"그것이 정부 안입니까? 장관은 노동자의 편을 드는 게 아니라 결국 회사 편을 들러 오신 겁니까?"
"편이 어디 있습니까? 국가를 위해 서로 양보하면서 회사를 발전시켜 나가는 것이 서로에게 득이 될 것입니다. 정부도 예전처럼 사주가 회사 돈을 자기 주머니 돈처럼 마음대로 굴리지 못하게 철저하게 감시를 할 것입니다. 정부를 믿고 서로 양보합시다. 합법적인 노동운동은 정부도 적극 권장하지만 이런 불법은 절대 안 됩니다."
"겨우 그런 말을 하러 왔습니까? 시간 낭비하지 말고 얼른 올라가시오. 우린 우리 방식대로 할 테니까."
부위원장이 금방이라도 싸울 듯이 언성을 높였다.
"지금도 예전과 같이 정부가 수수방관 할 것으로 생각 한다면 큰 오산입니다. 지금의 정부는 과거와 다르다는 것을 잘 알고 있지 않습니까? 결코 불법과 타협하지 않는단 말입니다. 그러니 서로 손해 보는 짓은 하지 않는 게 좋을 겁니다."
"지금 협박하는 겁니까?"
"협박이 아니라 현실을 말하는 겁니다."
"현실은 우리가 더 잘 압니다. 그러니까 정부는 관여하지 마시오. 이건 회사 대 노조의 문제입니다."
"회사 대 노조의 문제에 앞서 국가의 일입니다. 그러니 속히 해산하시오. 두 시간의 여유를 주겠소. 그 때까지 해산하지 않으면 정부는 정부대로 조치를 취하겠습니다."

"할 테면 해 보시오. 누가 이기나!"

협상 팀에서 비아냥거리는 말투가 새어나왔다. 잠시 그들을 노려보던 진 장관은 서둘러 자리를 빠져나왔다. 소귀에 경 읽기였다. 회의장을 빠져나오는 그의 등 뒤로 고성과 욕설이 터져 나왔다.

"괜찮을까요?"

회의실을 벗어나자 회사 임원이 조심스럽게 물었다.

"걱정하지 마십시오. 잘 될 겁니다."

"장관님 말씀대로만 된다면 얼마나 좋겠습니까? 이건 매년 연례행사처럼 홍역을 치러야 하니, 원."

"앞으로는 그런 일이 없을 겁니다."

그가 단호한 어조로 말했다.

두 시간 후.

정부의 강경 방침이 알려진 탓인지 노조원들은 완전 결전 태세를 갖추고 경찰과 대항하고 있었다. 마치 적군과 대치하고 있는 전쟁 상황을 방불케 했다.

"폭력을 행사하는 노조원들은 모두 구속하시오. 몇 백, 몇 천이 되던 다 체포하시오."

그는 현장 경찰 지휘자를 불러 지시했다.

"최루탄을 사용해도 되겠습니까?"

"뭐든 다 사용하시오."

"분신자살을 하겠다고 크레인 위에 올라가 있는 노조원이 있습니다. 그를 어떻게 할까요? 올라가기도 어렵고……."

"죽고 싶다는데 말릴 수는 없는 일 아니오?"

"네?"

놀라는 경찰 간부를 뒤로 한 채 그는 현장에서 멀리 떨어진 곳으로 몸을 피했다. 잠시 후 최루탄이 터졌고 소방 호스는 강력한 물을 뿜었다. 바리게이트를 치고 쇠파이프와 몽둥이를 들고 대항하던 노조원들이 점차 경찰에 밀리며 안으로 쫓겨 들어갔다. 경찰들은 악착같이 그들을 쫓아가 체포하기 시작했다. 반항하거나 폭력을 휘두르는 사람들에게는 수갑이 채워졌다.

"이게 어떻게 된 일이야!"

누군가의 입에서 놀라는 목소리가 튀어나왔다. 전에는 볼 수 없었던 현상이었다. 평상시 같으면 해산만 시도했을 그들이 오늘은 딴 사람처럼 변해 있었다. 작전 개시 몇 시간 만에 농성은 해제됐고 현장에는 농성의 잔해만 뒹굴고 있었다.

그날 저녁 방송은 경찰의 진압 과정을 대대적으로 보도했고 전국노조는 총파업을 예고하며 진압 책임자의 처벌을 요구하고 나섰지만 정부의 입장은 단호했다. 어떤 경우라도 불법은 용납지 않을 것이며 모든 것은 법 테두리 안에서 이루어져야 한다고 입장을 고수했다.

다음날 체포된 노조원들을 석방하라는 시위가 곳곳에서 산발적으로 벌어지고 있을 때 서울에서는 이례적으로 경찰청장의 기자회견이 진행되고 있었다.

"어제 벌어진 우주자동차의 파업 사태는 매우 유감스러운 일입니다. 앞으로는 질서를 지키며 법 테두리 안에서 모든 것이 이루어졌으면 하는 바람입니다."

경찰청장의 발언에 이어 기자들의 질문이 쏟아졌다.

"모두 몇 명이나 구속 됐습니까?"

"약 오백 명 정도입니다."

"체포된 사람들은 어떻게 처리할 계획입니까?"

"모두 사법처리할 예정입니다."

"죄목은?"

"공무집행 방해와 불법 시위입니다."

"그 많은 사람들을 모두 전과자로 만들 작정입니까?"

"그것은 사법부가 판단할 일입니다만 모두 법대로 처리한다는 경찰의 입장에는 변함이 없습니다."
"단순 가담자도 해당 됩니까?"
"안타깝지만 어쩔 수 없습니다."
경찰청장의 말이 끝나자 유치장에서 그것을 시청하고 있던 노조원들이 갑자기 웅성거리기 시작했다.
"전부 엄포야."
누군가가 소리쳤다.
"아냐, 뭔가 달라. 감이 좋지 않아."
"그럼 우리도 전과자가 되는 거야?"
"설마 그렇게까지 되겠어?"
"모르지. 하도 강하게 나가니까."
"그건 안 돼! 끝까지 싸워야 해."
"조용히 해! 방송 좀 듣게."
그 소리에 모두의 눈이 다시 텔레비전으로 쏠렸다.
"집행부는 체포했나요?"
"유감스럽게 모두 피신한 상태였습니다. 그러나 경찰은 얼마가 걸리더라도 반드시 그들을 잡아 의법 조치할 생각입니다."
"노조 사무실까지 수색했다고 하던데요?"
"그렇습니다. 법원의 수색 영장을 받아 노조 사무실과 집행부의 집을 수색했습니다."
"무슨 수확이 있었습니까?"
"아주 엄청난 부정이 저질러지고 있었습니다. 노조 위원장은 지난 번 파업을 주도하면서 노사 합의를 조건으로 회사로부터 몇 억의 돈을 받았고 간부들 또한 수 천만 원 이상의 금품을 받았습니다. 또한 친척들이나 다른 사람들로부터 돈을 받고 회사에 입사시켰습니다. 그 외 노조의 공금 횡령 등 부정 사례가 열거할 수 없을 정도로 많았습니다."

"어떻게 그 많은 증거를 그렇게 쉽게 찾았습니까?"

순간 경찰청장의 얼굴에 당황한 빛이 감돌았다. 그때 뒤에 있던 사내가 조그만 쪽지를 그의 앞에 디밀었다. 그 쪽지를 바라보던 경찰청장이 헛기침을 하며 말을 이었다.

"사실은 제보가 있었습니다."

"내부 고발자입니까?"

"아닙니다."

"그럼 누구입니까?"

"그건 저희도 모릅니다."

"누군지도 모르는 사람의 제보를 믿을 수가 있습니까?"

"처음엔 믿지 못했습니다. 그러나 수색 결과 그 제보가 정확하다는 것이 밝혀졌습니다. 확실한 증거였습니다."

"다른 정보도 있었습니까?"

"물론 다른 노조에 대한 정보도 많이 있습니다."

"거기도 부정이 많던가요?"

갑자기 회견이 엉뚱한 방향으로 흐르기 시작했다.

"그렇습니다. 다소의 차이는 있지만 몇 군데를 빼고는 모두가 부정, 부패의 온상이었습니다."

"그곳들을 다 수사할 예정입니까?"

"그래야만 공정하지 않겠습니까?"

"혹시 노조를 말살하려는 의도는 아닙니까?"

"그건 말도 안 되는 말입니다. 우리 경찰은 법만 집행할 뿐 정상적이고 합법적인 노조활동에는 전혀 개입하지 않을 것입니다. 궁금한 것이 많겠지만 오늘 이것으로 회견을 마쳤으면 합니다. 감사합니다."

그가 서둘러 인터뷰를 마치고 안으로 들어갔다. 경찰청장의 인터뷰는 노동계에 큰 파장을 일으켰다. 전국 파업을 예고했던 노조연합회는 심각한 딜레마에 빠져 당황하기 시작했고 과잉진압이니 인권침해니 외치던 단체들도 노조가 경영권을 위협하며 자신들의 잇속을 차렸다는 사실에 분노를 토했다. 이대로 가다가는 자칫 노조가 붕괴될 처지에 놓였다. 노조 말살을 위해 계획된 각본이라는 일부 목소리가 새어나오긴 했지만 누구도 귀를 기울이지 않았다.

"이제 다 끝난 겁니까?"

강치성 대통령이 독대를 하고 있는 총리를 바라보며 물었다.

"기초생활 질서 확립 문제는 어느 정도 마무리 돼 가고 있지만 국민의 의식은 아직 멀었습니다. 또 저들이 대대적인 반격에 대한 대비도 해야 하고요."

"수고했습니다. 이제 다음에 착수해야 할 일은 무엇입니까?"

"각 부처에서 올라 온 안을 종합했는데 그 중 시급히 해결해야 할 일은 교육과 실소득 파악에 의한 세원 확대입니다."

"모두 쉽지 않은 문제이군요."

"그렇습니다."

"그럼 교육 문제부터 얘기해 보세요."

"먼저 공교육을 바로 세워야겠습니다. 무너지는 교육을 바로 세우기 위해 우선 교권을 확립시키겠습니다. 외국의 예처럼 학생 징계권을 학교에 맡기겠습니다. 또 의무교육을 제외한 모든 학교의 입시를 부활시키고 대학입시도 모든 권한을 대학 자율에 맡기겠습니다. 기여 입학제도도 허용해서 거기서 나오는 재원을 장학금으로 활용하도록 하겠습니다."

"그렇게 되면 사교육이 더 기승을 부릴 텐데요?"

"모두가 감수해야 할 일들입니다. 안타깝지만 국민들의 의식이 변화하지 않는 한 어쩔 수 없는 일들이지요."

말을 마친 우 총리는 대통령을 바라보았다. 그러나 대통령의 얼굴에는 아무런 표정이 없었다. 찬성인지 반대인지조차 알 수 없는 표정에 우 총리는 실망을 느끼며 입을 다물었다.

"계속하시오."

대통령이 무표정하게 말했다.

"다음은 실소득 파악 문제인데 이것은 가장 문제입니다. 우리나라처럼 영세 자영업자가 많은 나라도 없으니까요. 그래서 특단의 조치를 취하려 합니다. 우선 자진 신고를 받고 세무조사를 강화해 허위신고를 한 사람들은 탈세금액의 몇 배에 해당하는 금액을 추징하고 징역형을 부과할 생각입니다. 이중처벌이라는 논란이 나오겠지만 몇 해 그렇게 해나가면 차츰 자리가 잡힐 겁니다. 대신 저소득층의 면세 한도는 과감히 높일 생각입니다. 가진 자들이 더 이상 법질서를 어지럽히는 일이 없어야 사회 평등을 이룰 수 있습니다. 극히 단편적인 예입니다만 서구에서는 교통법규 위반자나 음주운전자도 범칙금을 일률적으로 부과하는 것이 아니라 소득에 따라 차별을 두고 있습니다. 위법에 대한 고통의 정도를 같이 느끼고 법을 준수하자는 취지에서입니다. 이런 모든 것들은 실소득이 밝혀질 때 시행할 수 있는 것입니다. 따라서 실소득 파악은 정부가 추진하는 사회정의 차원에서 반드시 이루어져야 할 문제입니다."

"그건 누구나 공감하는 일이고 역대 정부들도 그것을 위해 많은 노력을 했지만 실패하고 말았소."

"각하. 제가 엉뚱한 질문을 하나 드리겠습니다."

우 총리가 갑자기 미소를 지며 대통령을 바라보았다.

"무슨 말인데 그러시오?"

"혁명과 개혁. 어느 것이 어렵다고 생각하십니까?"

"개혁이 어렵지 않을까요?"

한참을 생각하던 대통령이 어렵게 대답했다.

"그렇습니다. 그럼 우린 혁명을 하고 있습니까, 아니면 개혁을 하고 있습니까?"
"개혁을 하고 있지 않나요?"
"그렇습니다. 그러나 우리의 개혁은 혁명 같은 개혁이어야 합니다. 지금까지의 개혁은 자기 것을 지키면서 남의 것만 빼앗으려는 식으로 진행됐습니다. 그렇기에 실패할 수밖에 없었고요. 우리는 모든 것을 버리며 밀고 나가야 합니다. 개혁이 아니라 혁명을 한다는 각오로 말입니다."
"그런다고 성공할 수 있을까요?"
"국민을 위한다는 초심만 있으면 가능합니다. 개혁은 역사적으로 볼 때 언제나 가지고 있는 몇 사람 때문에 실패했습니다. 물론 거기에는 개혁을 하려는 사람들의 의지 부족과 있는 사람들과의 야합이 문제였습니다. 지금이 적기입니다. 국민들이 각하를 믿고 있고 정부도 하려는 의지가 강합니다."
"정말 실행에 옮길 생각이오?"
"예. 빠른 시일 안에 정부안을 만들 생각입니다."
그의 말에 대통령이 빤한 눈으로 그를 바라봤다. 예전과는 다른 눈빛이었다. 갑작스런 대통령의 태도에 그는 당황이 됐다.
"왜 그렇게 바라보십니까?"
"국민들이 우리를 언제까지 밀어주리라 생각하시오?"
대통령이 엉뚱한 질문을 했다.
"그, 그건……."
"국민은 국가를 생각하지 않아요. 언제든지 등을 돌릴 수 있는 물과 같은 존재란 말이오. 총리께서는 국민이 국가를 위한다는 말이나 위정자가 국민을 위한다는 말을 얼마나 믿으시오. 난 그런 말들 모두가 자신들의 이익을 합리화시키기 위한 말장난이라 생각하오. 남북이 다 통일을 원하는데도 통일이 안 되는 이유가 무엇이라 보시오? 총론 찬성, 각론 반대 때문이 아니겠소. 그 각론은 물론 각자의 이익 때문이고. 그런데도 이 일을 추진하고 싶소?"

가끔은 자신을 돌보지 않는 사람도 있습니다. 물론 그것조차도 이기심일 수 있지만 이 일만은 추진해 보고 싶습니다. 만일 국민이 우릴 버린다면 깨끗이 물러나면 그만입니다."

"좋소. 그런 결심이라면 해 봅시다. 후세에 내가 독재자라는 소리를 듣는 한이 있더라도 한 번 바꿔 봅시다. 부러질지언정 꺾이지는 않는다는 각오로. 우리가 일등 강국이 되려면 아직 해야 할 일이 산더미처럼 쌓였소. 이 일이 어느 정도 마무리되면 또 할 일이 있소."

"이보다 더 중요한 일이 있습니까?"

"있지요. 이제 우리도 군사적으로 남의 힘을 빌리지 않아야 하지 않겠소? 그러기 위해서는 핵을 개발해야 되는데……."

"네? 핵개발이라니 그게 가능합니까?"

"노력해 봐야지요. 안 되면 그의 힘이라도 빌려야겠지요. 응징하는데 그보다 나은 사람은 없지요. 아무리 강대국의 지도자라도 목숨 앞에서는 약해질 수밖에 없을 거요."

"그라면?"

"그래요. 총리가 생각하는 사람이요. 그러나 그를 꼭 믿는 건 아니오. 설령 그의 도움이 없어도 나는 해나갈 겁니다."

"그렇지만 위험이 너무 큽니다."

"죽기밖에 더 하겠소."

말을 하는 대통령의 어조는 강하고 단호했다.

"역시 일죽(一竹)이란 호가 잘 어울리십니다. 각하."

"아니오. 모두 우 총리가 있어 가능한 일이오."

그가 희미한 미소를 띠며 몸을 돌렸다.

에필로그

"축하해요, 선배님. 국가정보원 국장이 되셨더군요."
민국은 최민태 반장을 바라보며 잔을 들었다.
"저도 축하해요."
곁에 있던 김현지 기자도 잔을 들었다.
"축하는 자네들이 받아야지. 결혼식이 언제지?"
"바로 해야지요."
"그런데 자넨 왜 그렇게 갑자기 사표를 낸 거야?"
최민태 반장, 아니 국장이 민국을 보며 물었다.
"선배님 밑에 있기 싫어서요. 하하. 농담이고요. 사실은 전부터 생각하고 있었던 겁니다. 정보는 제 적성이 아니에요."
"그런가? 미국으로 간다고 했지? 김 기자도 같이 가나?"
"당연하지요. 신혼부부 보고 떨어져 살란 말인가요?"
김현지 기자가 생글거리며 말했다.
"아직 결혼도 안 했는데 무슨 신혼부부야?"
"곧 할 거란 말이에요!"
"알아! 그렇지만 할 것과 한 것은 분명 다르지. 요새 젊은 사람들은 부끄러운

걸 몰라. 그래서 좋긴 하지만. 그런데 아까워서 어쩌나. 한창 주가가 올라가는 중인데 그만두게 돼서."

"그만 두다니요? 워싱턴 특파원으로 발령이 났는데. 국정원 국장님이 그런 것도 파악하지 못하고 있었나요? 한국의 정보 파악 능력이 의심스러운데요."

"국정원이 기자 발령까지 관심을 둬야 하나?"

"호호. 그런가요. 그런데 갑자기 초고속 승진이 되셨는데 우리가 모르는 큰 빽을 숨겨 놓고 계셨던 거 아니에요?"

"무슨 소리야? 아무것도 없다는 걸 잘 알면서!"

"아니, 뭔가가 있어요. 그렇지 않고서야 어떻게 이런 일이 일어날 수가 있어요. 국장님의 능력을 모르는 건 아니지만 이건 능력의 문제가 아니라는 생각이 들어요. 빨리 말씀해 보세요."

"정말 아무것도 없어. 나도 어안이 벙벙해. 꿈을 꾸는 것 같기도 하고. 도저히 감을 잡을 수가 없거든."

"혹시?"

민국이 뭔가 알 것 같다는 표정을 지으며 말했다.

"왜, 뭔가 짚이는 것이라도 있나?"

"네. 심판자라는 사람 때문일 거라는 생각이 들어요."

"그건 너무 심한 비약이군."

"아니, 잘 생각해 보세요. 선거가 끝나고 새 정부가 들어선 뒤로 혹시 연락받으신 것 없어요?"

"있었지. 한 번. 그 동안 고생시켜서 미안하다고. 그게 다야."

"그것 보세요."

"그것 보라니?"

"미안하니까 보답을 한 것 아닐까요?"

"웃기는 소리 작작해. 그 자가 무슨 힘이 있어서 나를 국정원 국장으로 발탁해?

사람 죽이는 일이라면 몰라도.”
“웃기는 소리가 아니에요. 이건 극비인데 경찰청장으로 있다가 국회의원에 당선된 후 국정원장으로 간 신종호 의원도 그 사람이 다 만들어 준 거라고 하던데요. 그러니 국장 자리 하나쯤이야 뭐 그리 어렵겠어요?”
“뭐라고? 그게 사실이야?”
“목소리 낮춰요. 다 믿을 수 있는 정보니까.”
민국이 갑자기 목소리를 낮추며 말했다.
“나도 모르는 정보를 자네가 어떻게 알아?”
“그게 관록이죠.”
“관록 좋아하네. 이제 보니 시중에 나도는 헛소문을 가지고 날 놀렸군. 에이, 몹쓸 사람 같으니.”
“하하. 그런가요? 그건 그렇고 국장님도 이제 든든한 빽이 생겼으니까 정상을 향해 나아가 보세요.”
“그것도 빽인가?”
“그보다 더 큰 빽이 어디 있어요?”
“그게 빽이든 아니든 난 싫어. 송충이는 솔잎을 먹어야 돼. 지금도 몸에 맞지 않는 옷을 입은 것 같아 불편해 죽겠어.”
“처음부터 송충이로 태어난 사람은 없어요. 그러니까 반장님 아니 국장님도 서서히 용이 될 준비를 하시라고요.”
“그건 그렇지만 난 아닌 것 같아.”
“그런 생각부터 바꾸세요.”
“생각이 그렇게 쉽게 바뀌는 건가?”
“어려울 게 뭐가 있어요? 그냥 바꾸면 되지. 아니 노력하지 않아도 자연히 그렇게 될 거예요. 자리가 사람을 만드는 거니까. 그때는 우릴 봐도 못 본 척 하시겠지요?”

“정말 그런 날이 왔으면 좋겠군. 하하하.”

“그 말씀 꼭 기억하고 있을게요. 지금처럼만 하시면 분명 그렇게 될 거예요. 그럼, 다시 뵐 때까지 몸조심 하세요.”

“고마워. 자네들도 잘 다녀와.”

“알았어요. 올 때는 애 하나 만들어 올게요.”

민국이 웃으며 잔을 높이 들었고 그것을 바라보던 김 기자가 눈을 흘기며 그를 살짝 꼬집었다.

「작가의 말」

이 소설은 중도일보에 심판자라는 제목으로 일 년 간 연재했던 글 중 국내편을 정리한 작품이다. 사회정의를 원하는 국민적 바람을 판타지적 요소를 도입해 해결하는 과정을 담았다.

정의正義는 시대나 사회의 가치관에 따라 정의定義를 달리 할 수 있을 것이다. 하지만 적어도 그 시대와 사회에서 통용되고 허용될 수 있는 보편타당한 일반성은 지녀야 정의正義라 할 수 있지 않을까.

한 편의 글을 끝낼 때마다 만족스럽고 희열을 느껴야 하는데 항상 미진하다는 생각뿐이다. 그래도 글이 있고 독자가 있어 보람이 있고, 사랑이 있고 사랑할 수 있어 행복하다.

흔히 인생을 허무라고 말들 하지만 생각과 느낌만 바꾼다면 얼마든지 참다운 의미와 가치를 찾을 수도 있을 것이다.

머리는 차갑고 가슴은 따뜻하게.

첫사랑처럼 뛰는 가슴으로 행복을 만들어 가고 싶다.

도움을 주신 분들께 깊은 감사를 드리며 행운을 기원한다.

2018년 5월 저자

하얀그림자
안일상 장편소설

발 행 일 | 2018년 5월 15일
지 은 이 | 안일상
발 행 인 | 이영옥
편 집 | 김보영
발 행 처 | 이든북
출판등록 | 제2001-000003호
주 소 | 대전광역시 동구 태전로 43-1 (의지빌딩 201호)
전화번호 | (042)222-2536
팩시밀리 | (042)222-2530
전자우편 | eden-book@daum.net

ISBN 979-11-87833-47-5 03810

값 11,000원

* 이 책은 대전광역시 대전문화재단에서 지원받아 발간하였습니다.